DALE MAYER

Une Victime dans les Violettes

Jolis Jardins Maudits 22

Une victime dans les violettes : Jolis Jardins Maudits, tome 22
Beverly Dale Mayer
Valley Publishing Ltd.

Copyright © 2023

Traduit de l'anglais par Marie-Camille Brault et Valentin Translation

Il s'agit d'une œuvre de fiction. Les noms, les personnages, les lieux, les marques, les médias et les incidents mentionnés sont le produit de l'imagination de l'auteur ou utilisés de manière fictive. Toute ressemblance avec des événements, des lieux ou des personnes, existant ou ayant existé, est entièrement fortuite.

ISBN-13 : 978-1-773369-69-3
Format Print

Résumé du livre

Une nouvelle saga cosy mystery de l'auteure best-seller d'USA Today, Dale Mayer. Suivez la jardinière et détective amatrice Doreen Montgomery et ses amusants (et vraiment adorables) chat, chien et perroquet, tandis qu'ils attrapent les meurtriers et résolvent des crimes dans la merveilleuse ville de Kelowna, en Colombie-Britannique.

De la richesse à la misère… Les vieux dossiers ne meurent jamais… L'amour traverse les décennies… même quand il n'est pas réciproque !

Bien que son mari – dont elle est séparée – continue de la harceler, Doreen est à la recherche d'une nouvelle enquête pour maintenir son intérêt éveillé et l'aider à esquiver les réprimandes de Mack et de son frère. Elle décide alors de creuser plus profondément dans le dossier Bob Small, surtout depuis qu'il est lié à une amie de Nan désormais décédée…

… Pour découvrir que l'affaire est soudain connectée à une amie toujours en vie, résidant à Rosemoor. Quand la sœur de cette femme finit par être assassinée et qu'un lien est établi avec Bob Small, Doreen et ses animaux se mettent en piste… au grand dam du caporal Mack Moreau.

Tout ce qui a un rapport avec Bob Small est énorme. Il a été impliqué dans une douzaine d'histoires de meurtres non élucidées, et il est hors de question pour Doreen de rester sans rien faire dans cette enquête. Cependant, même elle n'est pas préparée à la fin qui va se révéler, avec une arme à la main et une histoire à raconter pendant des lustres…

Inscrivez-vous ici pour être informés de toutes les nouveautés de Dale !

https://geni.us/DaleNews

Chapitre 1

Au milieu de la quatrième semaine de septembre

DOREEN ÉTAIT ALLONGÉE au bord de la rivière, une tasse de thé et un roman à suspense à la main, somnolant, se reposant jusqu'à ce que Mugs aboie. Elle leva les yeux et vit Mack venir vers elle, une grande boîte à pizza à la main. Elle rayonna en reconnaissant le logo du restaurant, l'un de ses préférés.

Il rit.

— Je n'ai pas appelé pour dire que j'apportais le dîner, au cas où tu te reposerais encore.

— C'est le cas, j'ai passé la plupart de la journée ici…

Elle désigna l'eau qui ruisselait doucement à côté d'elle.

— C'est un endroit magnifique, souligna-t-il en s'asseyant.

Il ouvrit la boîte et lui offrit une part.

Doreen fronça les sourcils.

— Tu manges autre chose que des pizzas quand tu es occupé ?

— En effet, acquiesça-t-il. C'est rapide, facile et ça tient au corps.

— D'accord. Bon, je ne vais pas argumenter parce que

tu l'as apportée.

— Tant mieux, dit-il, avant de lui adresser un sourire. Tout le monde était tellement curieux de cette découverte que tous nos agents – même ceux qui n'étaient pas en service – ont travaillé par équipes, tout au long de la journée d'hier, de la nuit et de la journée d'aujourd'hui. Tout a déjà été répertorié et rangé dans un casier. Ils vont faire un grand communiqué de presse, et le capitaine veut que tu y assistes.

Elle leva les yeux au ciel.

— Je peux y assister, mais je ne veux pas faire la une des journaux.

Mack éclata de rire.

— Je pense que c'est un peu compliqué à ce stade. Bien sûr, la presse s'est rendue sur place peu après ta découverte, donc elle sait déjà que tu es impliquée.

La jeune femme sourit.

— C'est pour ça que je suis à l'arrière de la maison, parce qu'hier, les bus de touristes japonais ont commencé à passer, soupira-t-elle. Richard me parle à peine.

— C'est peut-être une bénédiction déguisée, nota Mack avec un petit rire.

— Je ne sais pas. J'ai peut-être besoin d'un moyen secret d'entrer et de sortir de chez moi maintenant.

Mack fronça les sourcils et demanda :

— C'est aussi grave que ça ?

Elle haussa les épaules.

— Oui, mais peu importe. Tout va bien.

— Et Stuart ?

— Je lui ai parlé à plusieurs reprises.

— Bien. À propos de quoi ?

— Maintenant qu'il a de l'argent, il pense à reprendre ses études.

— Oh, wouah, je ne m'attendais pas à ça.

— Non, mais je pense qu'il commence à comprendre combien ce travail et ce mode de vie criminel ont handicapé son père.

— Et c'est une bonne chose, approuva Mack. Au moins, s'il comprend ça, Stuart pourra faire quelque chose de mieux pour lui-même.

— Je pense que ce sera le cas. Du moins, je pense qu'il essaie de trouver une solution. Perdre son père soudainement comme ça a été difficile.

— Évidemment, mais il s'en est bien sorti.

— C'est vrai, murmura Doreen.

— Prends une part de pizza.

Elle obtempéra, se redressa et arrosa le tout d'une grande rasade d'eau.

— C'est calme au travail maintenant ? l'interrogea-t-elle, avant de s'excuser face au regard noir du policier. Je sais. C'est encore ma faute.

— Non, dans ce cas, nous devions trouver ce deuxième butin avant que tout le monde ne pille le cimetière, expliqua Mack. Le fait que tu l'aies trouvé n'est pas vraiment une surprise.

— Je pense que vous l'auriez trouvé aussi, si vous étiez allé aussi loin, mais c'était amusant de le voir découvert. Les trésors enfouis sont le rêve d'enfant de tout le monde.

Mack rit.

— Tu as raison, et c'est toujours le sujet de conversation au commissariat.

— Et ça le restera un moment, nota-t-elle avec un sourire.

Il hocha la tête et elle ajouta :

— Tant qu'aucune autre affaire n'est révélée, vous devriez vous en sortir.

— On se débrouillait bien *avant* cette affaire, déclara-t-il en lui jetant un regard dur. C'est juste que *quelqu'un* nous fournit toujours plus d'affaires.

— C'est vrai, et je suis sûre que c'est pénible, mais imagine – entre toutes les armes et maintenant le butin – combien d'affaires vous pourriez résoudre.

— Oh, ne t'inquiète pas. Le capitaine se réjouit de tout ça.

Mack laissa échapper un grand rire.

— Il a dit quelque chose à propos de s'assurer que je te traite bien, pour que tu ne quittes jamais la ville.

Elle le regarda et se mit à rire à son tour.

— C'est gentil, pour changer. Je pensais qu'il t'offrirait un pot-de-vin pour me faire quitter la ville, afin que vous ne travailliez pas si dur.

Les éclats de rire du caporal redoublèrent.

— Non, c'est bon. Et le fait que tu aies pris un jour ou deux de congé et que tu te sois reposé, c'est une très bonne nouvelle.

— Bien sûr, je n'ai pas fait grand-chose. Le fait que Mathew soit rentré chez lui sans me contacter est encore mieux. J'ai pu me détendre.

— Et tu as pris ces quelques jours de congé seulement parce qu'Ella Hickman est partie en voyage, n'est-ce pas ?

Doreen acquiesça.

— Je lui parlerai à son retour.

— La police veut aussi lui parler. Elle revient aujourd'hui.

— Ce serait bien. Plus de choses à régler.

— Mais tu espères obtenir davantage d'informations sur Bob Small, n'est-ce pas ?

— En effet, reconnut Doreen avec un sourire. Je ne me reposerai pas tant que je n'aurai pas résolu ce problème.

Il grimaça et hocha lentement la tête.

— Ce ne sera pas facile à gérer, tu le sais ?

— Je le sais, marmonna-t-elle. J'espérais que ce serait plus facile, mais je ne pense pas que ce sera le cas.

— Sûrement pas, cependant j'espère que tu prendras toutes les précautions possibles et que tu feras du bon travail.

Elle se pencha vers lui, l'embrassa doucement sur la joue et répliqua :

— Merci pour la confiance.

Il sourit, l'embrassa sur la bouche et murmura :

— Je t'en prie.

— Et tu es sûr qu'il n'y a pas d'autres affaires en ce moment ? demanda-t-elle. J'aurais besoin de quelque chose de facile.

— De *facile* ? répéta-t-il. Si c'était le cas, on l'aurait déjà résolu.

— Bien vu.

— Mais, non, je ne pense pas qu'il y aura quoi que ce soit avant un certain temps, supposa Mack. Tu as bien secoué cette ville.

Doreen le fusilla du regard.

Mack se contenta de sourire, puis son téléphone sonna. Il soupira en le regardant et répondit.

— Oui, Cap. Qu'est-ce qu'il y a ?… Oui, je suis assis avec elle en train de manger une pizza… OK, je lui dirai… Oui, j'arrive.

Le policier se leva, les sourcils froncés.

— *Oh, oh*, quel est le problème ? s'enquit-elle.

Mack soupira.

— Disons que les choses vont se compliquer à partir de

maintenant.

— Pourquoi ça ? s'étonna-t-elle, en se levant.

— Parce qu'ils ont trouvé un corps à l'aéroport.

— Un corps ?

Il opina du chef.

— À l'aéroport ? continua-t-elle, sa voix montant dans les aigus.

Il opina de nouveau.

Doreen secoua la tête.

— S'il te plaît, pas Ella.

Il hocha encore une fois la tête.

— C'est Ella. On l'a trouvée dans un parterre de violettes devant l'aéroport, dans l'un des grands massifs. Elle attendait son taxi.

Elle le regarda, choquée.

— Oh non, souffla-t-elle, un peu triste et très en colère parce que tous ses rêves d'obtenir des réponses sur son dossier Bob Small s'envolaient. Pauvre Nelly.

Cette pensée fit monter les larmes aux yeux de la jeune femme.

— Reste ici, lui ordonna-t-il, le ton sévère. Je te ferai savoir ce que je peux, quand je le pourrai.

Et, sur ce, il se dirigea vers la cuisine.

Elle retomba sur le sol, et ça fit tilt.

— Violettes.

Des *fleurs*. Elle ricana.

— Tu es toujours là ? lança-t-elle à l'attention de Mack.

Pas de réponse.

Elle prit son téléphone et l'appela.

— Tu as bien dit des *violettes*, n'est-ce pas ?

— Oui, pourquoi ?

Elle entendit son moteur démarrer, tandis qu'il montait

dans son véhicule.

— Que dirais-tu de *Vaincue* ? proposa-t-elle. Que penses-tu de *Vaincue dans les Violettes* ?

Il pouffa.

— Je pense que tu te raccroches à ce que tu peux.

— Non, je ne pense pas. Toutefois, *Victime* sonne mieux. *Victime* est parfait.

— Non, pas du tout, car il s'agit de mon affaire, pas d'une affaire classée.

— Ah, mais ce sera lié à l'une des plus grandes affaires non résolues que tu aies jamais vues.

Mack grommela.

— D'accord pour *Victime dans les Violettes*.

Puis il rit de plus belle et ajouta :

— Elle est bonne, celle-là.

Il raccrocha tout en riant encore.

Elle posa son téléphone et se mit à rire aux éclats. Elle s'approcha de Mugs et le serra dans ses bras, attrapa Goliath et dansa avec lui, puis prit Thaddeus et le posa sur son épaule.

— Nous avons une autre affaire !

Doreen remarqua la pizza que Mack avait laissée derrière lui.

— De la pizza *et* une affaire, annonça-t-elle fièrement. Il ne nous manque plus que le café.

Ainsi, elle se rua dans sa cuisine pour en préparer.

La vie est belle. La vie est très belle.

Chapitre 2

Après le déjeuner…

UNE FOIS MACK parti, les véritables conséquences de la mort d'Ella frappèrent Doreen. Non seulement la sœur d'Ella se retrouvait seule, mais toutes les réponses qu'Ella avait, qu'elle aurait pu partager, étaient mortes avec elle. Même si Doreen ne voulait pas croire que tout était perdu, il était difficile à cet instant de trouver une note positive à tout cela. Quand on pense à tout ce qu'Ella aurait pu dire à Doreen et Mack – non seulement sur les armes et le trésor, mais aussi sur tout ce qui avait trait à l'affaire des gangs – tout avait disparu, ainsi que tout lien avec l'affaire du tueur en série Bob Small.

Ella avait sûrement gardé des archives, des notes sur quelque chose. Cette femme avait été une politicienne. Elle savait l'importance des dossiers et qu'ils pouvaient être nuisibles. Doreen ne voulait pas croire qu'une femme comme Ella, qui avait établi des relations, qui avait une réputation de femme avisée et qui avait connu de nombreuses personnes puissantes, laisserait tout cela tomber à l'eau. Ella aurait certainement tenu des journaux, au moins. Elle n'avait pas non plus eu l'occasion de rentrer chez elle pour préparer, cacher ou détruire quoi que ce soit. Elle avait été éliminée et, bien sûr, cela rendait toujours Doreen méfiante.

— Qui aurait pu faire ça ? Beaucoup de gens sont passés à *l'acte*.

Elle erra dans sa maison, les sourcils froncés, et s'agitant pour de petites choses, jusqu'à ce qu'elle se rende compte qu'elle essayait de se changer les idées sur les informations qui tournaient en rond dans sa tête.

Doreen se dirigea vers le bol que sa grand-mère lui avait laissé, toujours rempli de babioles qu'elle avait trouvées cachées dans tous les vêtements de Nan, y compris de la monnaie, et même quelques rouleaux de petites coupures de dollars. Doreen avait gardé tout cela dans le bol comme un signe de richesse, un signe qu'elle s'en sortait bien, un signe des temps qui changent. Cependant, c'étaient les billes qui l'intéressaient, qu'elle n'arrêtait pas de ramasser et de faire rouler dans sa main, car elle appréciait la sensation qu'elles lui procuraient. Il y avait aussi beaucoup d'autres choses dans ce bol : des boutons, des trombones et toutes sortes d'objets divers qui n'avaient aucun sens.

Puis elle y plongea sa main et en sortit quelque chose dont elle avait l'intention de parler à Nan, mais qu'elle n'avait pas encore fait : les clés. Sa grand-mère avait des coffres-forts à son nom. Doreen y réfléchit, se demandant si elle ne devrait pas l'interroger à ce sujet. La dernière fois qu'elle lui avait posé la question, son aïeule s'était passablement énervée contre elle. Principalement à cause de la confusion de Nan, et pourtant cette confusion était présente un peu plus souvent certains jours que d'autres.

Cette situation était frustrante, car, pour quelqu'un comme Doreen, les réponses étaient apparemment ce qui la motivait, et elle avait souvent besoin de l'aide de sa grand-mère. Avec la mort d'Ella et les pertes de mémoire de Nan, la jeune femme comprenait qu'obtenir davantage d'informations serait un défi aujourd'hui et à l'avenir. Pourtant, elle devait se rappeler que beaucoup de réponses manquaient dans toutes ces affaires. Et cela la rendait folle.

Elle finit par regarder les animaux.

— Bon, allons nous promener.

Mugs bondit aussitôt, aboyant, sa queue remuant comme un rotor d'hélicoptère. Elle sourit et le caressa.

— Tout va bien, mon grand. Tout va bien.

Mais, bien sûr, ce n'était pas le cas, toutefois, il fallait espérer que ce serait bientôt le cas. Néanmoins, ce n'était pas la faute de Mugs si les choses avaient dégénéré. Doreen avait toujours besoin de réponses, et elle n'en trouverait plus beaucoup à présent. Elle ne pouvait qu'espérer qu'Ella eût peut-être laissé un journal ou quelque chose du genre quelque part.

Alors qu'elle y réfléchissait, son téléphone sonna. Elle jeta un coup d'œil. *Nan.* Doreen grimaça. Apparemment, la nouvelle s'était déjà répandue.

— Bonjour, Nan, répondit-elle.

— C'est vrai ? demanda la vieille dame d'une voix forte. C'est vrai ?

— J'ignore ce que tu souhaites savoir, déclara sa petite fille avec prudence.

— À propos d'Ella, s'écria Nan, la voix à la limite de l'hystérie.

— Doucement, Nan, doucement. Calme-toi.

Mais il était impossible de calmer sa grand-mère.

— Tu ne sais pas combien sa sœur est bouleversée !

— Je n'en doute pas. C'était son unique sœur. Ella était

sa seule famille, n'est-ce pas ?

— Tout à fait, confirma Nan tranquillement, la panique quittant sa voix.

— Pourquoi es-tu si bouleversée ?

Le silence s'installa d'abord. Puis Nan admit à contre-cœur :

— Nelly a pris quelque chose à Ella. C'est l'une des raisons pour lesquelles elles se disputaient tout le temps. Nelly ne voulait pas lui rendre.

— Pourquoi aurait-elle fait ça ?

— Parce qu'Ella avait menacé de l'emmener loin d'ici. Et, bien que nous pensions tous que Nelly est vraiment douce et calme, elle a des secrets cachés.

— Si elle a volé quelque chose à sa sœur, ça ressemble à une rivalité familiale, ce qui peut arriver n'importe quand.

— Oh, absolument, reconnut Nan. Mais ça ne change rien au fait que Nelly se sent terriblement coupable parce que maintenant elle ne peut pas le rendre à sa sœur et qu'elle ne peut pas lui demander pardon.

— Ah, c'est vrai, nota Doreen. Je suis désolée de t'apprendre qu'Ella a apparemment été retrouvée morte à l'aéroport, alors qu'elle attendait son taxi.

— Oh mon Dieu, murmura Nan, la voix encore tremblante.

Il se passait quelque chose et Doreen se méfiait.

— Nan, qu'est-ce que tu sais à ce sujet ?

Sa grand-mère inspira lentement.

— Je sais que Nelly a fait une sorte d'excursion ce matin. Elle était censée participer à la sortie shopping de Rosemoor. Tout le monde est entré dans le magasin et le chauffeur est allé chercher un café. Sauf que Nelly a sauté dans le bus de Rosemoor, est partie et a disparu.

— Quoi ? s'exclama Doreen.

— Oui, oui, mais je suis sûre qu'elle n'a pas tué Ella, ajouta Nan sur-le-champ.

Doreen se pinça l'arête du nez.

— Je n'en suis pas aussi sûre.

— Non, non. Tu ne comprends pas. Ce n'est pas le genre de Nelly.

— A-t-elle déjà fait quelque chose de la sorte auparavant ?

— Non, c'est ça le problème. Elle n'a jamais quitté une sortie comme celle-ci, surtout pas avec le bus et en laissant tout le monde sur le carreau. C'est la personne la plus parfaite que tu aies jamais vue.

— *Nan.*

— Je sais que tu ne me crois pas. Pour toi, tout ça n'est que le fruit de mon imagination.

— Non, pas du tout, réfuta fermement Doreen. Pourtant, il est évident qu'on doit régler ce problème.

— Tu vas venir alors ?

Le ton de sa grand-mère était si enthousiaste que Doreen s'interrogea à nouveau.

— Venir ?

— Oui. Je te l'ai dit. Nelly est là, elle pleure toutes les larmes de son corps.

— Oh, aïe. Oui, sa sœur est décédée. Bien sûr, elle est désemparée.

— Non, ce n'est pas ça, la corrigea Nan d'un ton sec. Nelly ne veut parler à personne d'autre que toi.

— Double aïe, souffla Doreen. D'accord, mais si c'est lié à cette affaire, je dois appeler Mack.

Le silence se fit à l'autre bout du fil.

— J'imagine que tu es obligée, n'est-ce pas ? répondit

Nan à contrecœur.

— Oui, mais bien sûr, on ne sait pas si le désir de Nelly de me parler est lié à la mort d'Ella, ou pas ? demanda Doreen à sa grand-mère.

— Je ne sais pas si c'est lié, mais je suppose que c'est le cas, déclara Nan, avec une honnêteté inhabituelle.

— Très bien, dans ce cas…

— Non, tu viens d'abord ici, tu règles ça, et ensuite, si tu sens que c'est nécessaire, tu pourras appeler Mack.

— *Super.* Il ne verra peut-être pas les choses de la même façon.

À ce moment-là, retrouvant peu à peu ses esprits, Nan glissa :

— Dommage. L'une d'entre nous souffre, et nous devons l'aider.

Sur ce, Nan raccrocha.

Doreen soupira bruyamment, néanmoins, elle savait ce qu'elle devait faire.

— Les gars, et si on allait voir Nan ?

Mugs n'avait rien à redire à ce sujet. Une fois les animaux sortis de la maison, et après avoir compris où ils allaient, ils coururent en direction de Rosemoor – presque comme s'ils comprenaient qu'en ce moment même, il se passait quelque chose de fou.

Et, bien sûr, la folie était une chose, mais cette folie ? C'était un tout autre problème. *Que se passe-t-il ?* se demanda Doreen en marchant. Si cela avait un lien quelconque avec la mort d'Ella, elle devait téléphoner à son policier préféré.

Elle sourit face au magnifique ruisseau qui s'écoulait joyeusement à côté d'elle. Elle n'avait pas réalisé combien l'eau comptait pour elle, mais il était difficile de s'en passer. Elle ne pouvait plus s'imaginer vivre ailleurs. C'était une telle joie d'habiter ici.

Nan avait si bien réussi, non seulement pour elle-même, mais aussi pour Doreen, en achetant sa maison il y a si longtemps. Et à l'époque, elle avait dû être vendue pour une somme rondelette, même si c'était le tarif de cette année-là. Doreen n'avait aucune idée de sa valeur aujourd'hui, car selon elle, elle était inestimable. Elle ne pouvait même pas imaginer la vendre.

Alors que Doreen arrivait au coin de la rue et se dirigeait vers le parking de Rosemoor, Nan se balançait avec impatience d'un pied sur l'autre sur l'herbe devant sa terrasse. C'était troublant en soi, car Nan avait toujours été une personne calme et sereine. Bien sûr, les événements l'excitaient, mais elle était rarement aussi désemparée.

Lorsque Doreen s'approcha, Nan la vit, sourit et arriva en courant.

— Salut.

— Ça t'a vraiment secouée, n'est-ce pas ? l'interrogea Doreen en la serrant dans ses bras.

Sa grand-mère acquiesça, puis baissa la voix.

— Je ne veux pas penser que Nelly l'a tuée.

Doreen se figea sur place.

— Oh, Seigneur, tu penses vraiment que c'est ce qu'il s'est passé ?

— Non... je ne sais pas, maugréa Nan. Mais, bien sûr, ça m'inquiète.

— Évidemment.

Doreen serra de nouveau Nan dans ses bras. Presque aussitôt, Mugs sauta pour s'interposer. La vieille dame gloussa et se pencha pour lui faire un gros câlin. Elle fit de même avec Goliath, tandis que Thaddeus sautait sur son dos, ce qui la surprit. Elle se redressa, sans cesser de rire, et

Thaddeus remonta jusqu'à son épaule pour se blottir dans son cou.

— Thaddeus aime Nan. Thaddeus aime Nan.

— Et toi, mon chou, tu es si gentil, répondit-elle chaleureusement.

Elle passa encore un moment à câliner les animaux et observa Doreen.

— Chaque fois que quelqu'un ici perd un membre de sa famille, ça me rappelle combien je suis reconnaissante que tu sois avec moi, ma chérie.

Doreen grimaça.

— Je pensais aussi à quelque chose de ce genre, dit-elle doucement. On a eu beaucoup de cas où les gens ont perdu leur famille et leurs amis, et c'est assez dur.

— Absolument, convint Nan. Et quand on croit tout savoir sur ce qu'il se passe et qu'un événement comme celui-ci se produit, on se rend compte qu'on ne sait rien.

Doreen y avait certainement songé, elle aussi, à maintes reprises. Elle ne pouvait qu'être d'accord avec sa grand-mère.

— Espérons que celle-ci soit assez simple, souffla-t-elle d'un air rassurant.

— J'espère, mais je ne sais pas, chuchota Nan. Nelly est assez bouleversée.

Au lieu d'aller prendre le thé sur sa terrasse, Nan guida Doreen à l'intérieur, dans son petit appartement et dans le couloir qui menait à une section complètement différente de Rosemoor. Doreen la suivit, sans trop savoir où elle allait. Lorsque Nan arriva enfin à une porte fermée et frappa, elles entendirent une voix douce à l'intérieur. Nan entra et fit signe à Doreen de la suivre.

Doreen entra derrière Nan et trouva Nelly assise sur son canapé, une grosse liasse de mouchoirs en papier dans la main, plusieurs boîtes de mouchoirs à côté d'elle, et de multiples boules de mouchoirs tout autour d'elle sur le sol. Le visage de Nelly était bouffi et rouge, comme si elle avait perdu sa meilleure amie. Ou, en l'occurrence, sa sœur.

Doreen s'approcha, s'assit et serra Nelly dans ses bras.

— Toutes mes condoléances, murmura-t-elle.

Nelly se mit à pleurer encore plus fort.

— Je suis désolée, dit Doreen.

Elle laissa Nelly se ressaisir quelques instants, en regardant Nan.

— Je vais préparer du thé, proposa cette dernière.

Elle disparut à nouveau dans le couloir, sans doute pour aller chercher du thé dans la cuisine de Rosemoor. Doreen s'en étonna, mais il arrivait que l'on ne comprenne pas grand-chose à cet endroit.

Elle attendit, cependant, et comme Nelly ne montrait aucun signe d'apaisement, Doreen déclara :

— Nan m'a amenée ici parce que vous vouliez me parler ?

Nelly acquiesça, prit plusieurs inspirations profondes, essayant de maîtriser ses émotions, puis chuchota :

— Je l'ai tuée.

Chapitre 3

CHOQUÉE, DOREEN NE savait pas trop ce qu'elle devait répondre à cet aveu. Elle fixa du regard la petite femme à côté d'elle et demanda :

— Comment ça, vous l'avez tuée ?

Elle dévisagea Doreen.

— Je l'ai tuée, répéta-t-elle plus fermement. J'étais tellement en colère.

— Comment l'avez-vous tuée ? l'interrogea Doreen.

— Je l'ai frappée. Elle est tombée. Elle était surprise, admit Nelly, avant de se remettre à pleurer.

— OK, et qu'avez-vous fait ensuite ?

La femme fronça les sourcils.

— Que voulez-vous dire, qu'est-ce que j'ai fait ?

— Après.

— Je me suis enfuie, confessa Nelly. J'avais peur. Je ne voulais pas lui faire de mal. Enfin, si, mais pas *comme ça*.

C'était un peu confus, toutefois, à travers les larmes et les mouchoirs, Doreen réussit finalement à obtenir le reste de l'histoire.

Plus tôt dans la matinée, Nelly était allée à l'aéroport – en volant le bus de Rosemoor – pour récupérer Ella, sachant que sa sœur arrivait. Quand Ella avait vu Nelly, les deux sœurs s'étaient disputées, Nelly avait frappé Ella avant de s'enfuir. Elle était revenue avec le bus de Rosemoor jusqu'au centre commercial pour retrouver les autres résidents et était d'une humeur massacrante depuis lors.

Le fait est que Nelly n'était pas autorisée à conduire le bus de Rosemoor ni à se rendre seule à l'aéroport. Il y avait donc beaucoup de choses qui n'allaient pas dans ce scénario, néanmoins beaucoup de choses allaient dans le bon sens.

— Vous deviez récupérer Ella ? lui demanda Doreen.

— Non. Elle m'avait envoyé un message de Vancouver, et depuis, on se disputait… Lorsqu'elle a atterri, elle devait encore passer la douane et récupérer ses bagages, mais elle m'a envoyé des SMS pendant tout ce temps, me disant que j'étais une sœur pourrie, qu'elle allait me retirer de Rosemoor, m'emmener dans une autre résidence, là où je ne veux pas aller, ajouta-t-elle, le regard flamboyant, alors que sa colère revenait de plein fouet.

— Avait-elle le pouvoir de faire en sorte que cela se produise ? questionna Doreen avec curiosité.

Nelly fronça les sourcils.

— Je ne sais pas, mais elle m'a dit que c'était le cas.

— Ce qui en fait une menace comme les autres, nota Doreen.

La vieille dame opina lentement du chef.

— J'ai eu l'impression que c'était la vérité.

— Évidemment, concéda Doreen. Bien, quoi d'autre ?

— Ce n'est pas suffisant ? s'étonna Nelly en la dévisageant.

— Non. Vous l'avez frappée, vous l'avez fait tomber, vous êtes montée dans le bus et vous êtes rentrée, n'est-ce pas ?

— Oui. Exactement.

— D'accord, donc après m'avoir dit ça, pourquoi pensez-vous que ça l'a tuée ?

— Elle a été trouvée à l'aéroport, et je l'ai frappée, déclara Nelly avec étonnement.

— Vous pensez l'avoir frappée assez fort pour la tuer ?

— Oui, oui, c'est exactement ce que je pense, affirma-t-elle, avant de marquer une pause et de demander : pas vous ?

— Je ne sais pas, répondit Doreen. Je ne pensais pas que ça s'était déroulé ainsi.

Nelly se cala dans son fauteuil, l'expression perplexe.

— Vraiment ?

— L'avez-vous frappée avec votre main ?

Nelly se renfrogna.

— Je l'ai frappée avec un livre.

— OK, quel livre ?

À cette question, Nelly prit le livre qui se trouvait à proximité. Le titre de l'ouvrage de développement personnel sous ses yeux, Doreen observa Nelly et retint difficilement son sourire.

— Ça a l'air d'être un bon livre, dit-elle.

— En effet. J'essaie d'être une meilleure personne, glissa Nelly.

Doreen avait envie de lui dire qu'elle n'y arrivait pas vraiment, or elle ne pensait pas que c'était très juste de le dire à cet instant.

— Le livre parle du contrôle des émotions. J'en déduis que vous avez un problème avec vos émotions qui deviennent incontrôlables ?

Nelly acquiesça, honteuse.

— Oui, et Ella est sur mon dos depuis toujours pour régler ce problème. Je pensais y arriver.

— Je suis sûre que vous avez essayé. Ce n'est pas facile.

— Non, ça ne l'est pas, s'écria Nelly. C'est terrible. Et j'ai toujours l'impression d'être celle qui a tort.

Doreen ne renchérit pas, cependant elle avait assurément connu quelques relations où l'on donnait l'impression à l'un des deux d'avoir toujours tort.

— Très bien, alors que faisait Ella quand vous êtes partie ?

Nelly secoua la tête, puis haussa les épaules.

— Je ne sais pas. Après l'avoir frappée, j'ai grimpé dans le bus de Rosemoor et je suis partie.

— D'accord, au moins c'est quelque chose. Elle était allongée ?

— Oui, elle a trébuché et est tombée en arrière.

— OK, je dois en parler à Mack, précisa Doreen, mais je ne pense pas que vous soyez autant impliquée que vous le pensiez.

Nelly la dévisagea, mais une lueur d'espoir traversa son regard.

— Vous ne croyez pas ? Comment est-ce possible ?

— Je n'en suis pas encore sûre. Je n'en dirai donc pas trop pour l'instant, tant que je n'aurai pas compris. Mais nous y *parviendrons*, expliqua-t-elle calmement.

Nelly la regarda avec espoir.

— Sérieusement, vous allez m'aider ?

— Oh, absolument, confirma Doreen. Quelle était la raison de la dispute ?

La pauvre femme rougit.

— J'ai pris quelque chose qui lui appartenait.

— Qu'avez-vous pris ?

Nelly pinça les lèvres.

— Je ne sais pas si je devrais le dire.

— Votre sœur ne pourra pas le récupérer, il est donc trop tard pour lui demander pardon. Cependant, la police cherche à savoir qui l'a tuée, et ils ont besoin de connaître tous les détails, insista Doreen d'un ton raisonnable. Donc, quoi qu'il en soit, vous devrez le remettre, et j'aimerais d'abord savoir de quoi il s'agit.

— Pourquoi ? demanda Nelly sans ambages.

— Parce qu'Ella est liée à plusieurs affaires non résolues, répondit Doreen. Et nous espérions tous obtenir des réponses de sa part dès son arrivée.

Nelly hocha la tête et fixa Doreen du regard.

— Elle était assez contrariée que vous lui parliez quand elle était ici.

— Pourtant, elle n'avait pas l'air contrariée du tout – pas à ce moment-là.

— Elle l'était, persista Nelly. Elle était contrariée que vous ayez parlé de Bob Small.

— D'accord, que pouvez-vous me dire sur Bob Small ?

— Ils ont été amants, pendant un certain temps.

— Et Ella était-elle au courant de ses… activités ?

— Je ne sais pas. Je ne sais pas de quelles activités vous parlez.

Et, bien sûr, on en revenait toujours à ça. Est-ce que Nelly savait ? D'ailleurs, de quoi Ella était-elle au courant ?

— Bien, qu'est-ce qui les a fait rompre ?

— Il a disparu. On ignore comment, ni pourquoi, ni quand, mais ils se sont disputés et il a disparu.

— Il y a combien de temps ?

— Il y a très longtemps, souligna Nelly, au moins dix ans, si ce n'est le double.

— Il est allé en prison, n'est-ce pas ? s'enquit Doreen.

Nelly fronça les sourcils.

— Je ne sais pas. Il aurait dû. C'était un homme mauvais.

Elle l'avait dit d'une manière si simpliste qu'il était évident qu'*elle* y croyait. Pourtant, d'après le ton de sa voix, Nelly ne s'attendait pas vraiment à ce que quelqu'un d'autre le croie.

— Je le crois aussi, reconnut Doreen.

Nelly la regarda avec surprise.

— Ma sœur m'a toujours dit qu'il était incompris.

— Je ne pense pas qu'il ait été incompris, mais plutôt que c'était un homme mauvais, répliqua Doreen.

Nelly hocha aussitôt la tête avec enthousiasme.

— Je lui disais de le laisser tomber, de ne pas le fréquenter, mais elle n'écoutait pas.

— Les sœurs sont comme ça, nota Doreen avec un sourire. Surtout les grandes sœurs. On n'est pas censé en savoir plus qu'elles.

Nelly s'esclaffa.

— J'ai souvent eu des problèmes avec ça… On se disputait souvent quand on était jeunes, mais quelque part, ajouta-t-elle, son ton devenant triste, j'ai perdu le combat et ensuite l'envie de me battre.

— Et peut-être que c'est parce que vous n'étiez pas nécessairement le type de personne qui veut se battre tout le temps, alors que – je ne suis pas sûre, mais – votre sœur appréciait les disputes et en désirait plus dans sa vie.

Nelly haussa les épaules.

— Je ne sais pas pourquoi quelqu'un voudrait ça.

— Parfois, nous devons faire ce qui est bon pour nous, que cela plaise ou non aux autres.

Nelly la regarda curieusement.

— C'est très vrai. Je n'arrêtais pas de dire à Ella que je

devais vivre ma vie. Mais elle ne cessait de me crier dessus, disant que si c'était ma vie, c'était à moi de la payer.

— Et ce n'était pas le cas ?

— Oui et non. D'après ma sœur, j'étais incapable de gérer mes affaires. J'aidais les mauvaises personnes, et l'argent disparaissait en un rien de temps.

— En fonction de ce que vous avez fait de votre argent, je peux comprendre que votre sœur dise cela. Si vous voulez rester à Rosemoor, ça coûte, et ça coûte beaucoup.

Nelly déglutit difficilement.

— Je veux vraiment rester ici, se récria-t-elle. Je ne veux pas être renvoyée.

— Je ne sais pas s'ils peuvent vous renvoyer, murmura Doreen. Voyons d'abord si nous pouvons tirer ça au clair. Et le prochain problème serait de régler vos finances pour voir si vous pouvez rester.

Nelly la regarda fixement.

— Mais, si ma sœur est morte, alors je devrais avoir l'argent et je pourrais rester, n'est-ce pas ?

Doreen jaugea le visage de Nelly pendant un long moment, toutefois les pensées qui lui traversaient l'esprit ne lui plaisaient pas, mais comment ne pas y penser ?

— Je suppose que ça dépend si vous avez quelque chose à voir avec la mort de votre sœur. Si c'est le cas, alors, non, vous ne pourrez pas rester parce que vous n'aurez pas l'argent, et, bien sûr, vous serez en prison, expliqua Doreen en regardant Nelly avec circonspection, faisant de son mieux pour ne pas contrarier la pauvre femme. Néanmoins, si vous n'avez rien à voir avec sa mort et que votre sœur vous a tout légué – et je n'en sais rien –, alors l'argent n'est peut-être pas un problème, tout dépend de la somme d'argent qu'elle avait. Maintenant, avez-vous de l'argent à vous ?

Nelly eut l'air confuse.

— Un peu, mais je ne sais pas combien.

— D'accord, c'est une autre chose que nous examinerons alors.

— Mais vous allez m'aider ? demanda Nelly, presque désespérément.

Quelque chose retenait Doreen. Puis, en y réfléchissant, elle acquiesça.

— Je vous aiderai à régler ce problème. Je ne sais pas à quoi ça ressemblera en fin de compte.

Les épaules de Nelly s'affaissèrent.

— Évidemment. Ma sœur avait raison. Je suis une mauvaise personne.

— Vous n'êtes pas une mauvaise personne, la corrigea immédiatement Doreen, et même si vous avez fait quelque chose de mal, ça ne fait pas de vous une mauvaise personne pour toujours. Vous pouvez certainement arranger les choses.

— Pas avec ma sœur, précisa Nelly en secouant la tête, les larmes recommençant à couler. Je ne pourrai pas arranger les choses avec ma sœur.

Elle éclata de nouveau en sanglots, et la conversation s'arrêta là.

Chapitre 4

DOREEN PRIT CONGÉ de Nan peu après et se dirigea lentement vers le ruisseau. Dès qu'elle eut franchi le coin de la rue et se fut éloignée de Rosemoor, ses doigts s'occupèrent déjà à téléphoner à Mack. Lorsqu'il décrocha, il semblait distrait.

— Doreen, je suis très occupé.

— Je sais, reconnut-elle. J'ignore l'importance de cette information.

Mack hésita.

— Qu'est-ce qu'il y a ?

— Comment Ella a-t-elle été tuée ?

— On lui a tiré dessus.

— Oh, bien, marmonna-t-elle.

— Bien ? répéta-t-il, avec une pointe d'amusement. En quoi est-ce bien ?

— Parce que sa sœur était hystérique, pensant qu'elle avait tué Ella.

— Attends. Comment ça ?

— Elle était présente à l'aéroport ce matin, avant qu'Ella ne soit abattue. Nelly s'est disputée avec elle au téléphone pendant toute la durée du séjour d'Ella à Vancouver, et même pendant qu'Ella rentrait chez elle. Tout ça s'est passé par textos, puis Nelly était tellement en colère qu'elle a conduit le bus de Rosemoor du centre commercial à l'aéroport pour voir sa sœur, et elles se sont disputées, avant que Nelly frappe Ella sur le côté de la tête avec un livre. Sa sœur est tombée. Nelly a sauté dans le bus, pensant l'avoir tuée, et est retournée au centre commercial, où se trouvaient les résidents de Rosemoor. Maintenant, terrifiée par ce qu'elle a fait, elle pleure à chaudes larmes à Rosemoor.

— Quoi ? s'écria Mack.

— Oui, donc Nelly se sent terriblement coupable, pense qu'elle a tué sa sœur, mais, en même temps, espère évidemment que ce n'est pas le cas.

— J'avais besoin de le savoir de toute façon parce que l'autopsie aurait indiqué un coup au visage d'Ella qui n'aurait eu aucun sens.

— Et c'est pour ça que je te le dis, nota Doreen calmement. Je peux aussi te dire que Nelly est folle de peur d'être expulsée de Rosemoor parce qu'elle n'a peut-être pas assez d'argent. Je ne sais pas pourquoi les sœurs se sont disputées parce que Nelly ne veut pas me le dire, mais j'ai cru comprendre qu'elle avait quelque chose qui lui appartenait, qu'elle n'a pas voulu lui rendre, et que c'est un sujet de litige depuis des années. Nelly m'a également dit que Bob Small était un homme mauvais.

Le silence se fit à l'autre bout du fil.

— Bon Dieu, souffla le policier, puis son ton changea. Elle a quelque chose qui appartenait à sa sœur ?

— Oui, apparemment elle lui a volé quelque chose et l'a utilisé contre elle ces dernières années. Afin de pouvoir rester à Rosemoor.

— Dynamique familiale intéressante.

— Leur relation est complexe. C'est bien là le problème. Toi et moi savons ce que nous avons vu dans le passé avec ces affaires non résolues, combien cette dynamique familiale peut finir par être moche.

— Oh, oui, c'est tout à fait vrai, maugréa-t-il. On dirait que je vais devoir aller lui parler.

— Je lui ai dit qu'elle devrait vous dire ce qu'il s'est réellement passé, mais elle est dans tous ses états.

— Bien sûr, mais je dois quand même lui parler.

— Je comprends, marmonna Doreen. J'ai pensé que tu devais savoir. Elle a parlé de Bob Small, mais pas beaucoup. Honnêtement, elle est devenue un peu évasive à ce moment-là.

— Est-ce qu'elle l'est toujours ?

— Oui, et je lui ai dit que je reviendrai plus tard pour lui parler un peu plus quand elle sera plus calme. Elle est en état de choc à cause de sa sœur, alors ce n'était pas le moment.

Ils discutèrent pendant plusieurs minutes, Mack essayant de comprendre ce qu'il se passait.

— Et tu penses vraiment qu'elle a quelque chose à voir avec sa mort ? demanda-t-il.

— Non, pas du tout, déclara Doreen. Cependant, je pense que Nelly a eu une grosse dispute avec Ella, qu'elle l'a probablement frappée au visage avec un livre, qu'elle a paniqué et qu'elle est partie.

— C'est utile, merci. Je dois lui parler de Bob Small, mais je dois d'abord me concentrer sur le meurtre d'Ella.

— Et je suppose que tu vas bientôt parler à Nelly ?

— Je suis obligé. Même si je n'aime pas lui faire subir ça, il est évident qu'un coup porté au visage d'Ella apparaîtra à l'autopsie.

Il raccrocha rapidement après ça.

Doreen réfléchit à cette information, tout en marchant le long du ruisseau en direction de sa maison. Elle s'arrêta et, d'un coup de pied, envoya un caillou dans l'eau pour éclabousser autour d'elle, ce qui fit courir Mugs, ravi. Elle ramassa un bâton, le lança sur le chemin et il courut après. Elle sourit en observant ses pitreries.

— Je suis contente que tu sois de bonne humeur. Dieu sait que cette journée sera difficile pour beaucoup de gens.

En chemin, Doreen se demanda pourquoi les notes qu'elle avait sur Bob Small ne mentionnaient pas Ella. *Bien sûr que non, parce que tout ce que j'avais lu venait d'Hinja jusqu'à présent.* C'est avec cette idée en tête que Doreen rentra chez elle, pensant qu'elle devait aller à la bibliothèque et chercher tout ce qu'elle pourrait trouver sur Ella, Hinja et Bob Small.

Après avoir enfermé les animaux dans la maison, elle se dirigea vers la bibliothèque. La bibliothécaire arqua un sourcil, mais elle était occupée à enregistrer les livres des gens. Tandis que Doreen se dirigeait vers l'arrière du bâtiment, où se trouvait la section des microfiches, elle ne put s'empêcher de penser que, pour une raison ou une autre, le temps était désormais compté. Elle s'assit au bureau, et commença à faire des recherches sur ces personnes.

Peu après, elle y était complètement plongée lorsque son téléphone vibra de nouveau. Baissant les yeux, elle vit qu'il s'agissait de Nan. Comme elle se trouvait dans la bibliothèque, Doreen devait parler à voix basse. Elle hésita, puis décida de ne pas répondre, d'éteindre son téléphone et de terminer ce qu'elle était en train de faire. Elle appellerait sa grand-mère dès qu'elle serait partie. Elle reporta son attention sur l'écran devant elle, sauvegardant autant d'articles qu'elle le pouvait, les envoyant à son adresse email pour les lire plus tard. Lorsqu'elle eut terminé, Nan avait encore appelé deux fois.

Doreen se sentit mal et se précipita hors de la bibliothèque, sans un mot à la bibliothécaire, sachant que cela lui ferait davantage relever les sourcils. Mais ce n'était ni le moment ni l'endroit pour s'expliquer. Dès qu'elle fut sortie, elle sortit son téléphone et appela Nan.

— Il y a un problème ? demanda-t-elle.

Nan gémit en entendant sa voix.

— Te voilà ! s'écria-t-elle. Pourquoi ne m'as-tu pas répondu ?

— J'étais à la bibliothèque, et on n'a pas le droit de parler.

Nan se tut un instant.

— Oh, souffla-t-elle, avant de prendre un ton vif. Nelly te demande.

Doreen ne savait pas trop quoi répondre à cela, sachant que Mack devrait déjà être là, en train de parler avec Nelly.

— Elle veut te parler à nouveau.

Doreen grimaça, car c'était un terrain délicat.

— Mack lui a-t-il déjà parlé ?

— Je ne pense pas. Nelly vient juste de te parler.

— D'accord, je reviens.

Et cette fois, quittant la bibliothèque avec sa voiture, elle se rendit directement chez Nan, se gara, entra sur la petite terrasse où Nan était assise en train de l'attendre. Doreen scruta sa grand-mère.

— Tu vas bien ?

Nan acquiesça, mais ses traits étaient empreints d'émotions diverses.

— Ça va, murmura-t-elle. La matinée a été difficile.

— En effet, acquiesça Doreen, mais on va tirer ça au

clair.

Nan lui sourit.

— Tu es une bonne enfant. Je n'en doute pas.

Doreen rit et corrigea sa grand-mère.

— Je ne suis plus vraiment une enfant.

— Tu penses vraiment que Nelly a tué Ella ?

— Non.

Nan la regarda avec surprise.

— Mais elle répète à tout le monde qu'elle l'a tuée.

— Je pense que dans son esprit, elle est coupable, mais elle l'a frappée sur le côté de la tête avec un livre.

La jeune femme baissa d'un ton et ajouta :

— Tu ne dois le dire à personne, car ce n'est pas officiel, mais on a tiré sur Ella.

Sa grand-mère la regarda avec horreur, puis avec soulagement.

— C'est une affaire tout à fait différente, se récria-t-elle en portant la main à sa poitrine.

— Exactement, mais ça ne change rien au fait que la police doit parler à Nelly parce que les coups portés au visage d'Ella ou ailleurs se verront à l'autopsie.

— Oui, bien sûr. Oh mon Dieu. Pourquoi Nelly aurait-elle frappé Ella avec un livre ? interrogea Nan en regardant fixement sa petite-fille. Ce n'est pas très efficace.

Nan serra Doreen dans ses bras et marmonna :

— Je suis contente que l'une d'entre nous ait un peu de bon sens. Viens. Tu dois lui parler, afin qu'on puisse mettre un terme à tout ça.

Doreen n'était pas sûre que ce soit aussi facile, or si c'était si simple, elle était d'accord. Alors qu'elle se dirigeait vers l'appartement de Nelly, Nan la regarda.

— Elle s'inquiète de ne pas pouvoir rester.

Doreen hocha la tête.

— Nelly doit mettre de l'ordre dans ses finances. Je ne sais pas si elle a de l'argent ou si c'est Ella qui s'en occupait.

— C'était *Ella* qui s'en occupait ? Pourquoi ?

Nan dévisagea sa petite-fille, puis opina du chef.

— C'est une très bonne question, remarqua Doreen. Si ce n'était pas l'argent de Nelly, alors ça dépendra du testament d'Ella, n'est-ce pas ?

— Ça dépendra de son testament et de l'existence éventuelle de stipulations dans des testaments antérieurs, lui rappela Nan. Il est possible que les soins de Nelly soient une sorte d'héritage de leurs parents.

— Je me suis également posé la question.

Doreen se tapota la joue d'un air pensif.

— Résolvons un problème tout de suite, déclara Nan, et nous pourrons ensuite travailler à la résolution des autres.

— Ce n'est pas si facile à faire, rappela Doreen à sa grand-mère. Beaucoup de pièces entrent en jeu et, cela dit, Nelly pense qu'elle a tué sa sœur, donc il est absolument hors de question qu'elle hérite.

Nan fit grise mine.

— Eh bien, comme tu l'as dit, elle l'a frappée avec un livre, entre autres choses... Mon Dieu, je ne peux pas imaginer.

— Je ne pense pas qu'on soit toujours rationnel dans ces états émotionnels, supposa Doreen. Nelly a sûrement réagi à quelque chose que sa sœur a dit.

— Peut-être, mais je vais te dire une chose, riposta Nan, réfléchissant clairement à la façon de procéder pour la conversation à venir avec Nelly. Ella n'était pas une personne sympathique. On la voyait ici sporadiquement, et on a vu l'effet négatif qu'elle avait sur Nelly à chaque visite.

— Peut-être, mais vous ne connaissez pas non plus la dynamique de la famille, nota Doreen. Alors, ne portons pas de jugement là-dessus.

Nan fronça les sourcils et Doreen lui adressa un sourire pour toute réponse.

Finalement, Nan poussa un gros soupir.

— D'accord, mais tu commences à ressembler de plus en plus à Mack.

Doreen la dévisagea, choquée par ces mots.

— Sérieusement ? s'écria-t-elle. Tu oses me dire ça ?

— C'est vrain bougonna sa grand-mère. L'ancienne Doreen n'aurait pas été aussi logique et raisonnable. Je ne dis pas que c'est une mauvaise chose. C'est juste une chose à laquelle nous devons tous nous habituer.

— Au fur et à mesure que j'en apprends un peu plus sur chacune de ces affaires, commença Doreen avec prudence, oui, nous comprenons un peu mieux la logique et la raison pour lesquelles les choses se produisent. Si Ella a été assassinée, nous voulons nous assurer que le coupable paie, n'est-ce pas ?

Nan se tourna vers elle.

— Absolument. Je ne comprends toujours pas ce que tu veux dire.

— On doit suivre le protocole pour que l'affaire soit jugée et gagnée. On doit suivre les règles pour éviter que l'affaire ne soit rejetée, expliqua Doreen. C'est ce que Mack m'a appris.

Quelle que soit la direction que prendrait cette conversation, elle devait l'orienter vers un côté productif.

— Même si je n'aime pas ça, même s'il y a des éléments que je jetterais volontiers par la fenêtre — et je m'attire souvent des ennuis pour ça —, on doit suivre un certain système juridique pour que les criminels puissent être poursuivis en justice. On ne veut pas que ces personnes s'en sortent avec leurs crimes. Regarde certaines de ces vieilles affaires. Tu vois combien de tueurs s'en seraient tirés ? Et maintenant, à cause de mon intervention dans quelques-unes des premières affaires, ils pourraient encore s'en tirer.

Sa grand-mère la regarda avec horreur.

Doreen haussa les épaules.

— C'est quelque chose qu'il faut garder à l'esprit. Je sais que, si je continue à intervenir, Mack a raison quand il dit que je dois être consciente que parfois mon aide n'est pas aussi importante que je le pense.

Nan pouffa.

— J'aime entendre ça. Tu as toute cette passion et pourtant un soupçon de bon sens – elle sourit – ce qui fait une excellente combinaison.

Doreen rit.

— Je n'en sais rien, et j'ignore si Mack serait d'accord avec toi.

Nan rejeta sa remarque d'un revers de la main.

— Qu'as-tu préparé pour son anniversaire ?

Doreen grommela.

— Je ne sais pas, je l'inviterai probablement à dîner.

— Tu vas cuisiner ?

— J'imagine. Je ne peux pas lui demander de venir préparer son propre repas d'anniversaire, si ?

Nan éclata de rire.

— Tu peux, et il en sera sûrement ravi.

— Peut-être, bougonna Doreen. Peut-être que je devrais demander à son frère s'il est d'accord de m'aider à organiser cette fête.

— Oh, c'est une bonne idée, se réjouit Nan, avant de

secouer la tête. Tu ne cuisineras pas pour eux deux, si ?

Elle lança un regard noir à sa grand-mère.

— Wouah, merci pour la confiance.

— Je ne veux pas effrayer Mack, mais comment sont tes talents de cuisinière, ma chérie ?

Doreen se renfrogna.

— Pas si bons que ça. J'ai travaillé dessus, et je peux faire beaucoup de choses simples… Alors je ne veux pas essayer quelque chose de trop sophistiqué.

— Ne tente rien de sophistiqué, approuva Nan. Il vaut mieux faire quelque chose de simple, mais de très bon que de faire de la fantaisie et de le faire terriblement mal.

Sur cette note déprimante, Nan reprit le chemin de l'appartement de Nelly.

Chapitre 5

N ELLY ÉTAIT TOUJOURS assise, figée sur son canapé, ses mouchoirs en papier usagés formant un périmètre autour d'elle.

Doreen s'assit à côté d'elle.

— Je suis de retour, annonça-t-elle. Vous vouliez me dire quelque chose ?

Cependant, Nelly restait sans réaction et fixait du regard la grand-mère de Doreen.

Nan leva les deux mains en signe de frustration.

— Très bien. Je vais partir, mais, Doreen, tu diras à Nelly que je ne te rappellerai plus ici si Nelly ne te parle pas à chaque fois.

Et, sur ce, Nan quitta la pièce.

Elle trouvait étrange que Nan dise cela. Doreen se tourna vers Nelly.

— On dirait que ma grand-mère est un peu contrariée par tout ça.

Nelly acquiesça.

— Et à juste titre, déclara-t-elle, avant de pousser un profond soupir. J'ai été assez émotive.

— Vous avez perdu votre sœur et vous avez peur d'avoir

quelque chose à voir avec sa mort, la rassura Doreen, vous avez donc le droit d'être émotive.

Nelly sourit.

— Vous êtes vraiment quelqu'un de bien, vous le savez ?

Doreen grimaça.

— Je ne suis pas sûre que cela me vaudra des honneurs dans ce monde, remarqua-t-elle. Les gens bien ne semblent pas prospérer.

— Et c'est dommage, affirma Nelly, parce qu'il faut vraiment des gens bien pour arriver à quelque chose.

— Peut-être, devina Doreen. Alors, de quoi vouliez-vous me parler ?

La vieille dame soupira.

— C'est sûrement une erreur et je devrais en parler à la police.

Elle zieuta Doreen de côté.

— Oui, je suis d'accord… Au fait, votre sœur, chuchota-t-elle, et je vous le dis à titre confidentiel, vous ne devez le dire à personne… mais elle a été tuée par balle.

Nelly la dévisagea, sa bouche formant un rond, puis elle s'affaissa sur place.

— Alors je ne l'ai pas tuée, murmura-t-elle.

Doreen secoua la tête.

— Non, mais vous devez quand même parler à la police parce que le coup qu'elle a reçu à la tête avec le livre apparaî-tra probablement lors de l'autopsie, et ils ne comprendront pas de quoi il s'agit. Cela les aidera aussi à trouver des réponses.

Elle opina du chef.

— Je peux leur parler, concéda Nelly, avant d'observer Doreen. Je suis vraiment désolée.

— Je le sais. Parfois, nos émotions prennent le dessus.

— Elle a toujours été là et pourtant elle m'a toujours donné du fil à retordre.

— Et ça, c'est la famille, nota Doreen en souriant.

Nelly la regarda à travers ses yeux embués.

— C'est vrai. Je ne m'en étais pas rendu compte.

— Bien sûr que non, et arrêtez de vous en vouloir. Maintenant, de quoi vouliez-vous me parler ?

Nelly soupira à nouveau.

— Je voulais vous donner l'objet que je lui ai volé.

— D'accord. Que lui avez-vous volé ?

Doreen jaugea la vieille dame.

— Ses journaux.

— Bien, mais pourquoi les avez-vous volés ? demanda Doreen avec curiosité, observant Nelly qui tapotait un petit carnet à côté d'elle.

— Parce que ça l'a énervée, admit Nelly. Elle en avait trois quand je les ai pris pour la première fois, mais je les ai tous rendus il n'y a pas si longtemps. Cependant, Ella a été méchante avec moi, alors j'ai repris un journal.

— Pourquoi n'avez-vous pas rendu celui-ci ?

Nelly se renfrogna.

— Parce que c'était un moyen de m'assurer que je resterais à Rosemoor.

— Vous voulez dire que vous faisiez chanter votre sœur ? la questionna Doreen avec prudence.

Elle haussa les épaules.

— Comme dans toute famille, plaisanta-t-elle. Même si ce n'était pas vraiment du chantage, mais j'avais quelque chose qu'elle voulait, et elle avait quelque chose que je voulais.

— Qu'est-ce que vous vouliez vraiment, vraiment ?

— Les fonds pour rester ici.

— Vous n'avez donc pas d'argent à vous ?

— Je ne sais pas, se lamenta Nelly. J'étais censée être prise en charge jusqu'à ma mort. Ça faisait partie du testament de mon grand-père. Cependant, Ella n'arrêtait pas de me dire que ça n'incluait pas les soins ici, alors que j'étais persuadée que c'était le cas. Elle ne voulait pas me laisser voir quoi que ce soit. Elle ne voulait pas non plus me donner de preuve que ce qu'elle faisait était conforme au testament.

— Je vois, déclara Doreen, le regard perdu au loin. Comme nous aimons mettre le bazar dans nos familles.

Nelly sourit doucement.

— Comme vous l'avez dit, c'est la famille. Mais je l'aimais quand même.

— Évidemment, convint Doreen avec un sourire. Qu'y a-t-il dans ce journal qu'elle ne voulait pas que vous voyiez ?

— Je vais vous le donner. Je vous conseille de le lire avant de le remettre à la police.

Nelly ne quittait pas Doreen des yeux.

— Il y a beaucoup de détails là-dedans. Certains concernent Bob Small.

— Connaissait-elle la vraie nature de Bob Small ?

Nelly secoua la tête.

— Elle aurait dû. Je veux dire, elle aurait dû savoir que c'était un homme mauvais. Je n'arrêtais pas de le lui dire, mais elle ne voulait pas y croire.

— D'accord. L'aimait-elle ?

— Elle disait que oui, mais comment peut-on aimer quelqu'un qui est mauvais comme ça ? s'étonna Nelly. Je ne pense pas que ce soit possible.

— Je pense que les gens se racontent des mensonges pour éviter de faire face à la vérité, suggéra Doreen. Et on ne peut pas vraiment leur en vouloir, quand ils essaient de rester cachés dans leur propre bulle de bonheur.

— Je lui en ai voulu, affirma Nelly sans ambages. Je lui en ai beaucoup voulu.

— Pourquoi ? l'interrogea Doreen, curieuse.

— Parce que je pense qu'elle a fait des choses pour se protéger elle-même, mais pas pour protéger les autres.

— Peut-être, acquiesça prudemment Doreen, qui ne savait pas trop où allait cette conversation. Mais je suppose que cela dépend de ce dont elle se protégeait.

— Des accusations, répondit Nelly d'un ton dur. Elle a aidé Bob, et quand il s'est fait la malle, elle était dévastée, mais elle n'a pas voulu le dénoncer.

— Ah, c'est encore plus difficile.

— Peut-être, mais elle n'avait pas le droit de le laisser s'en tirer comme il l'a fait.

— Donc, vous pensez qu'elle était au courant ?

Nelly réfléchit un instant.

— J'ai envie de dire qu'elle était au courant, mais j'ignore comment la sœur que j'ai connue et aimée aurait pu aider cet homme *si* elle avait su.

— Et, pour être clair, que pensez-vous que Bob Small ait fait ?

Nelly regarda Doreen avec surprise.

— Vous savez que c'est un tueur en série, n'est-ce pas ?

Doreen hocha la tête.

— Je voulais seulement m'assurer que nous parlions bien du même Bob Small.

— Oh, oui, marmonna la vieille dame, conservant son sourire. On parle du même homme, sans aucun doute.

— L'avez-vous déjà rencontré ?

— Bien sûr, il y a des décennies. Pas depuis. Ma sœur ne voulait pas que je le voie. Elle disait que j'avais déjà des préjugés à son égard.

— C'est vrai ?

— Absolument, reconnut Nelly. Et j'ai essayé d'en parler à la police à l'époque, mais je n'avais rien de plus que mes soi-disant soupçons insensés.

— C'est vrai, et les soupçons ne sont pas des éléments sur lesquels la police peut travailler. Les preuves indirectes sont un cauchemar pour les procureurs.

— Ils n'ont cessé de me le dire, mais ils n'ont pas facilité la recherche d'informations supplémentaires.

Doreen y réfléchit.

— Peut-être qu'ils n'auraient pas pu. Peut-être qu'ils avaient besoin de plus d'informations de votre part.

— Peut-être. Je ne sais pas. Il y avait tellement de choses qui n'allaient pas à l'époque que c'est vraiment difficile à dire.

— Juste par curiosité, Ella a-t-elle évoqué un homme du nom de Pullin ?

Nelly sourit.

— Oui. Il était tombé amoureux d'elle. Elle est sortie avec lui pendant un certain temps, à l'époque où elle voyait Bob, mais ce dernier était là depuis des décennies. Pullin voulait l'épouser, et Ella a mis longtemps à se décider, mais elle a fini par dire non. Elle ne pouvait pas quitter Bob de façon permanente.

Doreen rangea cette information dans un coin de sa tête. Cela confirmait ce qu'elle savait déjà.

— Et que dit ce journal ?

— Je n'ai lu que la première partie, après, je n'avais plus envie de le lire.

— Pourquoi ?

— Parce que ma sœur savait. Elle était *au courant,* mais

elle ne l'a jamais vraiment admis de vive voix.

— Est-ce qu'il y a quelque chose qui pourrait nous aider à trouver ce Bob Small ?

Nelly afficha une mine perplexe.

— Vous pensez qu'il est toujours en vie ?

Doreen soupesa cette question et haussa les épaules.

— Je ne suis pas sûre… mais je pense qu'une partie de moi veut le confirmer d'une manière ou d'une autre. S'il est décédé, ce n'est pas grave. Nous pouvons encore clore beaucoup d'affaires. Mais s'il est vivant, je ne veux vraiment pas qu'il soit là pour semer la zizanie.

— Non, je ne le voudrais pas non plus.

Une expression d'horreur s'empara des traits de Nelly.

— Je n'en serais pas ravie, déclara-t-elle, avant de marquer une pause et d'ajouter : il était plus âgé qu'Ella.

— Et c'est un autre problème. Votre sœur n'était pas très âgée, souligna Doreen, donc, si ce Bob Small s'est débrouillé seul, il n'y a aucune raison de ne pas soupçonner qu'il est encore en vie.

— C'est vrai. Dans ce cas, nous devons vraiment nous assurer qu'il s'est arrêté.

— Vous pensez qu'il tue encore ? Nous n'avons pas entendu parler d'autres affaires.

— Il a beaucoup voyagé, précisa Nelly. Il était camionneur et se déplaçait dans tous les États-Unis et le Canada. Je ne serais pas du tout surprise qu'il ait été actif pendant tout ce temps. Vous savez qu'il est bon dans ce qu'il fait.

— Ce n'est pas une pensée rassurante, n'est-ce pas ?

Doreen tendit la main.

Nelly lui donna le journal.

— Le voilà. J'ai l'impression de trahir encore ma sœur, mais elle est maintenant morte. Je ne sais pas, peut-être que cet homme ne l'a pas tuée.

Doreen la dévisagea avec stupeur.

— Vous voulez dire que Bob Small *aurait pu* la tuer ?

— Je dis que j'ai vu un homme il n'y a pas très long-temps, et je me suis demandé si c'était lui. J'en ai même parlé à Ella, qui m'a dit en riant que ce n'était pas possible. Mais elle avait l'air déconcertée, alors peut-être qu'il y a une chance que Bob soit vivant et en pleine forme.

La main de Doreen se referma sur le journal, qu'elle tira lentement vers elle.

— Bon, je pense que je devrais rentrer chez moi et le scanner, pour que, s'il disparaît, nous ayons encore une trace.

Nelly la dévisagea, puis hocha la tête en signe de satisfaction.

— S'il vous plaît. Je l'ai gardé pendant longtemps, même si ma sœur venait souvent fouiller dans ma chambre à sa recherche.

Doreen grimaça en entendant ça.

— Wouah, visiblement, il y a eu de la rancœur.

— Beaucoup de rancœur, confirma Nelly, mais pas au-tant que de savoir que ma sœur cachait tout ça elle-même.

— Je vois… et vous avez l'intime conviction d'avoir vu Bob Small récemment ?

— Oui. Et si c'est le cas, il aurait très bien pu être celui qui a tiré sur ma sœur. Je n'ai pas fait ce qu'il fallait pour elle à la fin. Donc, si vous pouvez scanner ceci, le garder en sécurité, et l'utiliser pour arrêter son assassin, s'il vous plaît, s'il vous plaît, faites-le.

— Je comprends.

— Je n'en doute pas, mais la culpabilité ne me quittera jamais, murmura-t-elle. C'est quelque chose que je dois faire pour ma sœur.

— Vous croyez vraiment qu'elle n'a pas eu de contact avec lui pendant toutes ces années ?

— Elle était dévastée quand il a disparu. Ils s'étaient disputés et je suppose qu'elle était vraiment désolée à ce moment-là parce qu'une vie sans lui n'était pas ce qu'elle voulait non plus. Je n'arrive pas à imaginer comment quelqu'un qui a l'intelligence de ma sœur, qui sait comment était Bob, a pu rester avec lui.

— C'est votre avis, releva Doreen. Vous devez garder à l'esprit qu'il ne s'agit peut-être pas de celui d'Ella.

Nelly jaugea Doreen.

— Vous lui accordez trop de respect, trop de qualités. Elle est morte, et je ne devrais rien dire, mais il y avait beaucoup de choses à ne *pas* aimer chez ma sœur.

Sur ce, la vieille dame se tut et ne voulut pas en dire plus.

Doreen ne savait que faire de ces informations, toutefois elle rangea le carnet dans sa poche.

— Je vais aller scanner ça tout de suite.

— Et vous devrez en donner une copie à la police, ajouta Nelly, faisant grise mine. Je n'attends pas avec impatience la conversation à venir, mais c'est nécessaire.

Doreen la regarda d'un air interrogateur.

— Je *savais*, continua Nelly. Je savais pour Bob Small, et je me servais de ce carnet comme d'une emprise sur ma sœur. Même quand j'avais le carnet, je ne le leur ai pas apporté. Alors peut-être, – Nelly haussa les épaules – peut-être suis-je aussi coupable qu'Ella.

Elle reposa sa tête sur le canapé et ferma les yeux.

Doreen se leva et se dirigea lentement vers l'appartement de Nan. Elle trouva celle-ci en train de parler avec quelqu'un d'autre.

Nan l'aperçut et la salua d'une main.

— *On se parle plus tard*, articula Nan silencieusement.

Sur ce, Doreen se dirigea vers le parking, monta dans son véhicule et rentra chez elle. Une fois arrivée, elle réinitialisa le système de sécurité, entra dans la cuisine et ouvrit la porte arrière pour ses animaux. Puis elle se posta devant son petit scanner. Là, elle photocopia très soigneusement, page par page, en s'assurant qu'elle avait une image claire de chacune d'entre elles. Ensuite, elle téléphona à Mack.

— Je t'envoie quelque chose, annonça-t-elle d'une voix calme.

— Tu vas bien ? Ça n'a pas l'air d'aller.

— Non, ça ne va pas, confirma-t-elle. Nelly m'a demandé de retourner chez elle. Elle pense que Bob Small a peut-être tué sa sœur, et elle m'a donné l'objet dont elle s'est servie pour faire chanter Ella pendant tout ce temps.

— Comment ça ?

— Elle a dit qu'Ella savait pour Bob Small, et j'ai le journal d'Ella que Nelly a gardé et utilisé comme moyen de chantage pour rester à Rosemoor, quand sa sœur menaçait de l'en faire sortir.

— Oh, mon Dieu, répondit Mack, sa voix s'élevant. Tu as ce journal ?

— Oui. Je l'ai scanné. Je n'ai encore rien lu, précisa-t-elle, mais j'ai scanné chaque page et je t'envoie les copies numériques dès maintenant.

— Une raison particulière ?

— Oui, parce que Nelly est persuadée d'avoir vu Bob Small il n'y a pas très longtemps ici en ville. Je ne sais pas si c'est lié à l'affaire d'Ella ou à autre chose.

— Au final, Nelly a vu Bob Small, et Ella Hickman est morte.

Les mots de Mack étaient durs, et Doreen savait qu'ils pensaient tous les deux la même chose.

Bob Small a tué Ella Hickman.

Chapitre 6

En milieu d'après-midi…

DOREEN SE PRÉPARA une tasse de thé et, le journal d'Ella en main, s'assit dans le salon pour commencer à lire. Elle ne pouvait expliquer le besoin d'être à l'intérieur, où elle et le journal étaient enfermés et en sécurité. Le journal racontait une histoire d'émotions, d'amour, de trahison, d'acceptation. Elle pouvait presque voir le chemin d'Ella essayant de trouver comment faire pour que tout aille bien dans son monde et pour garder Bob Small dans sa vie. Apparemment, ils se connaissaient depuis des années et des années, et elle avait un béguin secret pour lui depuis longtemps.

Bob était plus âgé, et pourtant cela n'avait jamais rien changé pour Ella au cours de toutes ces décennies ; Ella était même au courant pour Hinja. Et cela avait été un point sensible entre eux deux, quand Ella l'avait découvert. Bob avait promis qu'il s'en occuperait et qu'il romprait avec elle. Ce qu'il avait fait. Doreen dut se replonger dans ses notes afin de savoir si c'était au cours de la même période qu'il avait déclaré qu'il le ferait ou s'il avait choisi d'affirmer cela à Ella et n'avait pas donné suite. Elle soupçonnait que la relation avec Hinja n'était pas marquée par des ruptures répétées, mais plutôt qu'elle reprenait chaque fois qu'il était en ville.

Doreen pensa à Ella – la femme qu'elle avait rencontrée à Rosemoor – et il ne lui semblait pas normal qu'une femme prospère en affaires reste à attendre que son homme se montre. Mais cela ne signifiait pas non plus qu'Ella avait attendu ou qu'elle ne s'était pas amusée toute seule. Après tout, Ella avait Pullin et l'amour qu'il lui accordait. À l'époque, il était question qu'elle se marie, mais elle n'en avait rien fait. Elle avait attendu le retour de Bob Small en ville et avait très vite compris qu'un seul homme était fait pour elle, et c'était lui.

Là encore, Doreen eut du mal à l'imaginer. Il s'agissait d'une femme intelligente, qui avait occupé un poste important en ville, et qui avait pourtant continué à tenir la dragée haute pour un homme qui était un tueur en série, ce qu'elle refusait d'admettre.

Doreen était assise, à étudier toute cette théorie, sans parvenir à la comprendre. Elle se doutait que, lorsque tout cela deviendrait clair, ce serait une affaire qui resterait longtemps dans les annales. Quelque chose qui serait présenté comme un exemple de comportements inexpliqués, d'affections mal placées et Dieu seul sait quels autres mots seraient attribués à l'attirance d'Ella pour Bob Small. Mais qu'est-ce qui avait motivé le comportement de Nelly ?

Si cette dernière savait que sa sœur sortait avec un tueur en série, pourquoi n'a-t-elle pas engagé quelque chose elle-même ? Et, bien sûr, les actions d'Ella n'avaient rien à voir avec celles des autres. Dans le cas d'Ella, elle avait pu garder cet homme dans sa vie. Quelqu'un qu'elle aimait manifestement beaucoup. Que cette affection soit déplacée ou non, il y avait sûrement moyen de comprendre une femme qui avait de toute évidence été plongée dans une vie affective avec cet homme au point de vouloir tout oublier.

Pourtant, les deux sœurs avaient pris des décisions intéressantes. Doreen s'efforçait de ne pas elle-même les juger. Il y avait beaucoup d'histoire familiale, à commencer par celle de leur propre père, qui pourrait expliquer cela.

Doreen y réfléchit longtemps, prenant des notes, des questions à poser à Nelly plus tard, mais de préférence pas trop tard non plus, afin qu'ils puissent résoudre ce problème et classer l'affaire définitivement. Cependant, avec autant d'affaires attribuées à Bob Small, la chasse à l'homme serait massive, et Doreen ignorait ce que cela impliquerait.

Cette pensée la ramena au fait que Nelly pensait avoir vu Bob dans le coin, récemment. Avec autant d'informations à sa disposition et des éléments aussi étonnants, Doreen était assez contrariée de ne pas avoir demandé à Nelly plus d'informations sur son observation de Bob Small – où, quand, et à quoi ressemblait-il ?

Elle décrocha son téléphone et parvint à joindre Nelly. Lorsqu'elle se présenta, celle-ci répliqua :

— Je me doutais que vous alliez me déranger tout le temps à partir de maintenant.

— Jusqu'à ce que nous puissions tirer ça au clair, c'est fort probable, reconnut calmement Doreen. J'en suis désolée d'avance.

— Je regrette déjà d'avoir fait appel à vous. Disons que c'était de la culpabilité momentanée.

— Peu importe le nom qu'on lui donne. Il fallait que ça arrive.

— Peut-être, et maintenant tout le monde va détester ma sœur.

— Je n'en sais rien. Ce journal est triste d'une certaine manière.

— C'est vrai ? s'enquit Nelly avec dégoût. Et je pense que c'est en partie l'une des raisons pour lesquelles je m'y suis accrochée. Ils disent tellement de choses que je ne comprenais pas à propos de ma sœur. Il est évident qu'elle l'aimait, qu'elle l'aimait profondément. Vous avez tout lu ?

— J'ai lu plus de la moitié. Mais je n'ai pas encore terminé.

— Vous devriez le finir et me rappeler ensuite, riposta Nelly, avant de raccrocher.

Inquiète de ce qu'elle allait encore trouver, Doreen continua à lire. Lorsqu'elle arriva à la fin, il y avait plusieurs pages blanches, et elle pensa que c'était étrange de finir ainsi, parce qu'Ella avait surtout écrit qu'il était sorti de sa vie et qu'elle ne savait pas ce qu'elle allait faire. Pourtant, de toute évidence, Ella était allée de l'avant pendant de nombreuses années, avait recollé les morceaux et avait trouvé un but à sa vie.

Mais, en feuilletant jusqu'à la fin, Doreen tomba sur quelques pages sans date, où la femme criait pratiquement de joie, en écrivant : *Il est rentré. Il est revenu. Oh, mon Dieu, il est de retour. Ma vie et mon cœur sont comblés. Il est revenu.* Puis, plus rien.

Doreen était en état de choc.

— Oh, mon Dieu, murmura-t-elle. S'il était revenu…

C'était une très mauvaise nouvelle, pour tout le monde, pour toutes les femmes de ce monde, en particulier celles qui avaient des cheveux bouclés. Doreen se souvint de ce petit détail. Il lui sauta aux yeux. Elle rappela Mack.

— Quoi encore ? demanda-t-il.

— Tu as reçu la pièce jointe ?

— Oui, mais je n'ai pas encore eu l'occasion de l'ouvrir.

— Une des dernières phrases qu'Ella a écrite est : *Il est de retour.*

— C'est bien. Qui ?

Il était de nouveau distrait.

Elle attendit d'avoir son attention.

— Bob Small. Elle est persuadée qu'il est de retour, et elle est remplie de joie.

— Mon Dieu, ne me dis pas que Bob Small est en ville.

— Il n'y a pas de date précise. Juste un mois, juin.

— Et tu ignores quelle année ?

— En effet. Je dois découvrir quand Nelly a volé ce journal, la deuxième fois… mais je me demande si elle n'avait pas raison quand elle m'a dit qu'elle avait vu Bob récemment.

— Et maintenant, qu'est-ce qu'on fait ?

— Je pense que Bob Small pourrait être votre principal suspect dans le meurtre d'Ella.

Elle ne pouvait pas voir son visage, étant au téléphone.

— J'en tiendrai compte. Je dois y aller.

Elle entendit des gens l'appeler en arrière-plan, puis le *clic* de la fin de l'appel. Elle se renfrogna, parce qu'elle n'arrêtait pas de s'immiscer dans sa vie et qu'il était occupé. Il avait d'autres choses à faire.

Néanmoins, en regardant le journal qu'elle tenait en main, elle se rendit compte qu'elle était également très occupée. Elle avait maintenant quelque chose sur lequel elle devait travailler d'arrache-pied. La lumière allait se faire, pleinement.

Elle rappela Nelly et, lorsque cette dernière décrocha, elle asséna :

— Vous avez un très mauvais timing.

— Je suis désolée. Vous faisiez la sieste ?

— Non, je commençais une partie de snooker, répondit la vieille dame.

Doreen fixa le téléphone du regard.

— Oh, je ne savais pas que vous jouiez.

— Si. Je joue à beaucoup de jeux ici, mais ma sœur ne comprenait pas. Elle m'a dit que c'était une perte de temps et de son argent.

— Si vous êtes plus heureuse, ce n'est pas perdu.

— *J'étais* heureuse. À présent, je ne sais même plus quoi penser. J'essayais de me changer les idées.

— Je comprends la nécessité, marmonna Doreen. Cependant…

— Oui, cependant il y a des choses à régler. J'ai compris. Maintenant, que voulez-vous savoir ? Et avez-vous lu la fin ?

— J'ai lu la fin et, oui, votre sœur croyait qu'il était de retour.

— C'était plus qu'une croyance, je suis persuadée qu'elle a organisé plusieurs rendez-vous pour le voir.

— Est-ce qu'elle vous en a parlé ? Et depuis combien de temps avez-vous ce journal ?

— Environ trois mois, cette fois-ci, peut-être. Je savais qu'elle était allée le rencontrer. Elle ne m'a pas donné de détails, mais je lui ai dit exactement ce que je pensais d'elle. Elle m'a jeté un regard noir, et l'une des menaces qu'elle m'a faites était que, si je ne lui rendais pas son journal, elle dirait à Bob que je l'avais.

Doreen se cala dans son canapé, alors qu'une nouvelle bombe s'abattait sur son monde.

— J'espère vraiment qu'elle n'a pas fait ça, répondit-elle prudemment.

— J'espère que non, et je me suis posé la question. Je l'ai

interrogée à ce sujet. Ella a ri et m'a dit : *Pourquoi pas ? Si je lui reprochais cette information, il n'y avait pas de raison qu'elle ne lui dise pas.*

— Et pourtant, elle savait comment il était.

— Oui. Et quand je lui ai dit qu'elle mettrait ma vie en danger, elle a ri et a dit : *Et alors ? Puisqu'il était évident que je ne me souciais pas d'elle à ce moment-là, pourquoi devrait-elle se soucier de moi ?*

— Aïe.

— Oui, comme vous pouvez le constater, il y a encore de la rancune dans cette affaire.

— En effet, mais ça ne nous aide pas.

— Peut-être pas, mais c'est ainsi.

— Et vous l'avez vu il n'y a pas très longtemps, n'est-ce pas ?

— Oui, je l'ai dit à Ella. Elle a ri et a dit que j'avais de la chance. Peut-être pas, murmura Nelly, mais Ella a laissé entendre que je devrais être reconnaissante de l'avoir vu.

— Ou peut-être de l'avoir vu avant qu'il ne vous voie ?

Un hoquet se fit entendre à l'autre bout du fil.

— Je ne sais pas. Croyez-moi. J'y ai réfléchi à plusieurs reprises. Ce n'est pas facile d'obtenir des réponses.

— Je n'en doute pas, mais, en même temps, maintenant que nous avons cette information, nous devons tirer ça au clair. J'ai besoin d'une description de Bob.

— Bonne chance, lança Nelly.

— Ella n'avait pas de photos de lui ?

— Il ne voulait pas qu'elle prenne de photos, donc aucune photo n'a jamais été autorisée.

— A-t-elle réussi à en prendre en cachette ?

Nelly soupira.

— Je ne sais pas. C'était son genre, mais je n'en sais rien.

— Avez-vous accès à sa maison ?

Nelly marqua une pause pour y réfléchir.

— Je crois. J'ai des clés.

— Et si je vous montrais des photos, pourriez-vous l'identifier ?

— Je ne sais pas, reconnut Nelly. Ça fait longtemps.

— Et pourtant vous l'avez vu récemment.

— Oui, mais c'était son regard, son menton carré.

— Grand, petit ?

— Grand, au moins un mètre quatre-vingts, si ce n'est plus. Ma sœur était grande, elle mesurait un mètre soixante-dix-sept, et, quand elle portait des talons, il était toujours plus grand qu'elle.

— Dans ce cas, il doit au moins mesurer un mètre quatre-vingt-dix.

— Je ne sais pas, répéta la vieille dame.

La fatigue dans la voix de Nelly inquiéta Doreen.

— Pensez-vous que votre sœur lui a parlé des journaux ?

— Je ne sais pas. Une autre raison pour laquelle je ne dors plus très bien.

— Évidemment.

Nelly rit et ajouta :

— Je sais que ses victimes étaient toutes jeunes. Je ne fais certainement plus partie de cette catégorie. Donc c'est un réconfort.

— Vous ne correspondez pas à ses critères, convint Doreen, mais qui peut dire qu'il ne fera pas d'exception ?

— Merci pour cette réflexion, grommela Nelly.

— Je veux seulement que vous fassiez attention, expliqua Doreen. Votre sœur est morte. Pour l'instant, nous n'avons aucun moyen de savoir qui l'a tuée.

— Elle avait des ennemis. Vous avez vu à plusieurs reprises qu'elle n'était pas la personne la plus gentille à Rosemoor. Mais, bon sang, elle était la pire de toutes. Elle n'était pas gentille du tout, mais beaucoup de gens l'aimaient. Beaucoup de gens admiraient son caractère agressif.

— Bien. J'ai toujours besoin d'une description de ce Bob Small. Qu'est-ce qu'il portait ? Comment se déplaçait-il ?

— Il portait un jean et un T-shirt. Il était en forme. Voilà ce que je peux vous dire. Même s'il doit avoir soixante-dix ans maintenant, peut-être un peu plus. Je n'en suis pas sûre. Ella n'avait que soixante-six ans. Même à soixante-dix ans environ, il était encore en forme, avec des muscles et tout le reste.

— D'accord, il s'entraîne probablement à la salle de sport. Qu'en est-il de son visage et de tout le reste ?

— Crâne rasé, sans pour autant être chauve, mais il a toujours arboré ce look de toute façon.

— Je vois, chuchota Doreen en prenant des notes. Savez-vous ce qu'il conduisait ?

— Un pick-up… bleu.

Doreen grimaça.

— C'est le véhicule le plus courant. Presque tout le monde ici conduit un pick-up.

— Je sais. Ella disait en riant qu'il avait passé sa vie au volant d'un poids lourd et qu'il n'aurait jamais pu avoir autre chose qu'un pick-up à la retraite.

— A-t-elle dit pour quelle entreprise il travaillait ?

— Non, c'était un entrepreneur et, pour autant que je sache, il changeait constamment de nom.

— Ça, je l'ignore, mais on pourrait penser que s'il s'appelait Bob Small dans ce monde, il aurait pu en changer.

Nelly rit.

— Peut-être. Écoutez. Je dois vous laisser.

— Pas de soucis. Faites attention à vous, d'accord ?

— Oh, ne vous inquiétez pas, acquiesça Nelly, qui hésita avant de mettre fin à l'appel. Écoutez. Si vous voulez les clés de chez ma sœur, venez les chercher. Je les laisserai à Nan.

— Vous ne voyez pas d'inconvénient à ce que j'aille jeter un coup d'œil par moi-même ? s'étonna Doreen.

— Non, ça ne me dérange pas du tout, mais si vous apprenez quelque chose sur mes finances, tenez-moi au courant.

— Il devrait y avoir un avocat, et il devrait vous contacter, nota Doreen avec gentillesse.

— Trouvez-moi le nom de l'avocat et je le contacterai moi-même, dit Nelly d'un air fatigué.

Puis elle raccrocha.

Sachant qu'elle aurait des ennuis parce que Mack était manifestement très occupé, elle lui téléphona à nouveau.

— *Doreen*, répondit-il, avec une pointe d'avertissement.

— Je peux aller à l'appartement d'Ella ?

— Non, cingla-t-il aussitôt.

— Vos gars ne l'ont pas encore visité ?

— Je ne sais pas, mais on va devoir y aller. Et pourquoi irais-tu ?

— Sa sœur m'a demandé de trouver le nom de l'avocat d'Ella. J'ai également demandé à Nelly une photo de Bob Small, mais elle m'a dit qu'il ne permettait jamais à sa sœur de prendre des photos. Cependant, connaissant Ella Hickman, elle était du genre à en prendre une quand même.

Mack inspira brusquement.

— Je te rejoindrai là-bas. C'est le mieux que je puisse faire.

Elle sourit face au téléphone.

— Quand ?

— Je finis à 16 heures aujourd'hui… si j'ai terminé.

— D'accord. J'ai une adresse, mais je dois la chercher.

— Ce n'est pas un appartement. C'est une maison dans une belle résidence fermée. J'ai moi-même l'adresse.

Il se tut, avant d'ajouter :

— Écoute. Ne bouge pas. Je viens te chercher tout de suite.

— C'est probablement mieux ainsi.

— On se voit dans une dizaine de minutes.

Chapitre 7

DOREEN ATTENDAIT FÉBRILEMENT à l'intérieur de sa maison. Elle voulait emmener les animaux avec elle chez Ella, juste pour voir s'ils allaient repérer quelque chose.

Cependant, lorsque Mack s'approcha de la porte d'entrée, il annonça :

— Pas d'animaux.

La jeune femme lui jeta un regard furieux, et il se contenta de hausser les épaules.

— C'est toujours en lien avec notre scène de crime, donc la dernière chose dont on a besoin, c'est de leurs poils et tout ce qui peut s'échapper d'eux.

— D'accord.

Elle prit son sac à main et sortit. Elle monta à l'avant du pick-up.

— Tu as passé une sacrée journée, et elle est loin d'être finie, souligna-t-il.

— Toi aussi, non ?

— On peut dire ça, marmonna Mack.

Elle regarda la circulation défiler, tandis qu'ils roulaient vers un quartier huppé.

— Tu as fait le plus gros de ton travail ?

Il poussa un long soupir.

— Disons que j'ai encore des choses à régler sur lesquelles je dois travailler avant la fin de la journée.

— Je suis désolée de t'avoir interrompu si souvent aujourd'hui, bougonna Doreen.

Il lui adressa un sourire et répondit :

— Hé, tout va bien. Au moins, ça nous aide, et tu n'avais pas peur d'y aller toute seule.

— J'y ai pensé. J'ai les clés de la maison d'Ella et la permission de sa sœur.

— Bien sûr, mais tu sais aussi ce qu'on aurait ressenti si on l'avait découvert après coup.

— Alors comme ça, c'est encore mieux, s'exclama-t-elle, avec un sourire radieux. Et puis, si Bob Small est là, à terroriser les lieux, tu seras là pour aider.

Il lui lança un regard.

— Bob Small ?

— Oui, tu as écouté, n'est-ce pas ?

Il opina du chef.

— Ella a eu une relation avec lui il y a longtemps. Et cette partie sur son retour ?

— Tu m'as dit que tu n'avais pas de date précise.

Doreen réfléchit, puis acquiesça à contrecœur.

— Tout ça n'est que spéculation jusqu'à présent. Cependant, je sais que Nelly a dit qu'elle pensait qu'Ella l'avait rencontré il y a quelques semaines.

Mack fronça les sourcils.

— Comment Nelly l'a-t-elle appris ?

— Je ne sais pas. Les deux sœurs se sont beaucoup disputées ces derniers mois et, ce qui est sûr, c'est que c'était à propos de Rosemoor et de l'argent.

— La plupart des familles se disputent à propos de

l'argent, reconnut Mack, et c'est la deuxième raison la plus fréquente de dispute dans une relation.

La jeune femme soupira.

— Les deux tiennent debout dans ce cas.

Finalement, ils s'arrêtèrent devant une très belle maison en briques. Doreen l'observa et déclara :

— Wouah. Ella Hickman s'en sortait bien, de toute évidence.

— En effet, mais je n'en suis pas si sûr en ce qui concerne Nelly, ajouta le policier. Nous avons retrouvé l'avocat d'Ella, et il ne nous a pas encore répondu au sujet de son testament. Il n'était même pas encore au courant de la mort d'Ella.

— Non, bien sûr que non. Ça ne fait pas vraiment la une des journaux.

Alors qu'ils sortaient du véhicule, Doreen s'approcha, prit les clés qu'on lui avait données et déverrouilla la porte d'entrée. Elle se tourna vers Mack.

— Les flics sont venus ici ?

— Non, pas encore, mais c'est en cours.

— Bien, marmonna-t-elle. Allons jeter un coup d'œil.

Alors qu'ils s'engageaient dans le couloir, elle haleta et s'arrêta net. Il lui saisit immédiatement le bras, la tira vers lui et murmura :

— Stop. N'y va pas.

Elle comprit l'avertissement, car le salon avait été complètement retourné – des livres et des feuilles volantes jonchaient le sol ; le canapé avait été retourné, ses coussins éparpillés. Elle se rapprocha de Mack et chuchota :

— Tu penses que l'intrus est encore là ?

— Je ne sais pas.

Pourtant, il avait déjà sorti son téléphone et parlait à

quelqu'un au poste. Elle se dégagea de ses bras et jeta un coup d'œil derrière lui pour voir la cuisine. Même chose.

Des tiroirs et des placards avaient été ouverts. Doreen savait au fond d'elle que quelqu'un en avait après ces journaux, mais il était aussi possible qu'il s'agisse d'un simple cambriolage. Peut-être que quelqu'un avait découvert qu'Ella était morte et avait profité de la situation. Il y avait suffisamment de voyous qui auraient décidé que c'était l'occasion rêvée de s'emparer de tout ce qui avait de la valeur.

Cependant, ils auraient alors risqué d'être accusés de meurtre ou d'y être liés, alors peut-être que cela n'avait pas de sens après tout. Elle traversa la cuisine, suivant Mack, qui retourna au centre du salon, l'air sinistre.

Il se tourna vers elle et murmura :

— Je vais à l'étage.

— Tu penses que c'est vide ?

— Je vais jeter un coup d'œil.

Toutefois, il continuait à la dévisager.

Elle comprit.

— Ah. Je suis dans le passage. Je reste ici.

— Disons que je préférerais que tu ne sois pas ici en ce moment.

Elle haussa les épaules.

— Pourtant, l'endroit le plus sûr pour moi, c'est avec toi. Par conséquent, si ce type ne se cache pas dans les environs, il est peut-être à l'intérieur. Alors, laisse-moi monter avec toi.

Il la regarda fixement, puis acquiesça.

— D'accord, mais tu m'écouteras si je te dis de ne pas te mettre en travers de mon chemin ?

— Oui, je le jure.

Il l'avisa pour se rassurer, puis soupira.

— Non, c'est faux, mais viens. Allons-y.

Elle suivit derrière lui, prudente, écoutant au fur et à mesure.

— On dirait que c'est vide, chuchota-t-elle.

— Je pense que oui, mais je n'en suis pas sûr.

Lorsqu'ils arrivèrent à l'étage, Mack fouilla rapidement le niveau supérieur de la maison. Il lui avait demandé de rester en haut des escaliers. Une fois terminé, il sortit et lui fit un signe de tête.

— C'est vide.

— Bien, dit-elle, et ils se dirigèrent ensemble vers la chambre principale.

Elle se tut pour observer.

— Wouah, c'est difficile de croire que ce genre de luxe existe encore, déclara Doreen.

Il pivota vers elle.

— Ce n'est pas le grand luxe, et ce n'est même pas comparable à ce que tu avais avec ton mari.

Doreen rit.

— Mais après tous ces mois passés dans le dénuement le plus total, j'ai déjà oublié ça. C'est vraiment joli.

Et ce n'était même pas tellement ça ; c'était le luxe qu'Ella pouvait se permettre. Mack avait raison. Doreen avait vu mieux dans la maison de Mathew, néanmoins il y avait du vécu ici, c'était confortable.

— J'aime beaucoup cette chambre, conclut-elle.

— Bien, continua Mack. Alors tu restes là, à admirer la décoration, et je vais fouiller la pièce.

Doreen fit grise mine.

— Non, je vais t'aider.

Elle se rua vers le placard, et lui vers la table de nuit. Doreen haleta en ouvrant le placard.

— Mon Dieu, il y a une fortune en vêtements ici.

— Elle était en activité et je suis certain qu'elle avait encore beaucoup de vêtements de pouvoir, répliqua Mack.

— Je suppose, mais quand même, si Nelly vendait tout ça, elle en tirerait des milliers et des milliers de dollars.

Il éclata de rire.

— Il n'y a que toi pour réfléchir à la manière de gagner de l'argent avec ça.

— Hé, j'ai été fauchée assez longtemps. Presque partout il y a une opportunité de gagner de l'argent, riposta-t-elle en souriant.

Elle aperçut un petit escabeau au fond du placard ; elle le tira vers l'avant, l'ouvrit immédiatement et monta dessus, avisant l'étagère supérieure du placard.

Mack pivota et l'observa.

— Qu'est-ce que tu fais ?

— La seule raison pour laquelle quelqu'un garde un escabeau dans son placard, c'est parce qu'il ou elle l'utilise pour atteindre quelque chose, expliqua-t-elle. Alors, voyons ce qu'il y a là-haut.

Le caporal se posta à côté d'elle et nota :

— N'oublie pas. Ella est grande. Alors, même si tu arrives à atteindre l'étagère du haut, tu ne sauras peut-être pas ce qu'il y a là-haut.

Mack sortit deux paires de gants, lui en donna une avant de mettre la sienne. Il appuya sur l'interrupteur.

— Oh, ça aide aussi. J'aime avoir des placards éclairés.

Doreen étudia l'étagère supérieure.

— Intéressant. Il y a toutes sortes de boîtes.

Elle les attrapa pour les donner à Mack.

— Tu penses que c'est intéressant ? demanda-t-il en la dévisageant.

— Oui. Tu savais qu'il y a beaucoup de journaux ?

— Ah, mais tu as celui qui est important, n'est-ce pas ?

— J'ai l'un d'entre eux, mais on ne sait pas ce qu'il pourrait y avoir dans d'autres qui pourrait débloquer l'affaire.

Mack rit.

— Tu commences à parler comme une vraie policière.

— Même si ça ne te plaît pas, s'esclaffa-t-elle. Mais bon, c'est toujours ça.

Alors qu'ils avaient tout descendu de l'étagère supérieure, il entendit du mouvement à l'avant de la maison.

— Nous avons de la compagnie… Et ça ne va pas te plaire, marmonna-t-il, mais tu ne pourras plus prendre part à cette affaire.

Elle fit volte-face pour protester et vit le regard qu'il lui lançait. Elle leva les deux mains et le foudroya du regard.

Il sourit.

— Je suis désolé. Je sais que tu commençais à te plonger dedans.

— Évidemment ! s'écria Doreen. Comment peux-tu me faire ça ?

— Je *te* fais ça parce que c'est une affaire que nous devons mettre sous scellés pour les tribunaux et, que tu le veuilles ou non, tu restes une civile.

— Qui a tous les droits d'être ici, lui rappela-t-elle.

Il acquiesça.

— Tu peux rester, tant que tu représentes la sœur.

Comme elle le regardait avec un oeil interrogateur, il ajouta :

— Nelly t'a dit de venir et de trouver le testament de sa sœur. Elle voulait le nom de l'avocat d'Ella et s'il y avait des informations sur ses finances, c'est bien ça ?

— Oui.

— Ce qui signifie qu'il y a une faille que tu peux exploiter. Ça te donne une raison valable d'être ici. Nelly n'est vraiment pas au courant de ses finances ?

Doreen secoua la tête.

— Non.

— Il est donc clair qu'il y a quelque chose en jeu et que nous devons tirer ça au clair, déclara le caporal.

— Mais l'avocat devrait nous aider, non ?

— Oui, j'ai juste besoin qu'il me rappelle.

— C'est un avocat, alors…, ironisa-t-elle avec un geste de la main. Il y a des chances qu'il ne te rappelle pas très vite.

Mack rit.

— Tu te souviens ? On travaille sur ton attitude envers les avocats.

Doreen se renfrogna.

— C'est vrai. En parlant de ça…

— Non, je n'ai pas de nouvelles de Nick, soupira Mack. Parfois, je me demande si tu divorceras un jour.

— Et moi donc, répliqua-t-elle avec émotion. Ce n'est pas très juste, mais des fois je m'en inquiète vraiment aussi.

La porte d'entrée s'ouvrit alors et Arnold appela :

— Mack ?

— On est à l'étage, dans le placard ! répondit celui-ci, avant de regarder Doreen. Maintenant, sors de là.

Elle fronça les sourcils et obtempéra alors qu'Arnold entrait dans la pièce.

Il se mit à rire.

— Encore vous, *hein* ?

— Désolée, mais la sœur d'Ella m'a demandé de venir chercher des documents qui lui permettraient de voir clair dans ses finances.

— Ses finances ?

Doreen opina du chef.

— Ella gérait les finances de Nelly à Rosemoor. Elles se sont beaucoup disputées ces derniers temps parce que Nelly ne pouvait pas rester à Rosemoor.

— Alors la pauvre dame est hors d'elle en pensant qu'elle va devoir partir, *hein* ? Eh bien, c'est possible, devina Arnold, surtout si elle a quelque chose à voir avec tout ça.

Doreen sourit.

— J'ai déjà expliqué la situation à Mack, il vous mettra au courant, mais même si Nelly pensait avoir quelque chose à voir avec ça, ce qu'elle a fait est suffisamment mineur pour qu'elle ne soit pas impliquée dans votre affaire.

Arnold afficha une mine confuse. Elle haussa les épaules. Mack s'esclaffa.

— Ne t'inquiète pas, Arnold. Je dois encore parler à la sœur, expliqua Mack, mais vu que Doreen était en route…

— D'accord, j'ai compris, nota Arnold, et puis vous êtes arrivés ici, et il y avait déjà un intrus.

— Exactement, c'est pour ça que vous êtes là, affirma Doreen avec un sourire.

— *Super*. La police scientifique est également en route. Arnold se tourna vers Mack.

— Tu penses que ça a un rapport avec la mort d'Ella ?

— Je pense que nous n'avons pas d'autre choix que de prendre les choses au pied de la lettre.

— Je vois.

Arnold se frotta la mâchoire et gratta la barbe mal rasée qu'il arborait.

— Que cherchait l'intrus ? demanda-t-il.

Mack jeta un coup d'œil à Doreen, qui haussa une nouvelle fois les épaules.

— Sûrement les journaux.

Arnold la regarde fixement.

— Je suppose que c'était très populaire à l'époque, n'est-ce pas ?

La jeune femme rit.

— C'était très populaire à l'époque et ça l'est encore aujourd'hui.

— Les journaux sont pratiques s'ils contiennent quelque chose d'utile. Cependant, ce qu'ils contiennent souvent, ce sont des absurdités romantiques ou des réflexions d'un esprit déprimé, bougonna Arnold.

— Je sais, convint Doreen, et ça ne fait que compliquer notre monde.

— Je vous le confirme, acquiesça Arnold, avant d'entendre un autre véhicule et d'annoncer : je dois y aller.

Dès qu'il fut parti, Doreen demanda à Mack :

— Quelque chose dans les boîtes ?

— Beaucoup de paperasse, de vieux dossiers juridiques, des fichiers de contact, des cartes de visite, et peut-être une sauvegarde de ses affaires.

— Elle est sûrement passée au numérique, suggéra Doreen.

— C'est difficile à dire, mais je le pense aussi.

Mack afficha une mine perplexe après cette remarque.

— Alors pourquoi tous ces documents sont-ils encore là ? interrogea-t-elle.

— Ils ne sont peut-être pas allés jusqu'à la partie scanner. Tu te souviens ? Tout le monde n'arrive pas là où il veut être aussi vite qu'il le voudrait. Il se peut aussi qu'elle ait eu peur de se débarrasser des copies physiques. Tout le monde ne fait pas confiance au cloud.

Doreen secoua le menton.

— Ou bien elle ne voulait pas garder de trace numérique.

— Il y a beaucoup de matériel que *nous* devons passer en revue, et ce ne sera pas un processus rapide, déclara-t-il avec une insistance discrète.

— Non, mais si tout est lié…

Il se renfrogna.

— Si tout est lié, je vais rester ici et lire une tonne de journaux. Ce n'est pas exactement ce que j'ai envie de faire du reste de ma journée.

— Et de ta *soirée*, précisa Doreen en riant.

Mack lui adressa un regard noir.

— Je vais te ramener chez toi.

— D'accord, acquiesça-t-elle.

Puis Doreen avisa autour d'elle et demanda :

— Est-ce que je peux aller dans son bureau d'abord ?

— Non, refusa Mack. On va contacter Nelly et lui fournir le nom de l'avocat d'Ella.

— Et ses finances alors ?

— On parlera avec l'avocat et on verra ce qui a été mis en place.

Doreen grommela.

— Ce n'est pas *moi* qui l'aide. C'est *vous* qui l'aidez. Et en fait, je ne sais pas comment on peut l'aider, parce qu'un avocat est impliqué.

Il lui lança un regard noir. Elle leva les paumes et soupira.

— Très bien. Je l'appellerai quand je rentrerai à la maison. Quel est le nom de l'avocat ?

Il le lui donna et elle hocha la tête.

— Au moins, ce n'est pas quelqu'un que je connais.

— Ils ne sont pas tous mauvais. Ne l'oublie pas.

— Non, ils ne sont pas tous mauvais. Ton frère est peut-être l'exception qui confirme la règle.

Il sourit et la déposa, avec un dernier avertissement.

— Reste en dehors de ça maintenant, s'il te plaît.

Elle acquiesça, croisa les bras et se retourna sur la première marche, le regardant s'éloigner.

Il ne lui laissait pas beaucoup de choix, toutefois elle savait aussi où se situait la limite. Le problème, c'est qu'elle était déjà impliquée dans l'affaire en cours à cause de quelqu'un d'autre. Sur ce, elle rentra à l'intérieur et téléphona à Nelly. Lorsqu'elle répondit, elle semblait fatiguée, inquiète.

— Vous avez déjà parlé à la police ? lui demanda Doreen. J'ai les coordonnées de l'avocat pour vous.

Elle dicta rapidement afin que Nelly puisse prendre en note.

— Merci. Et non, j'attends encore la visite des policiers, mais jusqu'à présent, ils ne sont pas venus.

Nelly s'écria alors :

— Pourquoi ne sont-ils toujours pas passés ?

— J'ai déjà parlé avec eux moi-même, donc Mack sait ce qu'il s'est passé entre vous deux, et il sera bientôt là, mais je suis allée chez votre sœur avec lui, ajouta-t-elle.

— Vous avez trouvé quelque chose ?

— Quelqu'un était déjà passé.

— Comment ça ? se récria Nelly avec horreur.

Doreen lui relata rapidement.

— Maintenant, il y a une enquête chez votre sœur.

— Oh, Seigneur, ce cauchemar devient de plus en plus important.

Le problème, c'est que lorsqu'il y a des secrets de ce genre et que quelqu'un meurt, d'autres personnes veulent enterrer les secrets, tandis que d'autres encore veulent vraiment que ces secrets soient révélés.

— Je ne voudrais pas ruiner la réputation de ma sœur.

Doreen fixa le téléphone.

— Je pense que ça va plus loin que ça à présent. Votre sœur a été assassinée, et sa vie va être complètement bouleversée, quand les policiers auront trouvé son meurtrier.

— Et s'ils ne résolvent pas l'affaire ? Et s'ils se trompent ?

— Ça n'a pas d'importance, répondit Doreen. C'est la pièce que nous avons. Une fois qu'il y a un décès – et dans ce cas, un meurtre violent – tous les paris sont ouverts. C'est entre les mains des flics maintenant.

— Assurez-vous qu'ils fassent le nécessaire pour que l'enquête soit réglée correctement, lui ordonna la vieille dame.

— Je n'ai pas vraiment d'influence dans ce domaine, marmonna Doreen, se demandant comment les gens pouvaient penser qu'elle était capable de faire tout cela.

— Vous devriez, vous travaillez avec la police.

— Bien sûr, mais je n'ai pas de position officielle. Et vous savez que, lorsqu'il s'agit d'une affaire en cours de cette ampleur, ils essaient de tenir tout le monde à l'écart.

— *Évidemment.* C'est ce qui arrivera à ma sœur, et ensuite ils oublieront tout ça, et elle n'obtiendra pas justice, alors qu'ils se concentreront sur Bob Small.

— Je ne pense pas que ce soit vrai, réfuta Doreen en espérant que ce ne soit pas le cas. Je pense qu'il y aura beaucoup de justice, mais il se peut qu'elle ne soit pas rendue comme vous le pensez.

— C'est-à-dire ?

— Je ne sais pas encore, hasarda-t-elle, sans vouloir cataloguer qui que ce soit. Je pense que nous devons attendre la suite des événements.

— Je n'ai pas envie d'attendre la suite des événements, se lamenta Nelly. Vous ne pouvez rien faire ?

Doreen se renfrogna.

— Non. Pour l'instant, je ne peux rien faire d'autre que de relire le journal, prendre des notes, vérifier la chronologie, voir où se trouve ce Bob Small et s'il est venu à Kelowna récemment ou non. Nous avons besoin d'une photo, et lorsque je suis arrivée chez Ella, tout avait été retourné. Il n'était donc pas facile de trouver quoi que ce soit. J'y retournerai dès que la police aura nettoyé la scène de crime et qu'elle me laissera entrer à nouveau.

— Quand ? demanda Nelly d'un ton nerveux.

— Sûrement demain, marmonna la jeune femme.

Bien sûr, elle pouvait aussi se tromper du tout au tout.

— J'espère que ce sera assez rapide.

— Assez rapide pour quoi ? l'interrogea Doreen.

— Je crois que je l'ai revu, répondit Nelly, avec inquiétude.

— Quand ?

— Aujourd'hui.

— Aujourd'hui ? répéta Doreen en se redressant. Comment ça, *aujourd'hui* ? Vous êtes allée quelque part aujourd'hui, à part au centre commercial et à l'aéroport ?

— Non, riposta Nelly. Je ne suis pas censée aller où que ce soit. C'est pourquoi tout le monde était si en colère quand j'ai conduit le bus, mais j'en avais besoin pour cette virée. J'ai cru le voir à l'extérieur de Rosemoor.

— Et vous avez votre permis de conduire, n'est-ce pas ?

— Oui. J'ai beaucoup conduit. Je ne sais pas s'il est encore valide ou pas. Mais à ce moment-là, je m'en moquais.

Doreen grimaça en entendant ça.

— Ce qui expliquerait aussi pourquoi tout le monde

s'est énervé.

— C'est vrai, mais croyez-moi. Je n'aurai plus le droit de le faire.

— Tant mieux. Faute de mieux, vous auriez pu mettre d'autres personnes en danger.

Nelly pouffa.

— Je me moque des autres. Et, si je n'ai pas tué ma sœur, quelqu'un d'autre est coupable. Et maintenant, je veux savoir qui.

— Et pourquoi voulez-vous savoir qui ? demanda Doreen prudemment.

Il y eut un silence à l'autre bout du fil.

— Qu'est-ce que vous voulez dire ? Je veux que celui qui a fait ça paie.

— Intéressant, souffla Doreen. Nous avons encore besoin de trouver beaucoup de réponses. Alors, tenez bon, et je reviendrai vers vous, dès que j'en aurai.

Et, sur ce, elle mit fin à l'appel.

Chapitre 8

À PEINE UNE heure plus tard, Doreen se rendit compte qu'elle n'était vraiment pas douée pour patienter. Surtout lorsqu'il s'agissait d'attendre des réponses ou que Mack revienne vers elle. Elle n'aimait pas franchement attendre que des événements se passent dans la vie pour lui donner une direction à prendre. Elle se sentait plus que coincée et, lorsque le moment était venu de sortir, de se détendre et de ne rien faire pendant un moment, elle emmena les animaux à la rivière et s'installa, réfléchissant à la vie et à ce que ce dernier problème pouvait signifier. Tant de personnes étaient victimes de ce Bob Small.

Elle avait envoyé un message à Mack sur la possibilité que ce type ait été près de Rosemoor, toutefois sans preuve ; il lui avait répondu de garder ça pour elle, mais d'être prudente.

S'il était vivant, il ferait tout pour éviter d'être capturé. Surtout après toutes ces années, il n'était pas question pour lui de se laisser prendre par quelqu'un. Et était-ce ce qu'il s'était passé avec Ella ? Avait-elle décidé qu'elle en avait assez et qu'elle le dénoncerait ?

Ella avait-elle prévenu Bob à propos de Nelly ? Avait-elle

été suffisamment énervée par Nelly pour que Bob s'en prenne à elle ? Cependant, au lieu de s'en prendre à elle, Bob s'en était pris d'abord à Ella ? D'une certaine manière, cela aurait plus de sens. Maintenant, qui était là pour protéger ou se soucier de savoir si Nelly était éliminée ?

Et comme c'était elle qui avait le journal, ce serait la suite logique. Si Bob avait éliminé Nelly en premier, Ella aurait su qui était le coupable et aurait peut-être éprouvé quelques remords. Néanmoins, cela n'aurait peut-être pas été le cas, compte tenu de la dynamique entre les deux sœurs ces derniers temps. Or, si tel était le cas, Ella aurait très bien pu dénoncer Bob aux autorités, et il ne voulait pas que cela se produise.

Alors que Doreen réfléchissait à cela et à la vague description qu'elle avait reçue, elle se demanda s'il y avait des caméras de sécurité dans la maison d'Ella. Elle envoya rapidement un message à Mack. Elle reçut un **Non** pour réponse, fronça les sourcils et envoya un autre message. **C'est très étrange pour une femme qui vit seule, une ancienne politicienne et une femme d'affaires avisée en plus.**

Mack envoya un emoji pouce en l'air pour traduire son approbation. Cela n'aidait pas Doreen, mais signifiait qu'il était au moins sur la même longueur d'onde qu'elle. C'était très étrange que cette femme prospère et aisée n'ait pas protégé sa vie et sa chère maison avec un système de sécurité. Peut-être en avait-elle un qui n'était pas activé, ou peut-être avait-elle changé de société ou autre dernièrement. Ou peut-être que Bob Small l'avait retiré. Cet homme en semblait tout à fait capable, et quelqu'un de la sorte était sérieusement dangereux.

Même si personne n'écouterait ce que Doreen avait à

dire. Comme elle l'avait compris, beaucoup de gens ne voulaient pas entendre la vérité, quoi qu'il arrive. Et que se passerait-il si Bob Small se terrait maintenant ? S'il décidait qu'il avait suffisamment brouillé les pistes et qu'il prenait la fuite ? Qui l'arrêterait alors ? C'était l'une des questions qui la dérangeait le plus.

Ce type s'était montré résistant dans bien trop de scénarios. Il pourrait s'en prendre allègrement à bien d'autres personnes. L'idée qu'il ait changé ou qu'il soit devenu gentil n'effleura même pas Doreen. Elle ne pensait pas qu'un tel changement puisse se produire chez un tueur en série de sang-froid.

Avec ces pensées qui la tenaillaient, elle rentra à l'intérieur et prit le journal et son bloc-notes dans le salon. Assise à la table de la cuisine, elle ouvrit le journal et le relut, espérant en tirer quelques enseignements supplémentaires. Lorsque son téléphone sonna, elle l'ignora. Elle ne reconnaissait pas le numéro et, en ce moment même, la dernière chose dont elle avait envie était de parler à un inconnu. Curieusement, les médias finissaient toujours par la retrouver, avant qu'elle n'ait eu le temps de trouver comment les bloquer une fois de plus.

Lorsqu'il sonna de nouveau, elle le regarda fixement et, par instinct, répondit. C'était bien Gary Wildorf qui appelait de la prison. La jeune femme se renfrogna.

— Non seulement vous avez contacté Ella, mais j'ai appris qu'elle était morte. Est-ce que tout le monde meurt autour de vous ? s'enquit-il d'un ton sec et narquois.

Doreen fixa le téléphone du regard.

— Ou est-ce simplement vous qui attirez la mort ? devina-t-il, son sourire moqueur étant évident à l'autre bout du téléphone.

Doreen prit conscience que c'était une toute nouvelle voie qu'elle n'avait même pas envisagée. Qu'est-ce qui n'allait pas chez elle ? Elle aurait dû s'en préoccuper.

— Alors, quelqu'un que vous connaissez en parle ?

Gary ricana.

— Personne ne tue personne ici. Vous avez oublié ? On est tous enfermés.

— C'est vrai, mais peut-être qu'ils en auront après vous, après avoir compris que le nom d'Ella venait de vous.

Gary resta silencieux pendant un moment.

— Oh, je ne crois pas, dit-il finalement. C'était il y a bien trop longtemps.

— Ou c'est ce que vous espérez, murmura Doreen.

D'un ton dégoûté, il ajouta :

— Si c'est le cas, vous devriez essayer de me protéger. J'ai d'autres informations.

— Si vous le dites, répliqua Doreen, d'une voix presque désintéressée.

— Hé, comment se fait-il que vous vous en fichiez maintenant ? s'emporta-t-il.

— Maintenant que nous avons un autre meurtre, expliqua-t-elle, cela nous pose quelques problèmes supplémentaires.

Gary éclata de rire.

— Ce n'est pas ma faute, déclara-t-il. C'est vous qui fouillez dans des affaires alors que vous ne devriez pas. Certaines choses devraient rester enfouies.

Elle lui répondit, avec le même ton étrange.

— On dirait que c'est le même genre de choses dans lesquelles vous étiez prêt à vous jeter vous-même.

— Si je peux me faciliter la vie, pourquoi ne le ferais-je pas ? J'en ai assez de cet endroit, et ce Bob Small est libre, alors je m'en fiche.

— Heureuse de l'entendre, marmonna-t-elle. Êtes-vous prêt à me donner quelque chose d'utile ?

— Vous avez déjà quelque chose d'utile, répondit-il avant de pouffer de nouveau. Vous croyez que je ne sais pas combien ce dernier conseil était utile ?

Doreen soupira.

— Ce n'est pas non plus ma faute si elle est morte. Mais il est évident que nous ne pouvons obtenir aucune information d'Ella, puisqu'elle a été assassinée.

— Je ne l'ai pas tuée, riposta Gary, et ça n'a rien à voir avec moi que vous n'ayez pas réussi à maîtriser la situation avant que quelqu'un ne s'en prenne à elle.

— Une idée de qui l'a tuée ?

— Quoi ? Vous pensez que j'anime une tribune téléphonique quotidienne pour *Unis par le crime* ou quelque chose du genre ? s'étonna-t-il avec dégoût. Vous vous souvenez de la partie où je suis en prison ? Vous pouvez vérifier le registre des visiteurs. Je n'ai reçu personne.

Elle y réfléchit, car avoir des visiteurs était une chose, mais savoir ce qu'il se passait à l'extérieur ? Doreen était persuadée que les forces de l'ordre étaient continuellement sidérées par la façon dont les prisonniers parvenaient à rester en contact avec le monde extérieur, peut-être bien mieux que ne le faisaient les agents des forces de l'ordre.

— C'est peut-être vrai, nota-t-elle calmement, mais il se peut aussi que vous ayez su à l'avance que quelqu'un passerait à l'acte.

Gary observa alors un moment de silence.

— Oh, wouah, vous m'accordez une grande confiance. Une partie de moi a envie d'accepter cette confiance. Après tout, c'est moi qui suis félicité, non ?

Il ricana avant de continuer.

— Je ne pensais pas vraiment que vous étiez aussi stupide. Je suppose que j'avais tort.

— Je ne suis pas du tout stupide, mais si les gens s'entretuent pour ça, je ne suis pas sûre de vouloir trop m'impliquer, pas avant que les choses se soient tassées.

Le prisonnier éclata de rire.

— Vous parlez comme les forces de l'ordre. Allez, allez, allez, jusqu'à ce que les choses deviennent difficiles. Ensuite, tout le monde abandonne et advienne que pourra.

— Est-ce vraiment l'expérience que vous en avez ? demanda-t-elle d'un ton calme.

— Tout à fait. Personne ne se soucie des *bonnes* réponses, tant qu'ils obtiennent une réponse. Quand vous voudrez reparler, vous savez où me trouver.

Sur ce, il raccrocha.

La jeune femme téléphona à Mack.

Il répondit aussitôt.

— Je suis occupé.

— Et je ne te dérangerais pas à moins que…

— À moins que quoi ? demanda-t-il, la voix tranchante. Qu'est-ce qu'il y a encore ?

Elle fixa le téléphone du regard.

— Nous devons vraiment travailler sur notre relation si tu penses que je ne t'appelle que lorsque j'ai des problèmes.

— Ou quand tu veux quelque chose, souligna-t-il, avec une note d'humour dans son ton, ou quand tu as faim.

— Je ne suis pas si mauvaise que ça, protesta-t-elle.

— Non, mais tu éludes ma question.

Doreen grommela.

— Le détenu, Gary Wildorf, m'a appelée.

Après un instant de silence, Mack jura. Elle fronça les

sourcils.

— Qu'est-ce qu'il voulait ? l'interrogea Mack.

— Je ne sais pas s'il voulait quelque chose. On aurait dit qu'il vérifiait si j'avais suivi les informations qu'il m'avait données, qu'il en cherchait d'autres ou qu'il me faisait savoir qu'il était toujours là. Mais il était déjà au courant de la mort d'Ella. Il a dit quelque chose comme quoi il se félicitait pour la justesse des informations qu'il m'a transmises.

Mack digéra silencieusement cette information.

— C'est un point de vue intéressant, murmura-t-il. Je ne sais pas si cette information était utile, puisqu'elle est morte, donc on ne le saura jamais.

— C'est ce que je lui ai dit. Comme on n'a pu obtenir aucune information de sa part, ce n'était pas une bonne source.

— Oh, je suis sûr qu'il a adoré, *hein* ?

— Non, pas du tout, confirma-t-elle avec un petit sourire, même si elle savait que Mack ne pouvait pas le voir. Je pense que Gary était plus énervé par tout ce processus que par n'importe quoi d'autre.

— Évidemment. Il nous a donné ce qu'il considérait comme une bonne source, et la bonne source s'est fait descendre entre-temps, donc on ne peut pas travailler avec cette information.

— Et pourtant, j'ai presque ressenti un sentiment de curiosité envers ce que nous faisions.

— Réfléchis à sa situation. Gary nous a donné des informations. Ella a été tuée. Gary pense qu'on est trop lent, et maintenant il est à l'écart, il observe comment on s'affaire. *On est fait comme des rats.*

— Oui, ce n'est pas très amusant, marmonna Doreen.

— En effet, mais beaucoup de ces types jouent ainsi.

La jeune femme réfléchit à cette remarque, puis ajouta :

— J'ai pensé que tu devais savoir.

— Je suis content que tu me l'aies dit, dit-il avec honnêteté. S'il te rappelle, fais-le-moi savoir, et maintenant je dois retourner au travail.

— Je suppose qu'il n'y a pas de nouvelles, n'est-ce pas ?

— Non… et il n'y en aura probablement pas avant un certain temps.

— D'accord, je te laisse te remettre au travail.

Elle s'empressa de raccrocher.

Alors qu'elle était assise là, elle s'interrogeait. Quelque chose dans la voix du détenu la poussait à se demander s'il n'en savait pas plus qu'il ne le laissait entendre. De toute évidence, il ne voulait pas dire aux gens qu'il était impliqué, mais en même temps, il serait bon de savoir si Gary avait d'autres informations sur lesquelles ils pourraient s'appuyer.

Elle le rappela et fut ravie qu'il réponde. Cela ne faisait pas très longtemps, il était peut-être encore près d'un téléphone ou dans la zone réservée aux visiteurs.

Il rit en entendant la voix de son interlocutrice.

— Ça ne vous a pas pris longtemps, dit-il d'un ton jovial.

— Oh, ce n'est pas tellement une question de temps, répliqua-t-elle. Nous travaillons sur ce dossier autant que nous le pouvons, mais sans savoir qui l'a tuée, c'est difficile.

— Je n'en doute pas, mais si vous vous attendez à ce que je vous aide encore, ce n'est pas la peine.

— Pourquoi ? Quelqu'un vous a mis en garde ?

— Personne ne me met en garde contre quoi que ce soit, déclara-t-il d'un ton sombre. Arrêtez de m'insulter.

— Ah, eh bien, je ne savais pas combien vous étiez un mauvais garçon pour ces gars-là.

— Voilà que vous m'insultez encore, cingla-t-il.

— Ce n'est pas mon but, se défendit Doreen avec entrain. Cependant, j'ignore totalement comment vous fonctionnez là-dedans, donc je ne sais pas comment ils vous considèrent.

— Avec respect, siffla-t-il. Tout le monde ici me considère avec respect.

Le ton du détenu lui fit penser que c'était le contraire.

— Bien, tout le monde a besoin de respect dans la vie.

— Oui. Maintenant, si seulement vous pouviez me donner un petit morceau d'information.

— Hé, je vous ai appelé pour en avoir, précisa la jeune femme. Ce qui veut dire que je pense que vous possédez quelque chose d'utile.

— Je vous l'ai donné.

— Pas vraiment, corrigea-t-elle. Vous m'avez donné le nom de quelqu'un qui allait se faire tuer. Mais vous ne m'avez pas dit qu'elle se ferait tuer, pour que je puisse aller la sauver. Par conséquent, nous n'avons pu obtenir aucune information d'elle. Je ne suis donc pas sûre que vous m'ayez donné autre chose qu'un leurre.

Après un petit silence à l'autre bout du fil, il répondit sur le ton de la conversation :

— C'était un peu compliqué. Pourtant, j'ai fini par en venir à bout, et dans ce cas, vous pensez que je vous ai donné de mauvaises informations.

— Je ne sais pas si c'est bien ou mal, mais je préférerais avoir une piste que je pourrais vérifier avant que quelqu'un ne meure.

Gary pouffa.

— Vous devriez peut-être parler à sa sœur alors.

— Oh, je lui ai déjà bien parlé, l'informa Doreen.

— Nelly est une barjot, hein ? questionna-t-il assez joyeusement.

— Je n'irai pas jusque là.

Doreen n'aimait pas sa description de Nelly, toutefois peut-être que c'était pour l'énerver. Rien que d'y penser, elle était encore plus déterminée à ne pas le laisser faire.

— Enfin, d'après ce que j'ai entendu, la sœur est loin d'être innocente dans toute cette affaire, reprit Gary. Il suffit de demander à Bob Small.

Doreen porta un regard insistant sur son téléphone. Puis elle entendit le *clic* distinctif.

Chapitre 9

— QU'EST-CE QUE ça veut dire ? marmonna Doreen.

Elle se demanda dans quelle mesure Nelly était impliquée dans tout cela, qui semblait remonter au début, tant d'années auparavant.

Ce n'était pas quelque chose qu'elle voulait envisager, mais y avait-il une chance que Nelly ait eu une relation avec ce même Bob Small ? Si c'était le cas, pourquoi toutes ces femmes tombaient-elles amoureuses de lui ? Cette moindre supposition que Nelly ait pu être impliquée avec le tueur en série donna des frissons à Doreen. Ce n'était sûrement pas possible ?

Elle y songea et téléphona à Nelly.

— Avez-vous déjà eu une relation avec ce type ?

Après un bref délai, Nelly demanda avec désinvolture :

— Qu'entendez-vous par *relation* ?

— Vous ne vous êtes jamais mariée, n'est-ce pas ?

— Non, jamais. Quelle différence cela fait-il ? répliqua Nelly, dont la voix prenait de la force. Ce n'est pas parce que je n'ai pas été mariée que je suis moins bien que quelqu'un d'autre, si ?

— Bien sûr que non, répondit Doreen. À bien des

égards, ça vous rend peut-être plus forte.

La dame se tut pour réfléchir à ses paroles.

— Quoi ?

— Oubliez, dit Doreen. C'est juste ma vision entachée du mariage.

Nelly restant silencieuse, elle poursuivit.

— Ma question reste donc la même. Avez-vous eu une relation avec ce Bob Small ?

— Je l'ai connu en premier, mais dès qu'il a rencontré ma sœur, il n'a eu d'yeux que pour elle.

— Oh, wouah… Je l'ignorais.

— Comme tout le monde, déclara Nelly avec dégoût. Et c'est arrivé bien trop souvent.

— Vous voulez dire que vous rameniez un petit ami à la maison, et votre sœur mettait le grappin dessus ?

— Je ne sais même pas si elle *essayait* de leur mettre le grappin dessus. Je les ramenais à la maison et ils gravitaient immédiatement autour d'elle. Elle était beaucoup plus dynamique que moi, reconnut Nelly avec difficulté. J'étais la souris tranquille, et elle était la lionne qui cherche à trouver un amant, et trop souvent, c'est exactement comme ça que ça se passait.

Doreen ne suivait pas.

— Donc, Ella a eu beaucoup de relations passagères ?

— Quelque chose comme ça, oui, confirma Nelly, écœurée, et elle ne s'est jamais mariée non plus.

— Une raison particulière ?

— Oui, Bob Small ne voulait pas l'épouser, répondit Nelly avec un petit rire. C'était une bonne chose. Je suis encore surprise qu'elle l'ait même envisagé, si elle savait ce qu'il avait fait. Enfin, il y a savoir ce qu'il a fait et *savoir* ce qu'il a fait. Elle n'arrêtait pas de se dire qu'il n'avait pas pu faire ça et que c'était un complot.

— Mais votre sœur était une femme intelligente, et elle savait exactement comment ça fonctionnait. Il est probable qu'elle le savait, mais qu'elle ne pouvait pas l'accepter.

— Et elle était *amoureuse*. Après tous les hommes qu'elle avait connus dans sa vie, elle était amoureuse. D'ailleurs, vous devez comprendre. Ella et Bob ont eu une relation bizarre pendant des décennies. Il ne lui était pas toujours fidèle. Pourtant, d'une manière un peu tordue, ils étaient toujours ensemble. Les autres personnes qu'ils fréquentaient ne faisaient pas partie de leur relation.

— Ils avaient le droit d'avoir d'autres relations, mais si l'un d'eux appelait, l'autre venait ? s'étonna Doreen en s'enfonçant dans son siège, stupéfaite. Donc, de cette façon, il était autorisé à voyager d'un endroit à l'autre et à ne pas la déranger, c'est ça ?

— Exactement, et puis, quand il était en ville, elle était là pour lui.

— Indépendamment de toute autre relation ?

— Tout à fait, dit Nelly d'un ton sec. Comme je l'ai dit, ils ont eu une relation très étrange, Doreen, et plus on s'y intéresse, plus c'est étrange.

— Je ne sais pas. J'en ai vu d'autres où c'était bizarre aussi.

— Et dans le cas d'Ella, elle n'a cessé de répéter qu'elle pouvait quitter Bob à tout moment. Cependant, lorsque le moment crucial est arrivé, elle n'a jamais pu s'y résoudre.

— Pensez-vous que c'était le choix de votre sœur ou celui de Bob ?

— Honnêtement, je ne sais pas. Je lui ai posé la question plusieurs fois, et elle riait en disant qu'elle contrôlait parfaitement la situation.

— Et pourtant, vous pensiez le contraire ?

— En effet. Elle n'a jamais réussi à le quitter, et j'ignore s'il l'aurait laissé faire. Je ne vois pas en quoi tout cela est important.

— Parce que ça m'aide à comprendre la dynamique entre eux deux.

— C'était tordu, nota calmement Nelly.

Le ton de Nelly dégageait quelque chose de presque *plus adulte* que Doreen n'avait jamais entendu jusqu'à présent.

— Et votre relation avec Bob, après qu'il s'était mis en couple avec votre sœur ?

— Il n'y en avait pas. J'étais assez bouleversée à l'époque, et c'est sûrement l'une des raisons pour lesquelles je me suis accrochée au journal et l'ai utilisé pour la faire chanter pendant tout ce temps. Encore une chose qu'Ella faisait mieux que moi.

Doreen fut grise mine en entendant cela, car comment pouvait-elle argumenter ou comprendre alors qu'elle n'avait pas de frères et sœurs ?

— Je suis désolée. Je suis fille unique et je n'ai pas été confrontée à cette dynamique. Je ne sais pas ce que c'est.

— Vous avez de la chance, répondit Nelly sur-le-champ. On ne peut pas se réjouir lorsque les frères et sœurs sont toujours en train de jouer *l'un contre l'autre*. Maintenant qu'elle est morte, je réalise combien ce scénario était pathétique. Et pourtant, c'est trop loin pour que je puisse faire quoi que ce soit.

— Je vois, acquiesça Doreen. Alors, faisons ce que nous pouvons pour y mettre un terme et espérons que votre sœur trouvera la paix.

— Elle a été assassinée. Comment quelqu'un qui a été assassiné peut-il trouver la paix ?

— J'aime à penser qu'il y a de la paix pour eux, et j'aime à penser que nous pouvons trouver la justice. Je sais que ce n'est pas toujours le cas, et je sais que ces deux éléments ne vont pas toujours de pair.

— Je vous le confirme, cingla Nelly avec amertume. Surtout avec des gars comme Bob Small, qui mettent le monde à l'envers depuis toujours.

— Parce que personne n'a rien fait pour l'arrêter, souligna la jeune femme.

Nelly haleta.

— Je sais que je suis autant à blâmer que ma sœur. Vous n'avez pas besoin d'en parler sans cesse.

— Je n'en avais pas l'intention, concéda Doreen, essayant tant bien que mal de calmer Nelly. Alors je suppose que je dois vous demander, y a-t-il quelque chose d'autre que vous voulez me dire à ce sujet, avant que la police ne commence à fouiller là-dedans ?

Nelly éclata d'un rire brisé.

— Non. Je ne suis pas satisfaite de mon implication dans cette affaire jusqu'à présent. La seule chose que je puisse faire, c'est essayer d'arranger les choses. Ma sœur ne méritait pas d'être assassinée. Nous avions beaucoup de problèmes, mais elle ne méritait pas ça.

— Bien sûr que non, acquiesça Doreen. Personne ne mérite ça.

— Sauf ce Bob Small, persifla Nelly.

— Toutefois, j'ai besoin d'une meilleure description. J'ai un âge approximatif, soixante-dix ans et quelques. Il me faut autre chose. Vous êtes sûre de ne pas avoir de photos ?

Nelly hésita, puis admit à contrecœur :

— Peut-être... Je ne vous l'ai pas donnée avant parce que je ne suis pas sûre que ce soit lui.

— Vous devriez peut-être me la donner maintenant, suggéra Doreen d'un ton sec, et nous laisser nous en occuper. Au moins, si nous avons une photo, nous pourrons découvrir qui est cette personne et lui parler. Pour l'instant, ce n'est qu'un fantôme.

— C'est ce qu'il était tout le temps, juste un fantôme. Ella ne savait jamais quand il venait en ville, où il était entre-temps, et ils n'en parlaient pas. Elle acceptait sa présence quand il était là et l'ignorait quand il n'était pas là. C'était une de ces relations qu'elle ne pouvait pas abandonner.

— Est-ce qu'on lui a demandé de le faire ?

— Elle a eu des petits amis sérieux au fil des ans, alors oui, dit Nelly. Je vous ai déjà parlé de Pullin, un homme qui l'aimait vraiment, qui voulait qu'elle sorte avec lui, et qui voulait l'épouser, mais elle ne voulait rien savoir.

— Elle n'a jamais été tentée pendant tout ce temps, surtout pendant les deux décennies où ils ont rompu et où elle ne l'a jamais vu ? s'étonna Doreen.

— D'après ce que j'ai compris, non. Et croyez-moi. Vous n'êtes pas la seule à être surprise. J'ai toujours essayé de la convaincre d'épouser quelqu'un d'autre. Elle n'a admis qu'une seule fois qu'elle avait peur de ce que Bob ferait si elle se mariait.

Doreen se cala dans sa chaise, stupéfaite.

— Et y avait-il quelqu'un dans l'entourage d'Ella qui aurait pu subir quelque chose de désagréable de la part de ce type ?

Nelly poussa une exclamation de surprise.

— Je ne sais pas. Elle était très sérieuse avec un autre homme, et elle lui a parlé de mariage à un moment donné, avant de décider de rompre. Mais je ne sais pas ce qu'il est devenu par la suite.

— Vous voulez bien me donner un nom ? demanda Doreen. Peut-être que je pourrai le retrouver et voir de quoi il s'agit.

— Il s'appelait Lucas. Lucas Donovan, marmonna Nelly. Il était agent immobilier en ville.

— Peut-être qu'il ne sera pas trop difficile à localiser.

— Je ne sais pas. Je l'ai perdu de vue il y a des années. Il a déménagé dans une autre province.

— C'est ce qu'Ella vous a dit ?

— Elle a dit qu'il était contrarié et qu'il voulait se retrouver ou quelque chose comme ça, expliqua Nelly. Au final, à ma connaissance, il a changé de province.

Doreen ne savait pas quoi en penser, même après avoir raccroché. Elle chercha Lucas Donovan dans la région, mais ne trouva aucune trace de quelqu'un portant ce nom. Elle afficha une mine perplexe, songeant à ce qu'il faudrait à quelqu'un de prospère et de bien placé pour plier bagage comme ça et repartir à zéro. Elle savait que cela arrivait. Néanmoins était-ce la chose la plus logique à faire ? Peu probable.

Faisaient-ils cela parce qu'ils en avaient assez et qu'ils étaient contrariés ? Peut-être. Et le faisaient-ils parce qu'ils avaient été menacés de mort ? Carrément. Mais cela ne signifiait toujours pas que ce Bob Small avait quelque chose à voir avec le déménagement de Lucas. Elle devait d'abord parler à ce Lucas Donovan. Elle vérifia l'heure, surprise de constater qu'il n'était que 15 h. Cette journée semblait s'éterniser. Quoi qu'il en soit, si elle devait passer des coups de fil à des agences immobilières, elle devait le faire avant qu'elles ne ferment pour la journée.

Elle trouva quelques vieux articles sur Internet avec son nom et l'entreprise pour laquelle il travaillait. Elle décida de tenter sa chance et de contacter l'entreprise, demandant s'ils avaient des informations sur Lucas Donovan.

— Il a déménagé en Alberta, répondit la femme. Il y a quelques années maintenant.

— Une idée de la société pour laquelle il travaillait là-bas ?

— *Hmm*, je ne suis pas sûre, mais c'était une des plus populaires, releva-t-elle, avant de lui donner le nom. Vous pouvez essayer de les appeler.

— Merci beaucoup.

— C'est à quel propos ? demanda l'interlocutrice avec curiosité.

— Oh, pas grand-chose. J'essaie d'obtenir des renseignements généraux.

— Ah, je me demandais parce que son ex-petite amie vient d'être assassinée.

La femme parlait presque d'une voix de commère.

— J'en ai eu vent, maugréa Doreen, et je ne sais pas si Lucas est au courant.

— Je suis sûre qu'il l'apprendra bien assez tôt, mais j'espère qu'il l'a oubliée. Je sais qu'il était assez bouleversé à l'époque parce qu'ils sortaient ensemble depuis longtemps. Et tout à coup, il lui a demandé de l'épouser, mais elle a dit non. Qu'est-ce que vous faites après ça ? C'était un vrai chagrin d'amour. Il voulait quitter la ville pour oublier les souvenirs.

— J'en suis navrée. Ça doit être difficile. La plupart des hommes ne font pas cette demande s'ils ne sont pas absolument sûrs qu'elle sera acceptée.

— C'est vrai. On s'est tous sentis très mal pour lui. Il s'attendait à ce que les choses se passent comme il le pensait, mais je suppose que ce n'était pas le destin. Et maintenant qu'il va apprendre qu'elle a été assassinée, ajouta-t-elle d'un ton compatissant, ça ne doit pas être facile. Si vous entrez en contact avec lui, dites-lui bonjour de ma part. C'est un homme très sympathique.

— Lui avez-vous parlé depuis ?

— Non, pas du tout. Il est arrivé un jour et a déclaré qu'il avait l'intention de partir et qu'il avait déposé son préavis. On en a beaucoup parlé à l'époque, mais les gens ont bien compris pourquoi il partait. Tout le monde savait qu'il avait l'intention de la demander en mariage, et ensuite il est parti. Il n'est plus jamais revenu, tout s'est fait par le biais des comptes bancaires.

— Curieux, fit Doreen. C'est terriblement rapide.

— Quand vous avez le cœur brisé, je pense qu'il faut aller *très vite*. Il n'a eu qu'à remettre quelques affaires en cours, et il est parti.

— Entendu. Espérons que je puisse le trouver.

— Je suis certaine que la police de l'Alberta a une idée de l'endroit où se trouve Lucas.

— Pourquoi ?

— Son père vivait en Alberta et Lucas a toujours été proche de lui.

— Intéressant, alors peut-être que je vais d'abord aller voir la famille.

— Oui. Oh, quand j'y pense, je crois qu'ils ont appelé ici, après son départ, pour savoir où il était, mais nous n'avons plus jamais eu de leurs nouvelles après ça.

— OK, laissez-moi creuser un peu. J'espère qu'il ne lui est rien arrivé.

— Je ne vois pas pourquoi il lui serait arrivé quelque chose, réfuta l'interlocutrice, avant de haleter. Vous ne pensez pas qu'il s'est suicidé ?

— Je ne sais pas s'il a disparu, commenta Doreen d'un ton sec, c'est donc un non catégorique.

L'autre femme émit un rire nerveux.

— Ce serait la première chose à faire, n'est-ce pas ? Nous avons reçu quelques demandes de renseignements à son sujet, mais personne n'a vraiment donné suite… De plus, je n'ai parlé à personne moi-même. Je sais seulement qu'on nous a demandé si nous l'avions vu ou si nous lui avions parlé depuis.

— Vous voulez dire, comme s'il avait disparu ?

La femme réfléchit.

— C'était il y a longtemps, alors je ne sais pas vraiment comment répondre à cette question, mais je ne pense pas.

— Je vais voir ce que je trouve.

Doreen raccrocha, chercha à la hâte et trouva la famille. Obtenir le numéro de téléphone fut une autre histoire. Finalement, elle réussit à joindre l'un des membres de la famille.

— Il a disparu, répondit la femme sans détour.

— Quand ?

— Il était censé rentrer en Alberta et nous l'attendions tous avec impatience. Je sais qu'il était très contrarié. Une fille qu'il avait demandée en mariage avait refusé. Plutôt que de rester dans les parages et d'essayer d'arranger les choses, il a laissé les problèmes derrière lui.

— Et comment était-il lors de vos derniers échanges ?

— Nerveux et bouleversé. Surtout bouleversé.

— D'accord. Il n'était pas menacé ou autre, n'est-ce pas ?

— Je ne pense pas du tout, toutefois il paraissait à la fin, mais compte tenu de ce qu'il a vécu, c'est ce à quoi nous nous attendions.

— Je vois, déclara Doreen, sachant que les gens avaient tendance à voir ce qu'ils s'attendaient à voir. Et on ne l'a pas revu depuis ?

— Non, pas depuis, confirma l'interlocutrice. Si vous le trouvez, il a une grande famille qui le cherche.

— Et je suppose que vous avez lancé un avis de recherche ?

— C'est ce que nous avons fait à l'époque ; compte tenu des circonstances, la police a estimé qu'il était parti, qu'il ne voulait pas rentrer à la maison, affronter la compassion et les embrouilles familiales, et qu'il voulait passer du temps seul. C'est un adulte, et s'il veut disparaître dans la nature, il le peut.

Néanmoins, sa voix était empreinte d'amertume.

— Je suis désolée. Ça a dû être difficile de composer avec ça.

— C'était terrible, s'écria-t-elle. Parce qu'il est adulte, tout le monde s'en moque. Il était en route, mais il ne nous a pas dit quand il arriverait, juste qu'il arriverait quand il pourrait arriver.

— Mais il n'est jamais arrivé ?

— Non, il n'est jamais arrivé et, oui, nous l'avons signalé, mais il n'est jamais réapparu depuis. Il s'agissait donc d'un cas de personne disparue, et il y a eu beaucoup d'hypothèses selon lesquelles il s'était fait du mal parce qu'il se sentait trop désemparé.

— Et était-il du genre à passer à l'acte ?

— Je ne l'aurais pas cru, non. Pourtant, il n'y a eu aucun signe de lui depuis. Je soupçonne qu'il a pu se jeter en voiture dans une rivière, accidentellement ou volontairement, et qu'il ne s'en est jamais sorti.

— Quelles étaient les conditions météorologiques à cette

époque ?

— C'était l'hiver, et les routes étaient verglacées. Au printemps suivant, nous avons parcouru un grand nombre de routes menant ici pour essayer de le retrouver. Cependant, il aurait pu emprunter plusieurs autres itinéraires, et il aurait pu faire un certain nombre de choses en chemin, ce qui n'est pas le plus facile à démêler.

— Non, et, bien sûr, c'est très dévastateur pour la famille dans son ensemble, car il reste maintenant à savoir ce qu'il s'est passé.

— Exactement, murmura-t-elle. Nous ne l'avons pas oublié. Nous pensons toujours à lui.

Et sur ce, la femme mit fin à l'appel.

Doreen resta assise un long moment. Si Lucas avait foncé dans un lac, sa voiture serait sûrement remontée à la surface après toutes ces années. Elle fit grise mine. Bob Small pouvait avoir une nouvelle victime à son actif. Elle rappela Nelly.

— Wouah, répondit cette dernière. Est-ce que vous allez me laisser tranquille ?

— Je suis désolée, s'excusa Doreen en grimaçant. J'ai pensé que vous aimeriez savoir que Lucas n'est jamais arrivé en Alberta. Il a disparu. Un dossier de personne disparue a été ouvert, mais – parce qu'il était bouleversé par le fait que votre sœur n'ait pas accepté sa demande en mariage, qu'il avait déjà clôturé ses comptes et quitté son travail et qu'il était censé rentrer chez lui – ils ont pensé qu'il avait peut-être attenté à sa vie.

Nelly hoqueta.

— Oh mon Dieu, sérieusement ?

— Oui, sérieusement.

— Vous pensez que c'était lui ? Bob Small ? s'enquit

Nelly.

— Je ne sais pas, avoua Doreen. Je ne comprends pas la relation entre votre sœur et lui, pour commencer, et j'ignore quel niveau de jalousie ou d'alerte a été atteint.

— Je ne sais pas non plus, ajouta Nelly, mais c'était un tueur sans état d'âme.

— Et pourtant…

— Je sais. Je n'ai rien fait pour l'arrêter moi-même, reconnut la vieille dame avec amertume. Et s'il a tué le pauvre Lucas, je ne sais même pas quoi dire.

— Cela correspondrait-il au Bob Small que vous connaissiez ?

— Exactement. Je sais que, de temps en temps, Ella avait peur de Bob. Pourtant, elle l'appelait sa *muse secrète*.

— C'est-à-dire qu'elle était secrètement attirée par tout ce qu'il faisait ?

— Je ne dirais pas ça, rectifia Nelly avec prudence, parce que ça donne l'impression que ma sœur était une tueuse en série.

— Aurait-elle participé à l'un de ses crimes ?

— Non, je ne…, hésita Nelly. Je ne veux pas le penser. Mais est-ce que je sais ? Non, je ne sais rien de tout cela.

— Je vois. Et maintenant, il va falloir disséquer complètement la vie d'Ella pour essayer de comprendre dans quelle mesure elle a pu être impliquée ou non.

— Oh, il y a eu beaucoup d'implication, confirma Nelly. Ce n'est pas facile de faire la part des choses. Je suis sa sœur et je ne la connais même pas.

— Et si Bob Small l'avait tuée ? supposa Doreen. Ne voudriez-vous pas faire tout ce qui est en votre pouvoir pour qu'il soit arrêté ?

— Si, marmonna Nelly, mais comment allez-vous me

protéger ?

— Vous pensez qu'il en a après vous ?

— J'espère qu'il est parti depuis longtemps, mais après l'avoir peut-être vu devant Rosemoor il y a peu de temps… je soupçonne qu'il fera partie de ces cauchemars que je n'arriverai jamais à oublier.

— Compris. Je le ferai savoir à la police, pour qu'on en parle.

— Pensez-vous qu'ils me protégeraient ?

Doreen grimaça.

— Je ne sais pas. J'ignore s'ils verront cet homme comme une menace ou non.

— Sûrement pas, tant que vous n'aurez pas trouvé le coupable de la mort de ma sœur. En attendant, je dois me débrouiller seule.

— Et qu'est-ce que ça signifie pour vous ?

— Je ne sais pas, se récria Nelly. Si ce n'est que je dois rester chez moi.

— Où allez-vous en temps normal ?

Nelly rit amèrement.

— J'allais voir ma sœur, ce qui n'arrivera plus.

Chapitre 10

DOREEN RACCROCHA, PUIS alla dans la cuisine. Les animaux marchaient tranquillement à ses côtés. Elle les observa, vit la queue tombante de Mugs et celle frémissante de Goliath, et tous deux semblaient s'ennuyer. La jeune femme sourit.

— Je suppose que vous voudriez faire quelque chose maintenant, *hein* ? On peut aller se promener ? On pourrait aller à la plage ? On pourrait rester à la maison et jardiner, pendant qu'on a encore quelques heures de soleil ?

Elle réfléchit à toutes les possibilités dans sa tête.

— Ou bien on devrait revoir nos notes et travailler un peu sur l'affaire ?

Comme ses animaux ne manifestaient aucun signe d'attention, elle ajouta :

— Qu'est-ce que vous en pensez ?

Lorsque le téléphone sonna de nouveau, elle était en train de préparer du café, songeant aux options qui s'offraient à elle. Elle jeta un coup d'œil et vit qu'il s'agissait de Mathew. Elle refusa de répondre et attendit qu'il tombe sur la messagerie vocale. Il laissa un message, qu'elle ne voulut même pas écouter. Au lieu de cela, elle prépara le café, puis prit son journal et son bloc-notes et retourna gaiement dans le salon pour essayer de déterminer ce qu'elle allait faire ensuite.

Frustrée, elle décida de sortir une série de fiches et commença à dresser la liste de ce qu'elle savait de Bob Small et des victimes dont elle était certaine. Évidemment, rien n'était sûr. Elle savait que Mack aurait des victimes très différentes, et c'était très bien ainsi. Ils auraient besoin de toutes les victimes à ce stade.

Tout en travaillant, elle se demanda une fois de plus comment quelqu'un pouvait commettre autant de meurtres sans se faire prendre. À l'époque, des décennies plus tôt, il n'y avait pas d'ADN, pas d'Internet et très peu de communication entre les services. Vous aviez un tueur. Et nous avions le nôtre. Bien. Gardez vos tueurs là-bas.

Mais il existait désormais des bases de données, toutes sortes d'outils électroniques qui aidaient les gens à suivre les meurtres. Cependant, le partage entre les provinces n'était pas encore très développé. Et entre les pays ? Encore moins.

Elle y réfléchit un moment, puis ajouta le nom d'Ella sur une fiche. Elle en avait maintenant trois : la nièce d'Hinja ; Lucas, qui était censé être retourné en Alberta ; et maintenant Ella. Et bien sûr, Hinja elle-même était morte, mais elle n'avait pas été assassinée. Toutefois, Doreen dressa une fiche séparée pour elle.

Bob Small aurait-il tué Ella et non Hinja ? C'était une autre question. Pour Doreen, cela n'avait pas beaucoup de sens qu'il choisisse ses victimes de cette façon. Mais personnellement, Doreen pensait qu'elles étaient plus probablement déterminées en fonction des menaces qu'elles représentaient pour lui. Dans le cas d'Hinja, il ne la considérait peut-être pas comme une menace. Peut-être aimait-il simplement la tourmenter, être une ombre dont il fallait s'inquiéter. Bob Small était-il à l'enterrement d'Hinja ? Une personne avait dit qu'elle avait vu quelqu'un là-bas. Avait-il été chez Pullin, mais si c'était le cas, pourquoi maintenant ?

Car s'il avait été à l'enterrement, cela concorderait avec le fait qu'il ait été vu en ville. Néanmoins, comment aurait-il pu le savoir ? Elle songea à cette série de possibilités. Est-ce qu'il n'avait pas voulu tuer Ella au fil des ans, mais qu'il devait s'y résoudre, alors il était revenu et s'en était chargé ?

Lorsque la sonnette retentit quelques minutes plus tard, elle se dirigea vers la porte d'entrée, jeta un coup d'œil par la fenêtre du salon et aperçut un livreur. Elle ouvrit la porte et accepta un petit paquet.

— Merci.

L'homme lui adressa un sourire de circonstance et repartit rapidement pour sa prochaine livraison.

Elle apporta la boîte à l'intérieur et la posa sur la table de la cuisine, les animaux étant maintenant un peu plus curieux et vivants qu'auparavant. Elle nota l'adresse de l'expéditeur et vit qu'elle provenait de la succession d'Hinja – les dernières affaires d'Hinja qui auraient été jetées si Doreen ne les avait pas demandées. Doreen médita la question, se demandant pourquoi elle avait ressenti la nécessité d'examiner ces objets. Elle prit une photo de la boîte, puis s'empara d'une paire de ciseaux et coupa la ficelle qui l'entourait. La boîte rectangulaire semblait avoir été réutilisée, comme s'il s'agissait d'une commande que l'expéditeur avait reçue et qu'il avait ensuite reconditionnée.

La boîte elle-même mesurait environ vingt-cinq centimètres sur trente, et environ dix centimètres de haut. En l'ouvrant, elle fut surprise d'y trouver une brosse à cheveux, quelques livres, des cartes à gratter, des cartes de visite – un assortiment hétéroclite. Elle les étala sur la table et prit des photos de chaque objet.

Elle afficha une mine perplexe, attrapa l'un de ses blocs-notes et détailla rapidement chaque élément. Il n'y avait absolument aucune raison de penser que cela avait une quelconque importance, mais elle n'avait pas pu laisser cette idée de côté. Par conséquent, si quelque chose était ici, elle voulait le trouver. Mais trouver quoi ?

C'était le problème. Ce Bob Small semblait être un fantôme. Presque aussitôt après avoir commencé à répertorier les objets, elle trouva un bloc-notes semblable à celui qu'elle avait pour prendre des notes – le genre de carnet dont on déchire la première page et sur lequel on travaille à la page suivante. Mais au milieu du bloc-notes, il y avait une page sur laquelle était écrit quelque chose.

Un peu comme si Hinja l'avait saisi, tourné les pages à la hâte, et commencé à écrire. Toutefois, il y avait une date, qui remontait à environ quatre mois, et une heure. Doreen fronça les sourcils.

Bob a appelé.

Hinja l'avait ensuite souligné à plusieurs reprises avec de gros traits de crayon. Doreen regarda fixement cette note, prit une photo, puis trouva quelques notes supplémentaires.

Il vient en ville, il veut me voir, oh mon Dieu.

C'était tout. Ce n'était pas un cas de « *Oh mon Dieu, dois-je le rencontrer ? Oh mon Dieu, dois-je fuir ?* » Rien de tout cela. Il y avait aussi un carnet d'adresses dédié – le vieux carnet manuscrit des débuts d'Hinja, où les informations de contact étaient conservées manuellement, et non sur un smartphone, où l'on appuyait sur le bouton « Contact ». Le carnet d'adresses comportait également une section « Notes » pour les annotations de l'agenda, ainsi qu'un calendrier de douze mois pour les rappels.

Doreen elle-même n'avait pas utilisé de répertoire à l'ancienne depuis longtemps, mais elle savait que Nan ne jurait que par eux. Et, bien sûr, comme elle était presque du même âge qu'Hinja, c'était logique. Elle se demanda ce que pouvait bien contenir ce carnet d'adresses d'antan, tout en le feuilletant rapidement, à la recherche de quelque chose de logique. Elle trouva des numéros de téléphone et des noms, mais rien ne ressortait vraiment. Puis elle tomba sur un nom qui la surprit : *Ella*. Doreen se cala dans sa chaise, et son regard ne quitta pas ce nom.

— Les deux femmes se connaissaient-elles ?

Elle réfléchit et répondit à sa propre question :

— Mais bien sûr qu'elles se connaissaient. À une époque, elles vivaient dans la même ville.

La grande question était de savoir si elles se connaissaient par l'intermédiaire de Bob. Depuis combien de temps n'avaient-elles pas été en couple avec le même homme ? Et était-ce le même homme au même moment, ou le même homme qui tournait entre les deux femmes, étant donné ce que Doreen savait de la relation d'Ella avec lui quand il en avait envie. Il allait et venait dans la vie d'Hinja également, néanmoins, elle lui était restée fidèle, car elle pensait qu'ils étaient en couple.

C'était un aperçu intéressant de la personnalité d'Hinja des années auparavant. En dehors du nom d'Ella, rien dans ce carnet d'adresses n'avait de sens, jusqu'à ce qu'elle arrive aux *R*, et qu'il y ait le nom de *Robert*. La jeune femme se renfonça dans son siège. Bob n'était-il pas le diminutif de Robert ? S'agissait-il du même homme ?

Elle fronça les sourcils. C'était bien un numéro, mais de quand datait-il et quand avait-il été utilisé pour la dernière fois ? Elle avança son téléphone et composa le numéro. La tonalité ne cessa de sonner, alors quelle ne fut pas sa surprise quand une voix enregistrée à l'autre bout du fil annonça : « *C'est bien le numéro de Robert. Laissez-moi votre nom et votre numéro, et je vous rappellerai.* » Elle fixa son téléphone du regard, choquée.

Elle s'empressa de raccrocher, se demandant ce qu'elle venait de faire. Bien sûr, elle avait agi sans même réfléchir. Pourtant, c'était tout de même effrayant de penser qu'elle avait peut-être le numéro de ce tueur en série. Et qu'elle l'avait appelé. Devait-elle le dire à Mack ? Oh, là là.

Elle se demanda si quelqu'un d'autre avait le numéro, un numéro qu'elle pourrait confirmer. Elle envoya un SMS à Mack et lui demanda si Ella avait le numéro de Bob dans son téléphone portable. Au lieu de répondre par texto, il lui téléphona.

— Hé, quoi de neuf ? demanda-t-elle.

— À toi de me le dire, répondit-il à voix basse. Pourquoi me poses-tu cette question ?

— Tu sais pourquoi je demande.

— Je peux te dire que la réponse à cette question est non.

Elle regarda fixement son téléphone.

— Sérieusement ? Elle a eu une relation avec ce type pendant des décennies, et il n'y avait pas de contact à son nom ?

— Pas de Bob dans son téléphone, précisa Mack, mais ça ne veut pas dire qu'il n'est pas là.

— Essaie Robert, suggéra Doreen.

— Robert ?

— Oui, Bob est un surnom courant pour Robert, et j'ai trouvé un Robert dans le répertoire d'Hinja.

— Comment ça, le répertoire d'Hinja ? s'enquit Mack, un peu distrait, comme s'il était en train de fouiller dans le téléphone d'Ella.

— Tu te souviens que j'ai demandé ce qu'il restait de ses affaires dont ils se débarrassaient ? J'ai reçu une boîte aujourd'hui avec quelques objets dedans.

— Quelque chose d'utile ?

— Pas vraiment, mais peut-être aussi.

Le policier éclata de rire.

— C'est normal.

— En effet, compte tenu de toutes ces affaires folles, maugréa Doreen.

— Mais tu progresses.

— Je n'en suis pas certaine, marmonna-t-elle. On n'a pas la *même* définition de progresser, toi et moi.

Elle entendit son sourire dans le téléphone lorsqu'il répondit :

— Laisse du temps au temps.

— Je ne pense pas que nous ayons vraiment le temps, fit-elle remarquer. Ce Bob Small va encore se terrer.

— Qu'est-ce qu'il attend, à ton avis ?

La jeune femme hésita, puis déclara :

— Honnêtement, je pense qu'il attend l'enterrement d'Ella.

Il y eut un silence de mort à l'autre bout du fil.

— Pourquoi dis-tu ça ?

— Parce que je suis persuadée qu'il est venu à l'enterrement d'Hinja, et je suis persuadée qu'il a peut-être aussi quelque chose à voir avec sa mort.

— On a conclu à une mort accidentelle, je crois, ou à une mort naturelle. Je ne me souviens plus, s'embrouilla le caporal. Je vais voir ce qui est écrit sur le certificat de décès.

— J'entends, mais je ne pense pas que ce sera aussi simple.

— Et pourquoi Bob aurait-il tué Hinja tant d'années plus tard ? s'étonna Mack. Il n'y a aucune raison. Ils n'ont pas été en couple pendant de très nombreuses années.

— Ce qui est sûr, c'est qu'elle recommençait à faire des histoires. Et peut-être que c'était à cause d'Ella. Peut-être que celle-ci a commencé à dire des choses. Nelly m'a dit que Bob avait repris contact avec sa sœur. Tu te souviens de la note de juin, sans année précise ?

— Oui. Et alors ?

— J'ai ici une note d'Hinja, avec une date.

Elle tourna la page du bloc-notes jusqu'à ce qu'elle la trouve et la lui lut.

— Intéressant, reconnut Mack. Donc Hinja l'a peut-être vu aussi.

— Exactement, et c'est peut-être à ce moment-là qu'il a aussi appelé Ella.

— Mais on n'en sait rien, argumenta Mack.

— En effet, mais si c'était vrai ?

— Mais pourquoi ?

— Je ne sais pas trop pourquoi, admit Doreen. Peut-être qu'il veut renouer les liens. Peut-être qu'il voulait voir les deux femmes qui comptaient pour lui.

— Si *quelqu'un* comptait pour Bob, lui rappela Mack. Si cet homme est le même tueur en série dont nous parlons depuis tout ce temps, il ne se soucie peut-être de personne d'autre que de lui-même.

Elle devait reconnaître que Mack n'avait pas tort.

— Je comprends, mais, et si c'était *lui*, s'il les avait contactées et s'il était responsable de leurs morts ?

— Ça fait beaucoup de *si*, nota-t-il avec prudence.

— Je n'ai pas encore de preuves, se défendit-elle, frappée par la frustration.

— Hé, ne te laisse pas abattre, la rassura-t-il.

— J'essaie… Je voulais aider.

— Aider qui ? demanda-t-il avec curiosité. Parce que beaucoup de gens sont impliqués ici, et je ne suis pas sûr qu'aucun d'entre eux ne soit à plaindre à ce stade.

— Tu veux parler de Nelly ?

— Elle était au courant pour le tueur en série Bob Small, déclara Mack. Elle n'a rien fait. Pire encore, elle a fait chanter sa sœur à ce sujet.

— Et je pense qu'elle n'a rien fait parce qu'elle ne voulait pas que sa sœur ait des ennuis. De plus, je pense qu'Ella avait peur de Bob.

— À juste titre. Si ce qu'elle savait était exact, imagine ce que Bob aurait fait s'il l'avait découvert.

— Et c'est justement le problème, souligna Doreen. Nelly a dit à Ella qu'il était un tueur en série, et Ella l'a soi-disant dit à Bob.

— Et donc, la sœur morte n'est pas la bonne, lui rappela-t-il.

— J'ai conseillé à Nelly de rester prudente, et elle a ri nerveusement en disant qu'elle n'avait pas le choix. Qu'elle était coincée dans cet endroit. Je lui ai demandé si elle avait déjà quitté Rosemoor parce que, bien sûr, elle avait retrouvé sa sœur à l'aéroport, après avoir volé le bus de Rosemoor. Nelly m'a dit qu'elle ne sortait que de temps en temps pour voir sa sœur et que ça n'arriverait plus jamais à cause de la mort de celle-ci. Elle a continué en annonçant qu'elle pensait avoir vu Bob aujourd'hui, après le déjeuner, devant Rosemoor, mais elle a également admis qu'il apparaissait en permanence dans ses cauchemars.

— Et maintenant, tu compatis avec elle aussi ?

— Non, non, je ne pense pas, répondit Doreen prudemment, essayant de comprendre les émotions qui se disputaient dans sa tête. Je ne suis pas très heureuse qu'elle n'ait rien fait à ce sujet il y a longtemps. Bien qu'elle ait contacté les flics il y a des années, elle ne leur a jamais remis le journal, qui leur aurait donné quelque chose de concret sur lequel s'appuyer.

— Exactement, et si elle ne nous a pas donné tout ce qu'elle savait, comment aurions-nous pu faire quoi que ce soit à ce sujet ? interrogea-t-il avec dégoût.

Doreen sourit.

— Je n'avais pas conscience de combien votre travail était difficile jusqu'à ce que je commence à le faire, concéda-t-elle.

— Ce n'est pas très amusant. Les gens mentent, trichent, volent, et puis ils se retournent vers vous et vous font des reproches parce que vous n'avez pas résolu quelque chose, avant même d'avoir fait quoi que ce soit de plus pour améliorer la situation.

— Alors techniquement, ce n'est pas eux qu'il faut blâmer, c'est vous.

Elle éclata de rire.

Et Mack d'ajouter :

— J'ai entendu dire que c'était un argument utilisé dans les tribunaux, ça peut paraître drôle, mais c'est vraiment triste.

— Wouah, quelqu'un a utilisé ça comme défense ?

— Oui, bougonna-t-il, et ce n'est pas le seul.

— C'est assez incroyable, constata-t-elle, que des accusés se retournent contre les policiers parce que vous n'avez pas travaillé assez vite pour attraper le coupable, et que le méchant n'est donc pas responsable… L'autre élément, c'est que Nelly a une photo. Mais elle doit la chercher.

— Une photo de qui ?

— Une photo de Bob Small.

— Elle a une photo de Bob Small ? s'emporta Mack.

— J'irai lui rendre visite après avoir raccroché, pour lui donner une chance de la chercher, et je verrai ensuite si je peux la prendre.

— Elle ne s'est pas encore montrée très coopérative, n'est-ce pas ? questionna-t-il avec curiosité.

— Non, pas du tout, et c'est un autre gros problème.

— On dirait qu'elle est un peu plus impliquée qu'elle ne le souhaite.

— D'après elle…

Doreen le mit au courant de la charmante situation entre les deux sœurs et de leurs relations mutuelles avec Bob Small.

— Bon Dieu. Tous ces hommes sur la planète, et elles se battent pour le même tueur en série ?

— Selon Nelly, Ella ne croyait pas que c'était un tueur.

— Elle ne *voulait* pas y croire, tu veux dire, rectifia-t-il.

— Oui, c'est sûrement une meilleure version, acquiesça-t-elle. Nelly elle-même était blessée et contrariée que ce type ait choisi sa sœur au lieu d'elle, et c'était devenu un sujet de dispute pendant toutes ces années.

— Alors pourquoi Nelly n'a-t-elle pas dénoncé Bob ? demanda Mack, exaspéré. As-tu une idée du nombre de personnes qui sont probablement mortes parce qu'elle n'a rien dit ?

— Je n'en ai pas la moindre idée, bougonna Doreen, et je n'ai pas vraiment envie d'y penser.

Elle lui raconta ensuite l'histoire de Lucas.

Le policier grommela.

— Nelly doit surveiller ses arrières parce que, jusqu'à présent, *si* tu as raison, il y a de fortes chances que Nelly soit sur la liste des victimes de Bob.

— La liste des victimes, répéta Doreen, étonnée. Est-ce que les tueurs en série en ont ? Ça ne me paraît pas être une bonne idée d'écrire des informations compromettantes.

— Bien sûr que oui, cingla Mack. Tout le monde garde une liste de ce qu'il fera, et pour quelqu'un comme Bob Small, il garde une liste de toutes les personnes qu'il doit encore éliminer. Celles qui assureront sa sécurité.

— Ou y a-t-il une autre raison pour laquelle il s'en prend ces personnes maintenant ?

— Je ne sais pas. À toi de me le dire. Jusqu'à présent, rien n'est plus logique que cette explication.

— Et quel âge a-t-il aujourd'hui ?

— Je ne sais pas. Ella avait environ cinquante-huit ans, devina-t-elle.

— Tu es sûr ?

— Non. Je crois que c'est ce que j'ai entendu aux infos.

— Nelly m'a dit qu'Ella avait soixante-six ans, affirma Doreen. Ella était une pile électrique et ne faisait pas son âge, et je pense qu'elle faisait beaucoup pour paraître jeune. Pourtant, elle montrait des signes de vieillesse. Et sa sœur, Nelly, est plus jeune, environ soixante-trois ans, je crois. Et je pense que Bob Small est un peu plus âgé qu'Ella.

— Alors pourquoi assassine-t-il encore des gens ?

— C'est la question. J'ai une idée qui me trotte dans la tête et, bien sûr, elle est stupide.

— Dis-moi.

— Je me demandais s'il était prêt à mourir ou s'il était mourant. Peut-être qu'il a une maladie ou quelque chose comme ça, et qu'il fait le ménage derrière lui.

— Mais pourquoi faire le ménage, s'il est mourant ? À ce stade, les malades se moquent d'éviter la prison.

— Peut-être qu'il ne s'en moque pas. Peut-être qu'il se souciait de ces femmes. Peut-être qu'il veut les emmener avec lui. Peut-être qu'il s'assure que personne ne découvre ce qu'il a fait, même après sa mort. Je n'en sais rien.

Elle leva sa main libre, paume vers le haut.

— C'est la partie de ce travail où l'on peut deviner autant que l'on veut, mais tant que l'on n'a pas quelqu'un entre les mains pour parler, c'est assez difficile à comprendre.

Il y avait un sourire certain dans son ton lorsqu'il ajouta doucement :

— Je suis heureux d'entendre que tu te rallies à ma façon de penser.

Doreen soupira.

— Tu en reviens à cette règle de ne pas faire de suppositions. On a besoin d'éléments pour le prouver.

— Ça marche pour moi, déclara Mack.

— Bien sûr, ça marche pour toi, tant qu'on obtient des informations, mais qu'en est-il lorsqu'on n'en obtient pas ?

Le policier rit.

— Et pense que, dans ton cas, tu peux t'amuser avec cette seule affaire, fit-il remarquer. Alors que moi, j'ai plus d'affaires, plus de crimes, et on n'a que quelques jours avant que quelque chose de nouveau n'apparaisse. Ensuite, on passe au nouveau problème brûlant qu'on doit traiter. Le fait que tu puisses faire ce que tu fais est formidable et impressionnant, mais on n'a pas le temps pour ça au commissariat.

— C'est aussi la raison pour laquelle j'essaie d'aider. Ainsi, on pourra classer certaines de ces affaires, et vous pourrez travailler sur les autres que vous avez en cours.

— Tu commences à sous-entendre qu'on doit t'affecter

une équipe pour travailler avec toi.

— J'aimerais bien, admit-elle en riant.

— Et ce serait illégal.

Elle soupira de nouveau.

— Ce n'est quand même pas une mauvaise idée. Je pourrais diriger la division des affaires non résolues.

— Tu n'es pas flic et tu n'as pas d'accréditation, précisa Mack, alors oublie cette idée.

— Bien sûr, gémit-elle. Tout doit être fait selon la loi.

— En particulier lorsqu'il s'agit d'affaires judiciaires. Sinon, elles sont toutes rejetées et ces criminels sont libres.

— Le détenu m'a dit d'interroger Nelly sur sa relation avec Bob Small, donc, de toute évidence, il en savait manifestement un peu plus qu'elle ne l'aurait voulu. En revanche, elle ne m'a pas demandé comment je l'avais découvert.

— Elle devait donc vraiment connaître ce Bob Small. Cependant, il aurait pu s'agir d'une plaisanterie, comme s'il était sorti avec la première fille, était tombé amoureux de la sœur, et que ça n'allait pas plus loin.

— Tu crois que les tueurs en série tombent amoureux ? demanda-t-elle.

— Non, je ne crois pas. Je pense qu'ils ont des relations, mais je ne sais pas si on peut leur attribuer de bons sentiments.

— Exact, marmonna-t-elle. La journée a été longue. Je pensais sortir avant le coucher du soleil, faire quelque chose pour me changer les idées. En plus, les animaux ont besoin de sortir.

— Pourquoi ne pas en rester là ? proposa Mack. Tu n'arrêtes pas depuis que je suis passé avec la pizza et qu'on a appris la nouvelle pour Ella.

— Je n'arrive pas à m'empêcher de penser à tout ça, alors

j'essaie de me distraire, en espérant que les réponses viendront plus tard. Le cimetière est-il ouvert maintenant ? Je peux y aller ?

— Oui, tu peux, répondit-il, avant de se taire et de reprendre : pourquoi ?

La jeune femme hésita.

— Je pensais jeter un coup d'œil à la tombe d'Hinja.

Il soupira.

— Ne me dis pas que tu penses que Bob y a caché quelque chose. Pas comme Pullin l'a fait pour la tombe de l'autre ?

Doreen fixa le téléphone du regard.

— Seigneur, pourquoi suggères-tu ça ? Et, non, je ne pense pas.

— Bien, dit-il, une note de soulagement dans le ton. C'est la dernière chose dont on a besoin.

— Je ne pense pas, mais ça ne ferait pas de mal de voir si Bob Small traîne dans le coin ou non.

— *Maintenant*, l'idée que tu t'y rendes ne me plaît plus du tout.

— Tout va bien se passer. Je vais emmener les animaux.

Il grogna.

— Je comprends que tu penses qu'ils prendront constamment soin de toi, mais il y aura un scénario dont tu ne pourras pas sortir un de ces jours… et je ne veux pas que ça se produise.

Elle arbora un large sourire.

— Je suis contente de l'entendre, mais je vais d'abord rendre visite à Nelly, voir si je peux avoir cette photo, et ensuite j'irai peut-être faire un tour au cimetière. Les animaux se sentent confinés à la maison, tout comme moi.

— Comment peuvent-ils se sentir confinés à la maison ?

s'étonna Mack. Vous ne faites que sortir et vous attirer des ennuis.

— Peut-être. Bref, on se parle plus tard.

— Attends. Je pensais venir dîner chez toi.

— Parfait. Tu apportes de quoi cuisiner ?

— C'est nécessaire ? râla-t-il.

— Sûrement. Je me suis beaucoup nourrie de sandwichs ces derniers temps, et pas grand-chose d'autre.

Toutefois, elle l'avait dit d'un ton si joyeux qu'il ne put se retenir de rire.

— Qu'aurais-tu mangé si je n'étais pas venu ?

— Je suis persuadée que je viens de te dire que j'ai mangé des sandwichs, alors qu'est-ce que tu crois que j'aurais mangé ?

— On ne peut pas vivre uniquement de sandwichs.

— Pourquoi pas ? J'en vis beaucoup dernièrement.

— Tu dois te nourrir avec autre chose.

— Alors, si tu penses à quelque chose, prends-le, rétorqua-t-elle. Ou alors, dis-moi ce qu'il faut prendre et je le l'achèterai. De toute façon, je serai en train de conduire.

— OK. Des burgers ?

— Oh, volontiers. Qu'est-ce que je dois acheter ?

— Du bœuf haché, au moins un kilo, des pains à hamburger et tout ce que tu veux mettre dedans et que tu n'as pas chez toi.

— Entendu, s'exclama-t-elle avec joie. Quelle heure ?

— Vers 18 heures, répondit-il. Si j'arrive à partir d'ici là.

— Tu n'as pas réussi à avancer dans ta journée de travail ?

— Non, confirma-t-il sèchement. J'ai beaucoup de travail et je sais exactement qui blâmer pour ça.

Doreen éclata de rire.

— À tout à l'heure, 18 h.

Chapitre 11

ACCOMPAGNÉE DE SON équipe à poils et à plumes, Doreen conduisit en vitesse à Rosemoor et se gara. Ses animaux et elle contournèrent l'appartement de Nan et se dirigèrent vers celui de Nelly. En entrant, cette dernière leva les yeux et fronça les sourcils.

— Bonjour, je suis venue chercher la photo.

— Je ne sais pas si je dois vous la donner, déclara Nelly d'une voix grincheuse.

— Et pourquoi ?

— Vous pourriez la donner à la police.

Doreen la dévisagea et haussa les épaules.

— Vous voulez bien me la montrer ?

Nelly tendit la photo à contrecœur et Doreen l'observa attentivement.

— Plutôt banal.

— Tout à fait, acquiesça Nelly.

Toutefois, elle continuerait à s'accrocher à la photo.

Doreen sortit son téléphone et photographia le cliché.

— À quoi bon ? s'exclama Nelly.

— Maintenant, *vous* pouvez la donner aux flics, répondit-elle en haussant les épaules. J'ai déjà dit à Mack que vous l'aviez. Je suis sûre qu'il passera bientôt pour y jeter un coup d'œil.

— Je ne suis toujours pas sûre que ce soit Bob. Je ne l'ai pas vu depuis très longtemps.

— Peut-être pas, mais je ne peux pas retourner chez votre sœur tant que la police n'a pas donné son accord. Ensuite, je creuserai plus profondément là-bas. Avez-vous parlé à l'avocat d'Ella ?

Nelly la regarda avec une surprise satisfaite, puis hocha la tête.

— Oui, et j'hérite d'une partie de l'argent qui reste, précisa la vieille dame avec un soupir de soulagement. Je peux rester ici.

— Parfait, se ravit Doreen. Ça devrait résoudre le problème financier et vous donner une certaine tranquillité d'esprit.

— Oui, mais ça ne résout toujours pas le meurtre de ma sœur, nota Nelly avec tristesse.

— Non, mais au moins, votre sœur a fait ce qu'il faut pour vous au final.

— Vous voulez dire qu'elle me laisse ce qu'elle avait ?

— Bien sûr, elle aurait pu le laisser à ce Bob Small.

— Vous ne pensez pas qu'elle aurait pu faire ça, si ?

— Je ne sais pas quoi penser, reconnut Doreen.

Elle essayait d'être honnête, car les grandes espérances entraînaient de grands chagrins.

— Parce qu'elle avait manifestement une relation très forte avec lui, continua-t-elle.

— Oui, mais c'était malsain.

— Peut-être pas, mais ça ne change rien au fait que la relation existait, et qu'elle a agi dans les limites de cette relation. En plus, maintenant nous avons peut-être un petit ami d'Ella qui est mort à une époque où ce Bob Small était présent dans sa vie. Ça met en lumière une nouvelle perspective.

— Je me demande si c'est pour ça qu'elle n'a jamais eu d'autre relation sérieuse après ça. Sauf Pullin. Il était là et l'aimait, mais il ne voulait pas jouer à ses jeux. C'était lui seul ou rien du tout. Elle a eu beaucoup d'aventures et de liaisons brèves. Elle donnait toujours l'impression que c'était génial, mais soudain, ces hommes n'étaient plus dans sa vie, comme s'ils étaient temporaires.

— Ils l'étaient sûrement parce que, si elle avait déjà perdu quelqu'un à qui elle tenait, elle avait peut-être peur que Bob Small soit toujours dans les parages.

— Et alors, pourquoi entamer une relation, sachant que vous y mettrez fin si Bob appelait ? s'enquit Nelly. Ça n'a aucun sens.

Doreen secoua la tête en étudiant la photo la plus récente sur son téléphone.

— Je ne sais pas qui est cette personne, mais ça ne veut pas dire que d'autres personnes ne la reconnaîtront pas.

Elle ne cessait de scruter la photo.

— Je pense que beaucoup de gens le reconnaîtraient.

— Comment ça ?

— À un moment donné, il a travaillé dans le domaine des relations publiques. Il a dû traiter avec de nombreuses personnes à Kelowna et dans les environs.

— Je croyais qu'il était conducteur de poids lourds.

— Oui, il était camionneur, mais il faisait partie de syndicats, qu'il représentait, il faisait des livraisons partout, précisa Nelly.

— Je vois, or c'était il y a longtemps, je suppose.

Nelly haussa les épaules.

— Je ne sais pas. Il était très impliqué dans la vie, alors que moi, j'en étais surtout une observatrice.

C'est une façon intéressante de présenter les choses, pensa Doreen.

— Pourtant, être très impliqué dans la vie n'est pas une mauvaise chose, mais ça, c'est plus compliqué de retomber dans l'anonymat.

— Peut-être, je ne sais pas, marmonna Nelly.

— Avait-il des problèmes de santé ?

— Est-ce qu'il avait des problèmes de santé ? Je n'en sais rien, répondit Nelly, surprise.

— C'est effectivement la question que je vous pose, insista Doreen, en étudiant le visage de son hôte. Il est tout à fait possible qu'il soit lui-même mourant et qu'il essaie de mettre de l'ordre dans sa vie.

— Pourquoi ? En tuant tous les autres ? demanda la vieille dame avec amertume.

— C'est possible, mais…

Doreen secoua la tête et ajouta :

— Je ne peux rien vous dire, car je n'en sais rien.

— Il a une personnalité très convaincante et magnétique. Oui, je suis tombée amoureuse de lui, mais lorsque j'ai compris que je ne l'intéressais plus après qu'il avait rencontré ma sœur, j'ai été encore plus contrariée parce qu'Ella m'avait une fois de plus surpassée. Pourtant, à aucun moment je n'ai pensé que ce type viendrait la tuer.

— Et on ignore s'il est coupable, souligna Doreen. On doit continuer à espérer qu'on obtiendra des réponses, et rapidement.

— Bonne chance avec ça.

Nelly bâilla, puis, d'un revers de la main, déclara :

— Je vais aller faire une sieste ou peut-être juste me coucher tôt. Vous pouvez partir.

Doreen rit.

— D'accord.

Elle sortit avec ses animaux et se rendit à l'appartement de Nan.

Nan sortait quand sa petite-fille arriva.

— Oh, mon Dieu !

La vieille dame avisa les animaux avec confusion.

— Où étiez-vous ?

— Je parlais avec Nelly, répondit Doreen avec un sourire radieux. Et maintenant, je suis venue te dire bonjour.

— Je vais prendre le thé dans le jardin. Tu veux te joindre à moi ?

Doreen secoua la tête.

— Non, je vais me rendre au cimetière pour me promener, les animaux pourront se dépenser.

— D'accord, ma chérie. Est-ce que ça va ?

— Oui.

La jeune femme serra sa grand-mère dans ses bras.

— Je suis seulement fatiguée. La journée a été longue et mouvementée.

Nan acquiesça aussitôt.

— C'est normal. Ça fait longtemps que tu t'affaires.

Doreen haussa les épaules.

— Je n'ai pas l'impression de faire quoi que ce soit pour l'instant.

— Oh, ma chérie, tu es encore frustrée ? Il te faut d'autres passe-temps. Quelque chose que tu peux faire pour t'aider à te détendre.

— Je vais bien.

Doreen fit un signe de la main à sa grand-mère, puis elle guida ses animaux vers la porte d'entrée et s'échappa avant que quelqu'un d'autre ne la voie. Dehors, elle se dirigea vers son véhicule, chargea les animaux et conduisit jusqu'au cimetière. Après s'être garée, elle sortit de sa voiture, s'étira et fit plusieurs pas, essayant de trouver la direction à prendre.

— Tu veux aller où, mon grand ? demanda-t-elle à Mugs.

Il aboya et partit dans une direction. Doreen était à l'autre bout de la laisse, Goliath courait à leurs côtés et Thaddeus s'accrochait à l'épaule de la jeune femme. Ils se dirigèrent vers les tombes qu'ils avaient déjà visitées, celles avec les armes cachées à l'intérieur, puis vers l'endroit où ils avaient trouvé les trésors cachés.

Lorsqu'elle arriva à la dernière zone, des gens étaient présents. Ils parlaient et prenaient des photos, comme s'il s'agissait d'un nouveau piège à touristes. Elle se fondit dans l'ombre, car elle ne voulait pas attirer l'attention sur elle, et changea de direction.

Alors qu'elle se dirigeait vers la vieille section du cimetière, elle leva les yeux et vit Dezy qui l'observait. Elle lui sourit et le salua.

Il lui répondit par un sourire éclatant.

— Je ne m'attendais pas à vous revoir ici si tôt.

— Parfois, les affaires ne s'arrêtent pas.

— Même affaire ? l'interrogea-t-il, les sourcils relevés.

Doreen se renfrogna et secoua la tête.

— Non, ce n'est pas la même affaire. Si ça l'était, j'aurais quelque chose pour avancer.

Il croisa les bras et fronça les sourcils.

— Donc, une autre affaire ?

— En quelque sorte, mais c'est dans la continuité de la dernière, précisa-t-elle, en essayant de ne pas trop en dévoiler. C'est frustrant.

— De quoi retourne cette affaire ?

Elle avait besoin d'informations, et Dezy était l'un des plus anciens à s'occuper encore du cimetière, alors ça valait la peine d'essayer de glaner quelque chose. Elle baissa la voix et demanda :

— Savez-vous quelque chose à propose de Bob Small ?

Il opina du chef.

— Le tueur en série ? Il a fini par faire partie de l'énigme où le trésor a été trouvé.

— Oui, et Ella, qui a été récemment assassinée, était l'autre moitié de l'énigme. Dans ce cas, on soupçonne qu'il aurait pu être en ville il y a quelques mois. Alors, bien sûr, les gens se demandent maintenant s'il est en ville actuellement.

Elle s'abstint de le citer comme suspect dans le meurtre d'Ella, mais Dezy n'était pas bête.

— Je ne l'ai jamais vu, donc je ne sais pas à quoi il ressemble.

— Et c'est une partie du problème. C'est un fantôme. Personne ne semble savoir qui il est. Il était camionneur et se déplaçait de ville en ville, ce qui lui permettait de rester hors des radars de la police.

— Ça tient debout quand on y réfléchit, marmonna Dezy. Mais que Dieu vienne en aide à quiconque le contrarie.

— Exactement, acquiesça-t-elle en hochant la tête. Ce n'est pas la personne que l'on veut rencontrer dans une ruelle sombre la nuit.

— Que faites-vous ici ?

— Je suis venue voir la tombe d'Hinja. Elle se trouve sur la parcelle des Rampony.

— Oh, je connais cette famille. C'est par là.

Il l'entraîna dans une autre partie plus ancienne du cimetière. Il s'arrêta devant une nouvelle petite pierre tombale, posée à plat dans l'herbe.

— C'est elle, ici.

Puis il s'éloigna en disant :

— Je vous laisse.

Sur ce, il tourna les talons et s'en alla. Elle voulait lui poser des questions, cependant rien ne lui vint à l'esprit.

Puis elle fixa la tombe, propre, calme, paisible même. Elle espérait qu'Hinja avait trouvé le même niveau de paix dans son monde pour lui faciliter la tâche maintenant que tout le monde était à nouveau concentré sur l'affaire Bob Small.

Chapitre 12

Avant le dîner…

DOREEN SE PROMENAIT seule – à l'exception de ses animaux – dans le cimetière, appréciant d'être un moment en extérieur. La journée était paisible et cela l'aidait à calmer les pensées qui se bousculaient dans son cerveau. Mugs aboya à plusieurs reprises et ses épaules se soulevèrent une fois. Elle se figea et avisa autour d'elle, toutefois elle ne vit personne. Elle se pencha et le caressa légèrement.

— Doucement, bonhomme. Tout va bien.

Comme il n'était pas facile à apaiser, elle partit dans une autre direction, jusqu'à ce qu'il se calme.

Goliath se frayait un chemin parmi les pierres tombales et les broussailles, peu affecté par quoi que ce soit. Thaddeus attendit qu'ils arrivent devant un groupe de vieilles dames assises sur un banc pour parler.

— Thaddeus est là. Thaddeus est là.

L'une d'elles leva les yeux, une main sur la poitrine.

— Oh, c'est un oiseau ?

Doreen rit.

— Oui, c'est Thaddeus, et il est très sociable, donc il signale toujours sa présence.

Les dames gloussèrent et l'entourèrent, se pavanant en même temps que lui.

— Oh, il est adorable, dirent-elles.

Doreen sourit, tenta de s'éloigner de quelques pas, mais Thaddeus n'avait pas fini de jouer la comédie.

— Thaddeus aime Doreen, dit-il en frottant sa tête contre elle.

Elle soupira et répondit :

— Et Doreen aime Thaddeus.

— Oh mon Dieu, s'exclama l'une des femmes. Vous êtes Doreen.

— Oui, je suis Doreen, acquiesça celle-ci en grimaçant.

— Et les animaux ? demanda une femme, confuse.

Son amie lui expliqua :

— Tu te souviens ? C'est elle qui fait toutes ces enquêtes, cette détective amateur qui n'arrête pas de résoudre toutes ces affaires.

Les femmes avaient l'air absolument ravies. L'une d'elles sortit un petit bloc-notes et donna un stylo à Doreen. La jeune femme le scruta. Elle ignorait ce qu'elle devait faire.

— J'aimerais votre autographe, ma chère, déclara la dame avec un sourire radieux.

Doreen la regarda avec horreur et baissa les yeux sur le stylo. Thaddeus le chaparda aussitôt et elle dut lui arracher du bec. Quand il l'avisa d'un œil noir, elle secoua la tête.

— Ce n'est pas ton stylo, Thaddeus. Tu n'as pas le droit de le garder.

Elle griffonna rapidement quelque chose comme *Bonne journée à vous* et signa, avant de le rendre à la femme. Puis elle s'éclipsa avec grâce.

Le perroquet, ayant perdu sa friandise, s'exclama :

— Thaddeus aime Nan. Thaddeus aime Nan.

— C'est vrai, tu aimes Nan chaque fois que tu as des ennuis, mais *moi*, tu ne m'aimes que lorsque tu veux de l'attention.

— *Hé-hé, hé-hé*, fut l'unique réponse du volatile.

Elle soupira, néanmoins elle était reconnaissante d'être loin du groupe de dames âgées, toujours assises là, qui parlaient maintenant de manière très animée, lorsqu'un nouveau couple fixa Doreen avec inquiétude.

Elle murmura :

— Il faut que tu te tiennes bien.

Tout ce qu'elle obtint en retour de ses efforts fut un nouveau *Hé-hé-hé-hé*.

— Tu ne peux pas tout le temps être infect avec moi, grommela-t-elle.

Et bien sûr, c'était faux ; il était beau, et elle aimait l'avoir avec elle, mais parfois il voulait de l'attention et faisait tout ce qu'il pouvait pour l'attirer vers lui, alors qu'elle préférait de loin son intimité, et même un peu de solitude. Surtout quand un tueur était en liberté. Pourtant, Thaddeus était une bête de scène, et il désirait un public.

Il lui fallut quelques instants pour se rendre compte qu'elle s'était encore perdue.

— Comment est-il possible de s'égarer à ce point ici ? s'écria-t-elle, frustrée.

Heureusement, elle était seule et personne ne l'avait entendue. Toutefois, cela signifiait aussi qu'il n'y avait personne à qui demander de l'aide. Alors qu'elle se retournait pour chercher des repères pour l'aider, Mugs recommença à grogner.

Elle se tourna pour regarder dans la même direction que lui et crut voir quelqu'un parmi les arbres. Elle posa sa main sur son collier.

— C'est bon, mon grand. Il y a du monde partout.

Et c'était la vérité ; c'était le but d'un cimetière public. Les gens pouvaient ainsi venir rendre hommage à leurs amis et à leur famille.

Elle se dirigea vers l'endroit où se tenait l'homme, ne serait-ce que pour demander de l'aide sur comment retourner au parking. Pourtant, lorsqu'elle y arriva, elle ne vit aucun signe de qui que ce soit, mais trouva un panneau avec un plan du cimetière qui lui indiquait où elle se trouvait. Soulagée, elle l'étudia et réalisa qu'elle n'était pas si loin et qu'elle marchait dans la bonne direction. Lorsqu'elle arriva à la voiture, Mugs avait recommencé à grogner. Elle s'arrêta et le regarda.

— Qu'est-ce qui t'arrive aujourd'hui ?

Ses poils se hérissaient d'une horrible façon. Nerveusement, elle pivota et observa autour d'elle, mais ne vit rien. Cela ne l'aidait pas. Mugs voyait et sentait le danger arriver, contrairement à elle. En temps normal, il était à l'aise avec tout le monde, or s'il s'énervait à ce point, elle se fierait à son jugement.

— Montons dans la voiture, ordonna-t-elle immédiatement, à voix basse.

Elle ouvrit la portière, fit entrer Mugs, puis Goliath. Alors qu'elle fermait la portière passager et allait ouvrir celle côté conducteur, un homme parla derrière elle.

— Excusez-moi.

Elle fit volte-face et constata qu'il la regardait avec étonnement.

Mugs explosa de l'intérieur du véhicule. Il n'était pas content que ce type soit dehors et que lui soit à l'intérieur de la voiture. Elle aurait aimé monter à bord pour s'éloigner de l'étranger, mais cet homme avait l'air plutôt inoffensif.

Doreen lui sourit.

— Oui, que puis-je faire pour vous ?

— Je me demandais comment fonctionnait ce système. Je voulais peut-être réserver une tombe pour l'un des membres de ma famille.

Elle haussa les épaules.

— Honnêtement, je n'en ai aucune idée. Je n'ai jamais eu à faire face à cela.

Il eut l'air déçu et hocha la tête.

— Cependant, ajouta-t-elle, il y a un gardien. Il s'appelle Dezy.

Il n'était pas le gardien officiel, puisqu'il n'y en avait pas, mais elle pensait que Dezy serait un bon point de départ.

— Vous pouvez aller lui demander. Je l'ai vu pour la dernière fois par là-bas…

Et elle pointa du doigt sur le côté.

L'homme eut l'air surpris.

— Oh, d'accord. Merci. Peut-être qu'il aura des renseignements.

— Sinon, vous pouvez téléphoner au numéro du cimetière, je suis sûre qu'ils vous aideront.

Sur ce, elle se glissa rapidement dans le véhicule et démarra le moteur. Il l'observa pendant qu'elle sortait du parking. Elle jeta un coup d'œil à Mugs, qui avait l'air de s'être calmé.

— C'était quoi, ça ? gronda-t-elle. Au moins, si tu as un problème avec quelqu'un, tu dois me le faire savoir.

L'homme du cimetière ne lui était pas familier, et elle compara son visage à celui de la photo que Nelly lui avait montrée, mais elle n'eut aucun flash. Ainsi, elle rentra chez elle, faisant une halte à l'épicerie.

Chapitre 13

DOREEN RENTRA DIRECTEMENT chez elle après avoir fait les courses. Elle entama la préparation d'une salade et des ingrédients pour les hamburgers.

Mack arriva quelques minutes plus tard. Il lança une cafetière, puis demanda :

— Comment s'est passée ta promenade au cimetière ?

Doreen sourit.

— C'était bien. Et pourtant, une partie était vraiment horrible.

Le caporal se figea et la dévisagea.

— Horrible comment ? demanda-t-il, les sourcils froncés.

— Vraiment horrible, s'écria Doreen, les mains en l'air. Une femme m'a demandé un autographe.

Il l'observa un long moment, puis il éclata de rire. Le rire secoua tout son corps de joie, tandis qu'il contemplait l'expression de la jeune femme.

Mécontente, elle répliqua :

— Ce n'est pas très marrant.

— Oh que si, réfuta-t-il, sans s'arrêter de rire, et c'est bien fait pour toi.

La jeune femme le fusilla du regard.

— La célébrité et la fortune s'accompagnent de la notoriété, déclara-t-il, toujours en riant.

Le regard de Doreen s'éclaircit lorsqu'elle comprit ce qu'il voulait dire.

— C'était horrible… et je ne savais même pas quoi écrire.

— Mais l'as-tu signé ?

Elle fronça les sourcils.

— Le contraire serait-il possible ? Elle était là, ce bloc-notes à la main, à m'attendre, marmonna Doreen. C'était assez embarrassant, je dois l'admettre.

Il sourit.

— On dirait que tu as été à la hauteur de l'événement, une vraie championne.

Elle bougonna en jaugeant son visage :

— Ça sonnait étrangement faux.

— Non, pas du tout. Je pense que c'est super.

— Évidemment. Et si ça arrive quand on est à l'extérieur, ensemble ?

Mack pouffa.

— Il ne vaudrait mieux pas.

— On est d'accord. Alors en quoi est-ce bien quand je suis seule ?

— Tu t'es mise dans cette situation, rétorqua-t-il joyeusement, il est donc normal que tu l'affrontes à partir de maintenant.

— Mais c'est horrible, insista-t-elle en frissonnant. Pourquoi les gens veulent-ils la signature d'autres personnes ? Ça ne tient pas debout.

— Et pourtant, tu as conscience qu'une bonne partie de la population fait ça, n'est-ce pas ?

— Oui, mais avec des célébrités.

Mack arqua un sourcil.

— Tu vois ? Maintenant, toi aussi tu es célèbre.

Ainsi, toujours en riant, il sortit pour faire cuire les steaks sur le barbecue.

Elle soupira et retourna à sa préparation. Lorsqu'il revint, elle ajouta :

— C'était vraiment pénible.

Il la serra dans ses bras.

— Pas *si* pénible j'espère, parce que tu dois t'attendre à ce que ça se reproduise.

— J'espère vraiment que non. Ce n'est pas mon genre.

— Ce ne sera sûrement pas un cas unique. Accepte-le et passe à autre chose.

— Si c'est ce que je dois faire, grommela-t-elle.

— Je croyais que ton ex t'avait appris à gérer ce genre de choses.

— Non, répondit-elle, pas vraiment. Je savais comment me taire et comment me comporter dans les situations sociales et, quand les choses tournaient mal, comment prendre mes distances. Je savais aussi… poser des questions et faire parler les gens, mais c'était lui qui était sous les feux de la rampe, et moi, dans l'ombre.

Elle scruta Mack avant de reprendre.

— Qu'est-ce que tu fais quand les gens te couvrent de gloire ?

— Je ne sais pas, déclara-t-il avec un grand sourire. Ça ne m'est jamais arrivé.

Elle le regarda à nouveau avec méfiance, et il rit.

— Je te le jure, ça ne m'est jamais arrivé, se défendit-il.

— Peu importe, marmonna-t-elle. Oh, et il y avait quelqu'un au cimetière que Mugs n'a vraiment pas aimé.

Mack lui fit face et fronça les sourcils.

— Comment ça ?

— On a vu un homme au milieu des arbres et j'étais un peu perdue, expliqua-t-elle. C'est un endroit très vaste et je me suis égarée. Quoi qu'il en soit, on s'est dirigés vers les arbres en pensant que, si ce type était là, il pourrait peut-être m'aider à retrouver mon chemin jusqu'au parking. Mais au lieu de le trouver là, j'ai trouvé le plan du cimetière qui était affiché et je suis rentrée toute seule.

— Bien. Alors, qu'est-ce que Mugs n'a pas apprécié ?

— Mugs a grogné après ce type. Je crois que c'était lui en tout cas. Pourtant, le type parmi les arbres a contrarié Mugs. Quand on s'est approchés, il était parti et Mugs s'est calmé.

— Alors Mugs t'a prévenue qu'il n'aimait pas quelqu'un, et tu t'es rapprochée de lui ? s'étonna Mack.

— Je n'ai pas vraiment pensé à ça.

— Je vois. Comment as-tu pensé que tu devrais le prendre ? l'interrogea-t-il, le regard sévère.

— Je ne sais pas. Bref, je suis arrivée sur place et il était parti, insista-t-elle, en regardant Mack. Mais ensuite, quand on est retournés au parking, j'ai fait monter Mugs et Goliath dans le véhicule, et un homme est venu derrière moi et m'a dit bonjour. À ce moment-là, Mugs a vraiment perdu les pédales.

Mack s'approcha lentement d'elle.

— À quel point ?

— Plutôt mal. Je ne l'ai jamais vraiment entendu aboyer comme ça pour rien auparavant.

— Qu'est-ce que tu as fait ?

— Ce type m'a posé des questions sur le cimetière et sur comment obtenir une concession. Je lui ai donc dit d'aller trouver Dezy, qui pourrait sûrement l'aider.

— Est-ce que tu l'as reconnu ?

— Non. J'ai vu une photo de Bob Small, donc je savais que ce n'était pas lui parce qu'il ne lui ressemblait pas du tout.

— Et de quand datait cette photo de Bob Small ?

— Je l'ignore, répondit Doreen, avant de faire grise mine. Tu veux dire que, depuis toutes ces années, il aurait changé ?

— Bien sûr qu'il aurait changé, affirma Mack en fronçant les sourcils. Et quelle a été la réaction de Mugs face à ce type quand tu lui as parlé ?

— Très mauvaise. Il n'était pas content que je lui parle, et il était encore moins content que je sois hors de la voiture alors que lui était dedans.

— Moi aussi, je n'en suis pas content, la réprimanda-t-il. Parce que, si quelque chose ne tournait pas rond chez ce gars, au point que Mugs s'en serait pris à lui, il n'aurait pas pu te sauver, car il était enfermé dans la voiture. Tu le comprends, n'est-ce pas, Doreen ?

— Oui, grinça-t-elle. J'ai compris. Je n'aurais pas dû mettre Mugs à l'écart ou ne pas parler à ce type ou quelque chose comme ça… Je ne sais pas exactement ce que j'étais censée faire dans une telle situation.

— Tout ce que tu viens de dire pour commencer.

— C'était un timing étrange.

— Et pourtant, un homme qui a l'habitude de tuer des gens profiterait de ce genre de timing à la seconde près.

Plus elle y pensait, plus elle réalisait que Mack avait raison. Elle s'assit sur la terrasse.

— Tu penses vraiment que c'était lui ? demanda-t-elle.

— Je ne sais pas, reconnut-il avec calme. Je ne peux pas

dire que je sois très impressionné par le fait que quelqu'un t'ait approchée de cette façon, alors que Mugs était si manifestement contre.

— Non, mais il avait l'air si… inoffensif. Je n'ai pas vraiment réfléchi.

— Ce qui me surprend également. Tu sais déjà que, dans ton esprit, Bob Small a éliminé Ella et qu'il cherche potentiellement à blesser ou à éliminer Nelly. De plus, c'est toi qui viens de me parler de la disparition de son ex-petit ami, Lucas.

Doreen hocha lentement la tête.

— Ce qui veut dire que Bob Small sait très bien saisir les occasions isolées comme celle-là.

— Exactement, rétorqua Mack. Les gars comme ça, ils restent cachés pour une bonne raison. Ils sont doués. Ils ne déclenchent pas d'alerte – chez les humains, en tout cas – et ils n'ont pas l'apparence que l'on attend d'eux.

— En tout cas, il n'avait pas l'air effrayant ou l'air que j'aurais pu imaginer d'un tueur en série, admit-elle.

— De quoi avait-il l'air ? demanda Mack avec curiosité.

Doreen réfléchit.

— Je n'y ai pas beaucoup pensé non plus, marmonna-t-elle. Mais il portait une casquette de base-ball, une chemise à carreaux et un jean. Plus une barbe et des lunettes de soleil.

— Quelconque, en soi ? Son visage t'a paru normal, soupira Mack.

— C'est grave ?

— La barbe et les lunettes de soleil peuvent être achetées dans un bazar, expliqua Mack. Pour un déguisement, c'est assez courant.

Elle ne savait pas quoi répondre à cela. Elle le regarda, choquée.

— Tu crois vraiment que c'était Bob Small ?

— Je ne sais pas, mais le fait est que tu es sur une affaire sur laquelle il ne veut pas que l'on enquête, précisa Mack. Et, ce qui est sûr, c'est que la dernière fois que tu as tenté le diable, ça l'a réveillé.

— Ce n'est pas ma faute, se défendit-elle immédiatement. Je pense que quelqu'un d'autre l'a tenté bien avant.

— Peut-être, mais il y a des chances que tu sois sur son radar, et ce n'est pas bon. Je ne veux pas que tu sois dans le radar de qui que ce soit, mais un tueur en série ? Encore moins, tonna-t-il. C'est un aller simple pour ta propre tombe dans ce cimetière.

— Alors, qu'est-ce que je dois faire ?

— Qu'est-ce que tu penses pouvoir faire ? l'interrogea le policier avec curiosité. Si ce type t'a vue, et qu'il a déjà compris qui tu es, quelle est ta prochaine étape ?

Elle le contempla, prenant conscience qu'il essayait de l'amener à penser à sa propre sécurité.

— Je suppose que l'une des choses les plus importantes… sera d'activer l'alarme et de rester chez moi, et, si je sors, d'être encore plus prudente ?

Il soupira.

— Oui, c'est un bon point de départ, bougonna-t-il en la regardant attentivement, mais je ne pense pas que ce soit suffisant.

— Il le faut, parce qu'il n'y a pas de sécurité, pas à cent pour cent en tout cas. Il n'y a aucune chance que tu puisses veiller sur moi tout le temps.

— Non, je ne peux pas, convint-il, mais je préférerais que tu ne te mettes pas dans des situations dangereuses lorsque ça n'est absolument pas nécessaire.

— J'étais au cimetière, en train de me promener. Je me

suis arrêtée sur la tombe d'Hinja, j'ai rencontré trois vieilles dames qui m'ont demandé un autographe, et c'est tout. Ce n'est pas comme si je faisais autre chose là-bas.

— Non, mais manifestement, c'était suffisant pour que ce type veuille te parler.

— J'étais la seule dans le parking, fit-elle remarquer. Mais à part ça, je ne pense pas qu'il se soit soucié de savoir à qui il parlait.

— À moins que tu ne sois la personne qu'il cherchait.

— Mais comment le saurait-il ? demanda-t-elle en haussant les épaules. Ce n'est pas comme si quelqu'un d'autre savait que j'étais là.

— Qui d'autre as-tu vu ?

— Dezy, répondit Doreen, avant de se renfrogner. À moins que Dezy ait dit à ce type qui j'étais et que j'étais là.

— C'est assez facile à découvrir, n'est-ce pas ? Il suffit de demander à Dezy.

— J'espère que Dezy dira qu'il ne lui a pas parlé. Alors ma rencontre avec l'étranger serait complètement innocente.

— Et si Dezy lui a parlé ?

Elle haussa les épaules.

— Alors peut-être *pas si innocente* que ça.

— Je pense qu'on va opter pour l'option moins innocente.

Mack avait déjà sorti son téléphone et tapotait sur l'écran pour composer un numéro.

— Comment se fait-il que tu aies le numéro de tout le monde en mémoire ? se plaignit-elle. Parfois, j'ai du mal à trouver ne serait-ce qu'un seul numéro de téléphone.

Il lui sourit et dit :

— J'ai dû parler à Dezy plusieurs fois au cours de notre dernière affaire, murmura-t-il. Il est logique qu'il soit dans mes contacts.

Le policier portait la planche à découper et les légumes.

— Si tu veux bien m'aider… les steaks sont presque prêts. Je vais passer un petit coup de fil, et ensuite on mange.

Il sortit dans le jardin arrière pour parler à Dezy pendant quelques minutes.

Il était évident qu'ils discutaient, car Doreen observa Mack au téléphone, qui parlait avec animation. Lorsqu'il rangea son téléphone et la rejoignit, son visage était plus dur.

Elle soupira.

— Je suppose que tu as parlé à Dezy, c'est ça ?

— Bien sûr que je lui ai parlé, riposta Mack, et, oui, il a parlé à ce type.

— Et l'inconnu a-t-il posé des questions sur moi ?

— Oui. Il a raconté à Dezy qu'il avait vu une femme avec un perroquet sur l'épaule, et Dezy lui a dit qui tu étais.

— *Génial*, maugréa la jeune femme. Encore une fois, les animaux m'ont mise dans le pétrin.

— Exactement. Plus que ça, ils te rendent facilement identifiable, précisa Mack. Le problème est de savoir ce que l'on va faire pour y remédier.

— Tu penses vraiment que ce type est dangereux ?

Il lui jeta un regard et demanda :

— Et toi ? C'est à toi de me le dire. Cet inconnu a parlé à Dezy *avant* de venir te parler sur le parking. Donc, il savait précisément qui tu étais, et il n'a pas dit qu'il avait parlé à Dezy.

Doreen se renfrogna.

— En d'autres termes, c'était un coup monté.

— Tout à fait, et tu ne peux pas me donner une description au-delà d'une casquette de base-ball, de lunettes et d'une barbe.

— Je dirais un mètre quatre-vingt-cinq, plus petit que toi, pas aussi charpenté.

Elle marqua une pause, se creusant la tête pour approfondir la description.

— Et c'est tout, conclut Doreen.

— Dans ce cas, je n'aurais pas l'audace de dire que *c'était* Bob Small, mais je dirais que tu dois faire attention. Évite les ennuis et reste à l'écart de tout le monde parce qu'il y a de fortes chances que ce type et ses actions soient loin d'être innocents.

Elle fronça les sourcils en y songeant.

— C'est bizarre de penser qu'à chaque fois que quelqu'un est gentil, je dois le voir d'un point de vue négatif.

— Pas d'un point de vue négatif, mais réaliste. On doit assurer ta sécurité.

— Oui. J'imagine qu'il ne pouvait pas être quelqu'un d'amical, n'est-ce pas ?

— Doreen, il a demandé comment obtenir une concession funéraire. Pourquoi n'a-t-il pas demandé à Dezy ?

Elle fronça les sourcils.

— Tu veux vraiment risquer ta vie ? Celles de tes animaux ? Comment Nan réagirait-elle ?

La jeune femme grimaça et secoua la tête.

— Je n'ai pas du tout envie de faire ça. Mais si tu as raison, et que c'était un déguisement, je ne le reconnaîtrai pas la prochaine fois.

— Et c'est sur ça qu'il compte, persista Mack, le ton sérieux alors qu'il la dévisageait. Alors, s'il te plaît, pour l'amour de Dieu, reste en dehors des problèmes pendant un certain temps.

Il hésita un instant avant de continuer.

— Quelles sont les chances que ce type t'ait suivie jusque

chez toi ?

La mine renfrognée, Doreen regarda dehors.

— Voilà qui va m'empêcher de dormir à nouveau.

— Je n'essaie pas de t'effrayer, je veux seulement que tu fasses attention à ce qu'il se passe autour de toi.

— D'accord. Je n'essayais pas d'attirer son attention.

— Je sais, mais le problème, c'est qu'une fois que tu *es* dans son radar, il doit décider si tu es un danger pour lui ou non, et tu sais ce qui se passera si c'est le cas.

Elle soupira.

— Oui, je le sais. Merci pour le rappel. Je serai une nouvelle Ella.

Il la serra dans ses bras.

— Pas si je peux l'en empêcher, mais pour ça, j'ai aussi besoin de ta coopération.

Doreen le fusilla du regard.

— C'est-à-dire ?

— Ça veut dire que j'ai besoin que tu évites les ennuis. Reste enfermée chez toi.

— Mais, s'il sait où j'habite, c'est le pire endroit pour moi, nota-t-elle.

<h1 style="text-align:center">Chapitre 14</h1>

DOREEN S'EFFORÇA DE rester en sécurité ce jour-là. Elle demeura chez elle. Elle jardina. Elle téléphona à Millicent et se rendit ensuite chez cette dernière en passant par la rivière, suivant un itinéraire circulaire pour que personne ne la suive et n'ait la moindre idée de ce qu'elle faisait. D'ailleurs, même Doreen avait du mal à savoir où elle était arrivée. Lorsqu'elle rentra chez elle, elle était fatiguée, en sueur et stressée.

Elle lança une cafetière, monta à l'étage et prit une douche rapide. La journée avait été exceptionnellement chaude et, si l'on ajoutait le dur travail qu'elle avait effectué chez Millicent aujourd'hui, à savoir creuser et border le trottoir, elle avait bien transpiré.

Dès qu'elle eut pris sa douche, elle se tressa les cheveux. Elle enfila un T-shirt léger et un short, puis descendit lentement les escaliers. Elle ressentirait le lendemain les effets de l'exercice physique du jour. Mais pour l'instant, elle avait travaillé dur durant la matinée et, bien que fatiguée, elle se sentait bien après les efforts qu'elle avait fournis. Tout en se servant un café, elle ouvrit la porte arrière de la cuisine pour les animaux, et s'assit sur la terrasse. Elle avait mangé un morceau de pain grillé au petit déjeuner, toutefois elle avait besoin de plus.

Elle retourna au réfrigérateur afin de voir ce qu'il contenait. Mack avait préparé des hamburgers la veille, et ils avaient tout mangé. Il ne restait donc plus rien. Elle haussa les épaules. Encore un sandwich. Heureusement qu'elle aimait ça.

Elle concocta rapidement deux gros sandwichs et, avec son assiette en main, sortit sur la terrasse. Mugs la suivit, regardant avidement sa nourriture. Elle grimaça.

— Hé, bonhomme. Je suppose que tu n'as pas eu de friandises depuis un petit moment, n'est-ce pas ?

Elle se leva, retourna dans la cuisine, prit quelques friandises pour chacun des animaux et retourna dehors. Mugs dansait, plus excité qu'il n'aurait dû l'être, et Thaddeus sauta sur la table, cherchant lui aussi quelque chose. Goliath, entendant le récipient à friandises s'agiter, avait accouru, mais il était à présent couché là, à la fixer de son regard doré hypnotisant.

Elle donna des friandises à tout le monde, puis s'assit pour manger son sandwich. Lorsqu'elle en eut fini un, elle commença à se sentir un peu plus humaine. Elle mangea le deuxième lentement. Quand elle eut terminé, elle était rassasiée. Néanmoins, c'était appréciable. Tout ce dont elle avait besoin maintenant, c'était de digérer et de se détendre un peu. Elle avait passé toute la matinée à chasser de son esprit le cauchemar de sa rencontre avec Bob Small.

Et pourtant, ce n'était pas sa faute. Comme le dirait Mack, ce n'était jamais sa faute, en revanche, d'une manière ou d'une autre, cela finissait toujours par l'être quand même. Elle ne comprenait pas très bien comment cela fonctionnait, or c'était ainsi que cela se terminait. Assise devant sa tasse de café, elle réfléchissait aux informations qu'elle possédait sur le meurtre d'Ella et à tout ce qu'il lui restait à découvrir. Lorsque son téléphone sonna, elle ne fut pas surprise de voir qu'il s'agissait du pénitencier. Elle décrocha.

— Avez-vous parlé à la sœur ? interrogea Gary Wildorf.

— Oui. C'est une famille assez perturbée.

— Alors, allez-vous faire quelque chose pour m'aider maintenant ? demanda-t-il d'un ton agacé.

— Je ne suis pas sûre de pouvoir faire quoi que ce soit. Jusqu'à présent, nous n'avons pas grand-chose d'utile concernant ce Bob Small. Et si les deux sœurs étaient sorties avec le même homme ? C'est loin d'être criminel.

Frustré, Gary s'écria :

— Pourquoi pas ? Est-ce que je dois sortir d'ici et faire le travail à votre place ?

— Peut-être. Nous n'avons rien qui nous permette de monter un dossier contre lui.

— Comment est-ce possible ? s'étonna-t-il. Ce type a assassiné tant de gens.

— Oui, avez-vous déjà écrit une liste de tout ce qu'il vous a dit ?

— Quelques trucs, oui, marmonna-t-il.

C'était le plus grand choc de la journée pour elle. Elle fixa du regard son téléphone.

— Ça, c'est intéressant. Je suppose que vous n'avez pas de photo de lui, si ?

— Je dois en avoir une. Vous n'en avez pas ? Il a purgé une peine ici, donc il doit avoir une photo d'identité judiciaire.

— C'est un peu compliqué de chercher un fantôme, quelqu'un qui n'a ni nom ni photo, riposta Doreen.

— Un fantôme, souffla-t-il. Oui, c'est bien lui. Même quand il était ici, beaucoup de gars ne se souviennent même pas de qui il était ni à quoi il ressemblait.

— Bien sûr que non, car la seule façon de survivre est de faire profil bas. Était-il du genre à se battre ?

— Non, il n'aimait pas les confrontations. Mais croyez-moi. Beaucoup de gars l'ont laissé de côté. Il y avait quelque chose qui ne tournait pas rond chez lui.

— Compris. Beaucoup d'hommes sont comme ça, n'est-ce pas ? Surtout là où vous êtes.

— En effet, et ça n'a aucun sens que celui-ci continue à vous échapper.

— Ce n'est pas qu'il continue à nous échapper, précisa-t-elle. Nous ne l'avons même pas trouvé parce que nous n'avons pas encore de photo, d'identité claire ou quoi que ce soit d'autre.

— Il était en prison avec moi, lui rappela Gary en ricanant. C'est si difficile que ça ?

Elle pensa aux problèmes de Mack pour trouver ce nom.

— Je peux aussi vous dire qu'il ne s'appelle pas Bob.

Un silence choqué s'installa à l'autre bout du fil.

— Quoi ? s'offusqua Gary.

— Vous l'appelez Bob Small, n'est-ce pas ?

— Oui.

— Nous n'avons trouvé aucune trace d'un prisonnier nommé Bob Small.

— Vous devriez vérifier qui était dans ma cellule à l'époque.

— Bien sûr, mais vous ne m'avez pas donné de dates.

Gary proféra une suite de jurons à travers le combiné.

— Vous êtes incapables de faire quoi que ce soit seuls.

Doreen prit un crayon et un papier.

— J'ai un stylo en main. Donnez-moi quelque chose dont je pourrai me servir.

Il se remit à jurer.

— Très bien, mais cette fois je veux quelque chose en échange.

— Peut-être, si vous me donnez une piste.

— Il utilisait le nom de Bob Small. Je ne sais pas si c'est celui que le pénitencier utilisait ou non, mais il ne voulait pas répondre à un autre nom.

— Alors, suggéra Doreen, il a peut-être fait croire aux gardes que c'était son nom. Il n'aurait eu qu'à jouer les durs au début. Une fois que tout le monde se serait adapté au nom, ils ne se poseraient même plus la question.

Gary y réfléchit.

— Vous avez sûrement raison, reconnut-il. Je ne sais pas comment il s'appelle, mais son vrai nom doit être lié à sa condamnation.

— C'est vrai, répondit-elle, en se demandant pourquoi elle n'avait pas encore vérifié cette information auprès de Mack. Mais en quelle année était-il avec vous ?

— C'est le problème. J'ai beaucoup bougé.

— Ce qui *est* un problème, convint-elle.

— C'était il y a environ quinze ans, maugréa-t-il.

— Vous en êtes sûr ? Et étiez-vous dans cette même prison ?

— Oui, ça j'en suis certain, confirma Gary.

— Bien. Vous aviez souvent de nouveaux compagnons de cellule à cette époque ?

— Beaucoup trop, râla le détenu. J'aimerais bien avoir une chambre pour moi tout seul, mais je n'ai même pas droit à ça.

— Bien sûr que non. La prison n'est pas vraiment un

hôtel de luxe.

Étrangement, il trouva cette remarque plutôt drôle, et il ricana. Doreen secoua la tête.

— Maintenant, vous pouvez le localiser, *hein* ? demanda Gary.

— J'ignore si je peux le localiser ou non, dit-elle. Cela dépend du nombre de noms que nous devons passer en revue dans la paperasse pour trouver les noms de tous vos compagnons de cellule, puis de leur histoire. Vous avez dit que vous aviez une photo.

— Oui, oui, oui, grommela-t-il. Donnez-moi votre adresse email.

Elle obtempéra et il déclara :

— Très bien, je vais la trouver et vous l'envoyer. Je l'ai. Je me la suis envoyée par email. Je devrais pouvoir l'ajouter.

— Transférez-moi le mail, proposa-t-elle. Vous n'aurez pas besoin de joindre le fichier.

— Est-ce que ça marche ?

— Oui.

— Je prends des cours d'informatique, admit Gary, d'une voix presque désolée.

— C'est bien. Ça vous sera utile quand vous sortirez.

— Je finirai par sortir, n'est-ce pas ? Maintenant, trouvez quelque chose pour que je puisse quitter cet endroit, exigea-t-il, frustré.

— On y travaille. Toutefois, tout comme vous, j'ai besoin de quelque chose de concret aussi.

Il grogna.

— Je vais trouver, laissez-moi un peu de temps.

Puis il raccrocha.

Ce dont elle avait vraiment besoin, c'était d'une confirmation visuelle avec la photo de Gary et que son compagnon de cellule, bien qu'utilisant le nom fictif de Bob Small, avait été dans la même prison que le co-détenu de Gary Wildorf une quinzaine d'années plus tôt.

Avec les informations qu'elle avait notées, elle écrivit rapidement un email à Mack avec les détails. Elle lui envoya ensuite un SMS pour savoir s'il avait vu son email. Lorsqu'il l'appela un peu plus tard, il lui demanda :

— Qu'est-ce que c'est ?

— Ce sont les dates auxquelles Bob Small était en prison, soi-disant dans la même cellule que ce Gary Wildorf, qui n'arrête pas de m'appeler du pénitencier.

— Il t'a encore appelée ? l'interrogea Mack, le ton tranchant.

— Oui. J'ai réussi à bluffer en lui disant qu'on n'avait rien.

— C'est le cas, confirma le policier.

— Ce n'est donc pas vraiment du bluff, mais j'ai eu l'impression de bluffer.

— C'est parce que tu es une petite nature, répliqua Mack, d'une voix douce.

— Gary espère vraiment obtenir quelque chose pour améliorer la situation dans son monde.

— Peut-être, mais j'espère que tu ne lui as rien promis.

— Non. Il est juste très optimiste.

Mack soupira.

— Quand ça tournera mal, commença-t-il, étant donné que ce type est en prison et que tu ne peux pas vraiment le faire sortir de là, tu devras être forte parce qu'il pourrait devenir assez méchant.

— Je ne lui ai rien promis, répéta-t-elle. Je vois donc comment c'est possible, mais ce serait sa faute, pas la mienne.

Mack s'esclaffa.

— C'est facile à dire, mais Gary n'y croira pas quand ça arrivera.

— Non, bien sûr que non, marmonna-t-elle. Mais ce n'est pas mon problème. Et il m'enverra une photo.

— Il a une photo de Bob Small ?

— Oui, apparemment. Mais je ne sais pas d'où elle sort, ni de quand elle date.

— D'accord, ce sera la prochaine étape. Ce n'est pas parce qu'il a une photo que nous avons quelque chose de mieux que la description que tu as faite de ton inconnu dans le cimetière. Nelly a aussi une photo. Il faut que j'aille la chercher.

— Hé, je t'ai montré ma photo de son cliché, qui ne valait *rien*, comme tu l'as dit. Tu ne peux pas continuer à m'embêter avec ça. J'ai essayé de lui soutirer la photo originale, mais elle s'y est accrochée. Tu peux la convaincre de te la donner.

Il rit.

— Envoie-moi la photo de Gary quand tu l'auras.

— Entendu. Pourrais-tu téléphoner à la prison et consulter les dossiers pour savoir qui était le compagnon de cellule de Gary à l'époque ?

Mack rit de plus belle.

— Je vais m'en occuper, acquiesça-t-il d'un ton narquois. Ne t'inquiète pas. Je le ferai. Un jour.

— Étant donné qu'on dispose de cette information, je pense qu'il s'agit d'une priorité absolue.

— C'est assez tiré par les cheveux que Bob Small soit impliqué dans le meurtre d'Ella. Tu te souviens ? Toutefois, je peux demander à quelqu'un d'appeler afin de voir s'il peut trouver des réponses.

— Bien, parce que, si ce n'est pas tiré par les cheveux, tu

as un meurtrier à envisager.

— Mais ça ne veut pas forcément dire qu'il est l'assassin d'Ella.

— Et pourtant, ce n'est pas non plus très éloigné de la réalité. Tu dois absolument considérer que c'est une possibilité.

— Tout à fait. Mais, de ce point de vue, sa sœur l'est aussi.

Doreen grommela.

— Tu penses toujours que Nelly pourrait être coupable ?

— Je lui ai parlé et, selon ses dires, elle a frappé Ella assez fort.

— Quoi ? Ella a été frappée, puis quelqu'un passe par là et tire sur un cadavre ? Ça ne colle pas.

Il rit de nouveau.

— Non, ça ne colle pas, reconnut-il, mais je me demande si Nelly n'est pas assez rusée pour avoir orchestré tout ça toute seule.

— Idem, souffla Doreen.

Cette réponse surprit Mack. Il marqua une pause avant de demander :

— Sérieusement ?

— Toutes ces interactions entre les deux sœurs ne me plaisent pas. Et une bonne partie n'était pas sympa, marmonna-t-elle.

— *Les frères et sœurs.* Parfois, ils s'entendent très bien. Parfois, ils ne se supportent pas.

— Et je le comprends, même en tant que fille unique. Vraiment. J'aimerais juste que ce soit un peu plus facile de faire le tri.

— Moi aussi, acquiesça Mack, mais tu te débrouilles bien. Si tu as autre chose, fais-le-moi savoir.

Et sur ce, il raccrocha.

Elle resta assise là, à regarder son téléphone encore et encore. Quand son téléphone vibra, elle sut qu'un email était arrivé et, bien sûr, il y avait la photo en pièce jointe. Elle l'observa en fronçant les sourcils, parce que – comme Mack l'avait expliqué plus tôt – il était assez difficile de deviner qui était ce type. Elle le transféra à Mack.

Il la rappela.

— Ce n'est pas une bonne photo.

— Je te le confirme. On dirait une photocopie de journal ou quelque chose du genre.

— Je trouve aussi.

— Il n'y a pas beaucoup d'appareils photo qui circulent en prison, j'imagine.

— Je n'en suis pas sûr, mais j'en doute fortement, répondit Mack. Certains prisonniers reçoivent toutes sortes de choses, or je ne pense pas que ça aurait été une option là où il se trouvait.

— Il est donc probable qu'il s'agisse de quelque chose qu'il a obtenu du prisonnier lui-même ou…

— Ou quoi ? Dans un journal de la prison ?

— C'est possible aussi, et c'est vieux. C'est donc trop vieux pour qu'on puisse vraiment l'identifier. Cette théorie s'envole donc elle aussi.

— Peut-être, mais j'ai quelqu'un qui vérifie les dates à la prison, alors j'espère qu'on aura un nom grâce à ça.

— Il y a de fortes chances qu'il y en ait plus d'un.

— Pourquoi dis-tu ça ? l'interrogea Mack.

— Wildorf m'a dit qu'il avait été beaucoup déplacé pendant un certain temps.

— *Génial,* grommela Mack, parce que si tu as raison, Wildorf aurait pu avoir plusieurs compagnons de cellule.

Mais on verra ça au moment voulu.

Elle sourit en entendant cela, car c'était typique de Mack. Lorsqu'il raccrocha à nouveau, elle se leva et se prépara une deuxième tasse de café, puis son téléphone sonna une nouvelle fois. S'attendant à ce que ce soit encore le détenu, elle décrocha et répondit avant de vérifier l'identité de l'appelant. Ce n'était pas Gary. Au lieu de cela, c'était une respiration lourde et rien d'autre. Elle se redressa sur sa chaise et jeta un regard noir à son téléphone.

— Qui est-ce, et que voulez-vous ?

Puis, réalisant qu'elle avait probablement l'air d'une idiote, elle reprit :

— Allez vous faire voir et laissez-moi tranquille.

Et sur ce, elle mit fin à l'appel et posa son téléphone avec force. Elle savait que si elle téléphonait à Mack pour le lui dire, elle aurait des ennuis. Sauf que, si elle ne disait rien à Mack, elle aurait aussi des ennuis.

Finalement, elle décida qu'elle ferait mieux de le mettre au courant, ce qui serait probablement le moindre des deux maux. Elle lui envoya rapidement un texto, avant de décider que c'était le jour de la lessive et de changer les draps, en plus d'un tas d'autres tâches ménagères qu'elle devait accomplir — surtout si Mack répondait par une diatribe.

Son café à la main, elle monta dans sa chambre, rassembla son linge et le tria. Doreen eut une envie soudaine de sortir quelques vêtements de Nan qu'elle avait gardés et dont elle avait décidé qu'elle n'en voulait vraiment pas. Il lui faudrait donc se rendre au dépôt-vente de Wendy.

Ce qui, en y réfléchissant, était une bonne chose à faire. Elle mit rapidement dans un sac plusieurs des articles à emporter chez Wendy, afin de pouvoir les transporter facilement. Elle vérifia encore une ou deux pièces, mais ne put se décider pour l'instant. Elle lança du linge à laver et, une fois cela fait, elle défit son lit. Après l'avoir refait avec des draps propres, elle empila les draps sales devant la machine à laver, afin de pouvoir les mettre ensuite à laver. Puis, prenant les sacs de vêtements, elle appela les animaux et leur demanda s'ils voulaient aller se promener.

Bien qu'ils soient déjà allés chez Millicent, ils étaient tous plus qu'impatients de sortir à nouveau. Elle leur sourit, alors qu'ils se trémoussaient dans tous les sens, cependant Thaddeus lui jeta son fameux regard.

— N'y pense même pas, dit-elle, son doigt pointé vers le perroquet. Mack m'a dit de faire attention, mais il ne m'a pas dit de rester à la maison.

Néanmoins, Thaddeus l'observait toujours de la même façon. Bon sang, il avait un don pour la faire se sentir coupable en un rien de temps.

— Il faut que je les amène chez Wendy, se défendit-elle. C'est une promenade qu'on fait tout le temps. Ce n'est pas un problème.

Elle aurait pu conduire, or cela n'aurait pas fait disparaître le malaise qui s'installait en elle.

Les animaux rapidement tenus en laisse, elle regarda Thaddeus et lui demanda :

— Tu veux rester ici ?

Comme s'il avait compris, il poussa un cri et vola sur son épaule.

— Bien. Je ne voulais pas vraiment y aller sans toi.

Il renfonça sa tête contre son cou et murmura :

— Thaddeus aime Doreen.

Elle adorait quand il faisait ça, ce qui manquait de lui briser le cœur. Elle le serra contre elle, puis, après avoir fermé la maison à clé, se mit de nouveau en marche.

Chapitre 15

DOREEN ÉTAIT EN train de marcher depuis une dizaine de minutes lorsque Mack l'appela.

— C'est quoi ce message ? lui demanda-t-il, mécontent.

— J'ai reçu une sorte de canular téléphonique, expliqua-t-elle.

— Comment ça, un canular téléphonique ?

— Une respiration lourde à l'autre bout du fil.

— Ah. Peut-être des gamins, répondit Mack avec précaution.

— Peut-être. Ça aurait pu être toutes sortes de choses. Dans tous les cas, je lui ai dit de me laisser tranquille.

— Je suis sûr que ce sera efficace, nota Mack, avec une pointe d'humour.

Doreen jeta un regard noir au téléphone.

— Honnêtement, je ne savais pas quoi dire. J'aurais dû raccrocher immédiatement.

— La prochaine fois que ça se produit, si ça arrive, raccroche. Sinon, comme je l'ai dit, reste chez toi et n'attire pas l'attention.

— Oups, murmura-t-elle.

Elle n'évoqua pas sa sortie dans la matinée pour se rendre

chez Millicent. Doreen fronça les sourcils. Il serait furieux d'apprendre cela de la bouche de sa propre mère.

— *Oups* ? Qu'est-ce que ça veut dire ? demanda-t-il en haussant le ton. Qu'est-ce que tu veux dire par *oups* ? Ici, il n'y a pas de place pour les *oups*, Doreen.

— Je suis à l'extérieur, soupira-t-elle. Je vais chez Wendy.

— Ce n'est pas un *oups* ! rugit-il. Tu dois rester chez toi.

— Je me sentais frustrée et contrariée, alors j'ai pensé rendre visite à Wendy. J'ai encore des vêtements à vendre.

— Tu as encore des vêtements à vendre ? Comment est-ce possible ?

— Nan avait une tonne de vêtements et je voulais en garder quelques-uns. Ce sont de très belles pièces, avec un côté vintage vraiment génial, mais elles ne me convenaient plus. Je crois que j'ai changé.

— Oui, c'est sûr, grommela Mack. Avant, tu écoutais quand on te disait de faire quelque chose.

Elle ricana.

— Dans tes rêves. C'était quand j'étais mariée.

Il y eut d'abord un silence à l'autre bout du fil, puis il grogna.

— Comment vais-je assurer ta sécurité si tu continues à te balader en ville ?

— Je me suis dit qu'il valait mieux me promener en ville et faire comme si de rien n'était, plutôt que de me cacher dans ma maison, pétrifiée à l'idée d'en sortir. Je ne veux pas être prisonnière de ma propre maison.

— Non, mais tu as envie de vivre, n'est-ce pas ?

— Oui, soupira Doreen. Tu me le répètes tout le temps, et je me sens horriblement mal à chaque fois.

— Et pourtant, ça ne fait toujours aucune différence,

maugréa-t-il.

Doreen sourit.

— Si… enfin, peut-être pas assez.

— *Pas assez*, ce n'est pas une blague, souffla-t-il. Préviens-moi quand tu seras chez Wendy, et préviens-moi quand tu rentreras chez toi. Et si tu sens que quelqu'un marche derrière toi, te suit, ou fait un bruit bizarre, tu m'appelles. C'est compris ?

— D'accord, acquiesça-t-elle avec joie. Je suis contente que tu n'aies rien de mieux à faire que de me surveiller.

— Il aurait mieux valu que tu restes chez toi, marmonna-t-il. Mais au lieu de ça…

— Je passerai par l'épicerie sur le chemin du retour. Veux-tu que je prenne quelque chose pour le dîner ?

— Quoi ? Est-ce que je viens encore dîner chez toi ? demanda-t-il, une note d'humour évidente dans la voix.

— Oh, j'aurais dû reformuler. Bonjour, Mack. Veux-tu venir dîner ce soir ?

— Merci, Doreen, répondit-il avec une exagération feinte. Avec plaisir.

— Mon petit doigt m'a dit que c'était bientôt ton anniversaire, renchérit-elle.

— Oui, mon anniversaire approche, mais pas avant un certain temps. Pourquoi ? demanda-t-il avec prudence.

— Je me demandais si tu voulais qu'on passe la journée ensemble et peut-être dîner. Je ne suis pas une grande cuisinière, comme tu le sais, mais je pourrais essayer de te préparer quelque chose, proposa-t-elle avec espoir.

Il rit, mais son ton était maintenant chaleureux et doux, ce qui la fit sourire.

— Ce serait charmant, approuva-t-il, mais n'oublie pas que mon frère pourrait être là.

— Ce n'est pas grave. Il pourra se joindre à nous.

— Vraiment ?

— Oui. Je pourrai vous empoisonner tous les deux.

Après cette pointe d'humour, Doreen raccrocha.

Il lui fallut dix à quinze bonnes minutes pour arriver chez Wendy, et pendant tout ce temps, tous ses animaux étaient complètement calmes et détendus. Lorsqu'elle entra dans la boutique, elle s'arrêta à l'entrée. Wendy la vit et arriva en courant.

— Est-ce que ça va ? s'écria-t-elle.

— Je vais bien, répondit Doreen en la dévisageant. Et vous ?

— Maintenant, oui.

— Je ne voulais pas entrer dans le magasin parce que j'ai les animaux. Tenez, dit-elle en tendant un sac. Encore des vêtements de Nan. Je ne savais pas si vous pouviez les vendre ou non.

Wendy sourit.

— Si vous les avez gardés, je suppose que ce sont de bonnes pièces.

Doreen opina du chef.

— Mais elles ne me vont pas, vous voyez ?

La gérante acquiesça.

— Je vois très bien. Je vais passer tout ça en revue, et, si je peux vendre quoi que ce soit, je vous le ferai savoir. Ça vous convient ?

— C'est parfait.

— Vous vous en sortez niveau argent en ce moment ?

— Oui, répondit Doreen joyeusement. J'ai eu la récompense.

— Oh, c'est vrai. Dans ce cas, vous n'avez pas besoin d'un chèque aujourd'hui ?

Doreen secoua la tête.

— Non, et ce n'est pas encore l'heure, donc c'est bon.

Wendy sourit.

— Après tout ce que vous avez fait pour moi, je suis prête à enfreindre les règles, si vous en avez besoin.

— Non, c'est bon, mais merci quand même.

— Rien de nouveau à l'horizon ?

— Si, mais je ne peux pas encore vraiment en parler. J'espère qu'il n'y aura pas de problème trop important et qu'on pourra le résoudre assez rapidement.

— Je suis au courant pour Ella.

Doreen se figea, la mine perplexe.

— Vous la connaissiez ?

— C'était une femme politique de la ville, j'ai donc grandi en entendant parler d'elle. Mais je ne l'ai pas connue personnellement. Elle est de la génération précédente.

— Avez-vous connu Bob Small ?

Wendy réfléchit à ce nom, puis secoua la tête.

— Non, je ne l'ai pas connu.

Doreen hocha la tête. Elle ne s'attendait pas vraiment à ce que ce soit le cas.

— En tout cas, c'est triste pour Ella.

— C'est vrai. Nous avons tous des choses que nous n'aimons pas chez les gens, et dans son cas, c'était justifié puisqu'elle était une politicienne, ajouta Wendy en levant les yeux au ciel. Mais on n'aime pas voir quelqu'un se faire démolir trop tôt dans la vie.

— C'est certain. On devrait pouvoir choisir jusqu'à la fin.

Du moins en ce qui concernait Doreen. Elle repartit avec ses animaux en saluant Wendy d'un geste de la main. Elle s'arrêta quelques minutes devant la vitrine, regarda autour d'elle et sourit.

— Tu sais quoi, Mugs ? C'est une belle journée, alors faisons un détour pour rentrer à la maison et apprendre quelque chose de nouveau sur la ville.

C'était l'un de ses passe-temps favoris. Elle choisissait un nouvel itinéraire pour rentrer chez elle, ce qui lui permettait de passer devant un nouveau quartier, de nouvelles personnes, quelque chose de différent chaque jour. Même si Kelowna avait montré ses côtés sombres, c'était aussi une ville qui avait fini par être remplie de bonnes personnes, la plupart d'entre elles essayant d'avoir une vie plus simple. C'est ainsi qu'elle prit le chemin de la maison.

Elle n'avait pas fait plus de quelques pas autour du pâté de maisons et jusqu'au passage piéton, se dirigeant lentement vers sa maison, lorsque Mugs commença à grogner. Elle le regarda en fronçant les sourcils, puis chercha lentement la source de son agitation, qu'elle ne trouva pas.

— Qu'est-ce qu'il y a, Mugs ? demanda-t-elle.

Il continuait de grogner, les poils hérissés, regardant droit devant lui, mais elle ne voyait rien. Elle ignorait son problème, toutefois, comprenant que quelque chose ne lui convenait pas, elle était prête à en tenir compte. Elle traversa donc la route pour se rendre dans une zone plus peuplée, parmi d'autres vitrines.

Goliath, tenu en laisse, restait assez proche de Mugs. La jeune femme s'interrogea sur leur comportement. Lorsqu'un homme l'appela, Doreen se retourna, surprise, mais c'était le propriétaire du restaurant chinois où elle se rendait souvent. Doreen lui sourit.

— Bonjour.

— Je ne vous ai pas vu en ville ces derniers temps, souligna-t-il avec un sourire. Vous veniez souvent avec les animaux au restaurant, mais pas dernièrement.

— Ces derniers temps, j'ai été tellement occupée que je n'ai pas mangé au restaurant.

— Toujours occupée, toujours occupée, répéta le restaurateur en riant. C'est bien.

— Pour moi, oui.

Il la salua rapidement en passant devant elle et, tant qu'ils étaient ensemble, Mugs n'avait pas été contrarié, mais maintenant qu'elle était à nouveau seule, Mugs était mécontent.

— Tu me rends nerveuse, dit-elle. Arrête ça, veux-tu ?

Cependant, rien ne pouvait l'arrêter, lui et ses grognements. Ils continuèrent à marcher, même s'il n'y avait personne. Elle se pencha et le caressa doucement, prenant le temps de le calmer, afin qu'il arrête de grogner. Certaines personnes la dévisagèrent curieusement en passant devant eux.

Lorsqu'il cessa de grogner, elle s'assit sur l'une des clôtures en pierre et caressa à nouveau son chien pendant quelques minutes.

— Tout va bien, mon grand. C'est bon. On n'est pas loin de la maison.

Il ne grognait peut-être plus, toutefois, il continuait à scruter autour de lui, et les poils étaient toujours hérissés sur sa nuque.

Un véhicule passa et il aboya. C'était peut-être un véhicule effrayant, se demanda-t-elle, mais le conducteur ne la regardait même pas. Elle baissa les yeux vers Mugs.

— Bon, maintenant je m'inquiète vraiment pour toi. Qu'est-ce qu'il y a ?

Il était de plus en plus agité.

— Bien, rentrons.

Elle détestait l'admettre, mais le comportement de son chien suffisait à mettre ses nerfs à vif. Lorsqu'elle se dirigea vers son cul-de-sac et atteignit la maison voisine, ses animaux et elle étaient presque en train de courir. Ils arrivèrent devant la porte d'entrée, Doreen désactiva le système de sécurité et se précipita à l'intérieur. Elle était presque en proie à la panique. Elle s'appuya contre la porte d'entrée, haletante, en regardant Mugs.

— Qu'est-ce que c'était que ça ? s'écria-t-elle.

Il la regarda, aboya une fois, presque comme pour dire : *Maintenant, reste à la maison.* Puis il fit quelques pas dans le salon et s'affala sur le sol, comme s'il était épuisé.

C'est alors qu'elle se souvint qu'elle n'avait pas fait les courses pour le dîner. Elle secoua la tête.

— Si c'est parce que Mack nous a dit de rester à la maison – elle lança un regard accusateur à Mugs – ce n'est pas juste. On a besoin de sortir un peu.

Or, Mugs l'ignorait complètement. Elle fronçait les sourcils, pas du tout ravie de son comportement. Néanmoins, elle ignorait le fond du problème. Doreen se dirigea vers la cuisine et se prépara une tasse de thé. À ce moment-là, elle se rendit compte que la porte arrière de la cuisine était grande ouverte.

Elle la regarda avec stupeur.

— *Oh oh.*

Elle se précipita dehors, et tout avait l'air normal ; pourtant elle sentait que quelque chose n'allait pas. Elle appela Mack en vitesse.

— Quoi encore ?

Elle lui expliqua d'abord la situation concernant la porte de la cuisine.

— Tu l'as laissée ouverte ? l'interrogea-t-il.

— Je ne crois pas, répondit-elle avec hésitation, mais j'étais à l'extérieur toute la matinée.

— *Évidemment.* Je quitterai le travail un peu plus tôt et je passerai. Je veux que tu restes en dehors de chez toi jusqu'à ce que j'arrive.

— D'accord, marmonna Doreen. Ce n'est sûrement rien de grave.

— Peut-être, mais je préfère prévenir que guérir. Tu m'as compris, n'est-ce pas ? Reste en dehors de chez toi. Je serai là dans cinq minutes.

Il raccrocha.

Chapitre 16

DOREEN ATTENDIT DEHORS, faisant nerveusement les cent pas le long de l'arrière de sa maison, allant même jusqu'au ruisseau et remontant ensuite, dans l'attente de l'arrivée de Mack. Au bout d'un quart d'heure, il n'y avait toujours aucun signe de lui, et elle commença à s'inquiéter. Elle ne voulait pas l'appeler, mais était-il en route ou était-il coincé par quelque chose ?

De plus en plus nerveuse, elle décida de descendre au ruisseau et d'attendre. Alors qu'elle s'asseyait sur l'herbe, Mugs s'approcha et s'appuya contre elle, lui lançant un regard plein d'émotion.

— Je sais, mon grand, murmura-t-elle. Ce n'est pas tout à fait comme ça qu'on s'attendait à ce que la journée se déroule, n'est-ce pas ?

Elle soupira. Lorsqu'elle entendit un homme appeler, elle se retourna et vit Mack sur le pont. Elle se leva d'un bond et courut vers lui. Alors qu'elle s'approchait, il lui ouvrit les bras. Elle ne réfléchit même pas, s'élança et Mack referma ses bras autour d'elle pour la maintenir en sécurité.

Après avoir enfin repris le contrôle de ses nerfs, elle l'entendit rire. Elle se pencha en arrière, le regarda et fronça les sourcils. Il lui rendit immédiatement son froncement de sourcils. Elle secoua la tête.

— Tu te moques de moi ?

— Non, mais… si le seul moyen de te faire courir dans mes bras est de faire venir quelqu'un pour t'effrayer, déclara-t-il, je pourrais envisager de mettre en place ce stratagème moi-même.

Elle lui lança un regard noir et secoua de nouveau la tête.

— Heureusement que je sais que tu plaisantes.

— Je plaisante, et tu le sais. Ta maison est vide. Je l'ai parcourue de fond en comble. Je ne peux pas dire si quelqu'un était là avant. Mais tout ce que je peux te dire, c'est qu'en ce moment, elle est vide.

Elle poussa un soupir longanime.

— C'est déjà ça.

— En effet, et je ne sais pas ce qu'il se passe, mais tu dois t'assurer que tes portes sont verrouillées en permanence. Et l'alarme doit être activée tout le temps.

— Je ne peux pas imaginer ne pas les avoir fermées à clé. Mais j'étais ici ce matin, alors je suppose que c'est possible.

— C'est tout à fait possible, nota Mack. La question est de savoir si quelqu'un surveille tes allées et venues, s'il est passé par hasard et s'il est entré pour vérifier la maison, ou s'il s'agissait d'une effraction ciblée.

Elle l'observa avec stupeur et quitta ses bras pour s'enfuir dans la cuisine. Alors qu'elle courait dans la pièce, elle sentit la panique l'envahir. Finalement, elle s'arrêta et murmura :

— Il n'est plus là.

— Qu'est-ce qui n'est plus là ? demanda Mack.

— Le journal ! s'écria Doreen. Le journal a disparu.

Le policier avait l'air choqué.

— Tu es sérieuse ?

Elle opina du chef.

— Il était ici.

Elle désigna la table de la cuisine, où elle avait aussi des notes.

— Mon carnet avec mes notes n'est plus là non plus.

La jeune femme se figea, les yeux embués de larmes.

— Est-ce que ça veut dire que Bob Small était là ?

Mack la fixait du regard.

— Retournons dehors. Je veux que la police scientifique passe ici.

— La police scientifique ne te croira pas, bougonna-t-elle.

— Si le journal a disparu… il faut s'assurer qu'il n'est pas ailleurs.

— D'accord.

Ils montèrent à l'étage, examinèrent sa chambre, la chambre d'amis, tous les autres endroits auxquels elle pouvait penser, mais il n'était pas là. Elle savait au plus profond d'elle-même qu'il n'était plus là.

— J'étais au bord de la rivière et je pensais au journal. Je suis donc rentrée pour le relire, tout en prenant des notes cette fois-ci, sur la table de la cuisine. J'essayais de saisir toutes les nuances et de voir si je pouvais en tirer quelque chose d'autre.

— Bien sûr. Pourtant, je doute que quelqu'un te surveillait à la rivière. Il a pu entendre parler des journaux par Ella, ou peut-être qu'il le savait déjà. Peut-être que c'est pour ça qu'il…

Mack se tut.

— Tu veux dire que c'est pour ça qu'il l'a tuée ? chuchota Doreen.

— C'est possible, mais on n'en sait rien.

— Non, nous n'en sommes pas sûrs. Toutefois, il est difficile de ne pas en arriver à cette conclusion, n'est-ce pas ?

— Allons-y étape par étape, suggéra Mack d'un ton rassurant.

— J'aimerais bien, mais ça devient plus qu'un peu dérangeant.

Il la fixa du regard et elle leva les deux mains.

— Non, je n'abandonne pas, ajouta-t-elle.

Il ferma les yeux et se pinça l'arête du nez.

— Je me demande ce qu'il faudrait pour que tu abandonnes.

— Plus que ça, maugréa-t-elle, avant de soupirer. Et je comprends. Vraiment. C'est déjà assez grave.

— Mais apparemment, pas assez grave pour toi, s'exaspéra-t-il.

Elle acquiesça en faisant le tour de sa terrasse.

— C'est quand même assez grave.

— Tu as scanné toutes ces pages, n'est-ce pas ? s'enquit-il.

— Oui, et je te les ai envoyées aussi. Tout n'est donc pas perdu. Ça dépend si tu as besoin du journal original pour une condamnation.

Il haussa les épaules.

— Nous avons peut-être les pages scannées, mais as-tu vérifié qu'elles étaient lisibles ?

— Oui. J'ai dû ouvrir un peu le dos de l'ouvrage pour que les pages soient bien à plat. Ce n'est pas une copie parfaite, loin de là.

— Je n'ai pas besoin d'une copie parfaite, déclara-t-il, le ton sombre, mais de quelque chose de lisible.

— Je pense que ça l'est.

Il opina du chef et lui adressa un sourire.

— On va y aller, pendant que la scientifique sera là.

— Il y a de fortes chances qu'il soit entré par la porte de derrière, qu'il ait vu le journal et qu'il soit parti, fit Doreen. Il ne lui aurait même pas fallu deux secondes pour le trouver.

— Ensuite, on vérifiera la poignée de la porte et tout ce qui se trouve dans la cuisine. Pznses-tu qu'il a erré dans ta maison ?

Elle y réfléchit et haussa les épaules.

— Je ne vois pas très bien pourquoi il prendrait cette peine. Il est venu pour le journal. Ella avait les deux autres, qu'il a dû trouver et prendre chez elle. La question est de savoir s'il va s'en prendre à Nelly pour s'assurer qu'elle ne puisse pas parler non plus.

— Ce qui signifie également qu'il va s'en prendre à toi afin de te faire taire, releva Mack.

La jeune femme se renfrogna.

— Même si j'aime ton esprit logique, il y a des fois où c'est plus agréable quand tu ne dis pas les choses aussi clairement.

— Si je ne suis pas clair, répondit-il calmement, tu as tendance à m'ignorer.

Elle le fusilla du regard.

— C'est faux, grommela-t-elle.

Le caporal la regarda fixement et elle soupira, levant à nouveau les mains.

— D'accord, c'est peut-être un peu vrai.

Il rit.

Elle enroula ses bras autour de sa propre poitrine.

— Ce qui veut dire aussi qu'on ne peut pas dîner, je me trompe ?

Il acquiesça.

— Pour l'instant, pas ici. Et si on dînait chez moi ?

— D'accord, acquiesça Doreen.

Mack hésita, puis se lança.

— Que dirais-tu de passer la nuit chez moi ?

Elle le dévisagea, choquée.

— Tu penses que c'est nécessaire ?

— Disons que je ne suis pas très à l'aise maintenant que quelque chose de potentiellement dangereux a été trouvé dans ta maison.

— Je suppose que la question qu'il faut se poser est : qui d'autre s'en préoccupe ?

— Comment ça ? demanda-t-il avec curiosité.

— Quelqu'un d'autre sait-il que j'ai le journal ? Est-ce que quelqu'un d'autre se soucierait assez de moi pour venir le chercher par effraction ?

— Tu veux dire que ce n'était pas lui ?

— Et si ce n'était pas lui ? Et si c'était quelqu'un d'autre ?

Mack se gratta le côté de la tête.

— Tu as une idée de qui ?

Elle secoua la tête.

— Non, pas du tout, mais nous devrions quand même y réfléchir.

— Absolument, confirma Mack. Je ne sais pas qui ou quoi d'autre pourrait être impliqué dans cette affaire.

— Ella Hickman ? devina Doreen. Peut-être qu'elle l'a dit à d'autres personnes. Elle devait connaître beaucoup de gens dans son monde.

— C'était le cas. C'est l'un des problèmes dans son affaire de meurtre. Elle connaissait beaucoup de monde et ne s'est pas toujours fait les meilleurs amis.

— Ah, donc, en d'autres termes, il pourrait y avoir beaucoup plus de suspects que nous ne le pensions au départ.

Il opina du chef.

— Et c'est un autre problème. Il pourrait y avoir un grand nombre de suspects que nous n'avions même pas envisagés auparavant.

— Mon Dieu, ça brouille vraiment tout, n'est-ce pas ?

— Je te le confirme.

— Imagine que quelqu'un m'ait tuée aujourd'hui. Pense au bazar que cela serait, suggéra-t-elle. Beaucoup de gens n'ont pas apprécié que je mette mon nez dans leurs affaires.

— Heureusement, la plupart de ces personnes sont déjà en prison.

Mack fronça les sourcils.

— Oui, c'est sûr, sauf pour les personnes en liberté sous caution ou les familles des personnes qui sont peut-être mortes à cause de tout ça, ou les familles qui pensent que leur enfant a été entraîné dans ce gâchis, et cetera, et cetera.

Il regarda au loin et hocha lentement la tête.

— Ce qui veut dire que ce cambriolage n'est pas non plus très clair.

— Je me posais la même question, avoua-t-elle. Je n'ai rien eu d'autre à faire ces vingt dernières minutes que de me poser des questions.

— Des conclusions ?

— Non, répondit Doreen. Cependant, j'en reviens toujours à une personne en particulier qui avait besoin de ce journal. Ça ne veut pas dire que c'est lui qui est venu ici et l'a pris. Beaucoup de gens savent où je vis maintenant, apparemment. Il est même facile d'engager quelqu'un.

— C'est vrai, acquiesça Mack, le ton sobre, et ça complique encore les choses.

— Ce n'est pas ma faute, marmonna Doreen.

Chapitre 17

CETTE DÉCISION PRISE, au moins pour le dîner, Doreen n'était pas certaine de vouloir passer la nuit chez Mack. Malgré l'effraction, elle voulait vraiment rentrer chez elle. Mack la fit monter avec ses animaux dans son pick-up, expliqua la situation aux deux flics qui étaient arrivés et leur indiqua qu'il l'emmenait pour un moment, pendant que la police scientifique travaillait dans la cuisine. Cela fait, il monta dans le véhicule à côté d'elle.

— Prête ? demanda-t-il.

Elle acquiesça.

— Mais je ne suis toujours pas sûre.

— C'est un dîner. Tu es déjà venue.

Elle le regarda, puis s'esclaffa.

— Je ne parle pas de toi et de ta maison. Je m'inquiète de savoir qui est entré dans ma maison.

— Peut-être que la scientifique apportera des réponses.

— Peut-être… Ça fait quand même bizarre.

— Toute cette histoire est bizarre, rectifia Mack. Et c'est sur ça que la personne compte. En espérant qu'on ne trouve pas de réponses, qu'on n'arrive à rien, que cette bizarrerie ne fasse qu'embrouiller les choses. Il nous jette un os à ronger pour partir dans l'autre sens. Les diversions sont fréquentes chez les criminels.

— Je vois. Ne serait-ce pas sympa si cette personne nous disait exactement ce que nous avons besoin de savoir ? marmonna-t-elle, avant de lui adresser un large sourire. Pense à combien je serais occupée alors.

Le caporal secoua la tête en simulant l'horreur, tout en sortant de l'impasse, en direction de sa maison.

— Quand est-ce que ton frère arrive ? lui demanda-t-elle.

Mack lui jeta un coup d'œil, surpris. Elle haussa les épaules.

— Je me demandais, vu que c'est bientôt ton anniversaire.

— C'est vrai, c'est ce week-end, donc je ne sais pas s'il pourra venir ou non. Il a dit qu'il était très occupé.

— J'imagine que son monde est aussi fou que le nôtre, *hein* ?

— Je ne sais pas si c'est aussi dingue, précisa Mack, mais c'est certainement fou, et c'est l'une des raisons pour lesquelles j'essaie de ne pas trop l'ennuyer.

La jeune femme ricana.

— Et puis tu me l'as refourgué comme avocat pour mon divorce.

Mack éclata de rire.

— J'ai expliqué le scénario et il a compris.

— Il *pensait* comprendre. Je suis sûre qu'il se demande dans quoi il s'est embarqué maintenant.

— Peut-être, mais il est aussi tout à fait d'accord pour dire qu'il faut régler cette histoire.

Doreen sourit.

— Je sais. Vraiment. J'espérais que ce serait déjà terminé.

— Moi aussi, convint Mack en lui souriant. Avoir ce type toujours dans les parages, ça craint.

— Je te le confirme.

Elle se demanda si elle devait lui dire que Mathew avait appelé ; toutefois, elle décida de ne pas le faire. Ils avaient déjà suffisamment de choses à régler. Au moment où ils se garèrent devant la maison de policier, elle l'interrogea :

— Tu t'es demandé si tu avais de quoi cuisiner pour le dîner ?

Mack eut l'air un peu penaud lorsqu'il répondit :

— En général, j'ai ce qu'il faut. Ce n'est pas de la haute gastronomie, mais c'est mieux que des sandwichs.

Elle fronça les sourcils.

— Tu insultes mes sandwichs ?

— Non, tes sandwichs sont excellents, quand tu les fais.

— Je n'ai pas beaucoup d'argent en ce moment, expliqua-t-elle.

Puis elle dut se taire et réfléchir à ses propres paroles.

— Non, attends, une minute. C'est faux.

— Oui, c'est faux, approuva-t-il, le regard noir. Tu t'en sors très bien. Tu dois t'en souvenir. Bernard t'a donné l'argent de la récompense et, même si tu l'as partagé avec Esther, il t'en reste beaucoup. N'est-ce pas ?

— Oui. Je l'ai revu plusieurs fois. Il est très gentil.

Mack fronça les sourcils en se penchant sur le siège avant. Il se rapprocha d'elle et demanda :

— Quoi ?

— Quoi ? Bernard est un homme gentil. Je l'ai vu plusieurs fois, et il a l'air seul. C'est l'une des personnes les plus gentilles au monde.

Mack acquiesça lentement.

— Oui, je suis certain qu'il adorerait que tu penses ça.

Elle ricana.

— Il aimerait beaucoup que je pense ça, mais non, je ne suis pas prête à être le trophée de quelqu'un d'autre. J'ai déjà emprunté cette voie. Tu te souviens ?

— Oui, j'essaie toujours d'oublier cette partie, marmonna-t-il.

Doreen descendit du pick-up en fronçant les sourcils. Elle se demandait si cela le dérangeait vraiment. Non pas qu'elle puisse y faire quoi que ce soit à ce stade. Alors qu'elle se dirigeait vers la porte d'entrée, Mugs se promenait sur la pelouse, prenant le temps d'uriner sur un buisson et d'en renifler un autre.

— Il est en train d'inspecter ton jardin. J'espère que ça ne te dérange pas, nota-t-elle.

Mack haussa les épaules.

— C'est un chien. C'est normal.

Elle sourit.

— Oui, et le chat ?

Qui était en train de se rouler dans de la menthe.

Il observa Goliath un instant et répondit :

— Je suppose, d'après son comportement, que c'est de l'herbe à chat.

— Mon mari mettait de l'herbe à chat dans le jardin des voisins pour que les chats restent de leur côté et ne s'approchent pas du sien.

Mack ricana.

— Je parie que les voisins ont adoré.

— L'une d'entre elles a vraiment adoré, ce qui a mis mon mari en colère parce qu'il essayait de la contrarier. Et ça a eu l'effet inverse.

— Oh, j'aime l'idée de tout ce qui peut énerver ton mari, approuva Mack. S'il y a bien quelqu'un qui a besoin d'avoir ce qu'il mérite, c'est lui.

Elle ne discuterait pas avec Mack sur ce point. Doreen voulait que Mathew sorte de sa vie. Et pour l'instant, il semblait que ce souhait soit de plus en plus difficile à réaliser.

— Je me demande combien de temps il faudra pour en venir à bout.

— Peu de temps, j'espère.

Mack déverrouilla la porte d'entrée et l'invita à entrer. Les animaux à l'intérieur, elle défit leurs laisses et les laissa vadrouiller. Mugs se mit à courir partout en aboyant. Elle se tourna vers Mack.

— Je me demande si Mugs cherche ton frère.

— C'est possible, mais il n'est pas là. Désolé, Mugs.

Mugs se rua dans les escaliers, redescendit en courant dans la cuisine et fit le tour de la maison.

— Je pense qu'il est excité d'être ici.

Doreen rit de ses pitreries.

— Bien, tant qu'il est heureux, tu seras heureuse.

Lorsqu'elle fronça les sourcils, Mack se mit à rire.

— Comme si je ne savais pas où balance ton cœur.

— Les animaux sont évidemment très proches de moi.

— Bien sûr, et je le comprends.

Elle ignorait encore s'il y avait un sous-entendu dans son commentaire, toutefois Mack semblait être heureux et joyeux, alors elle était plus qu'heureuse de laisser tomber. La dernière chose dont elle avait besoin était un problème entre eux deux. Elle se dirigea vers la cuisine et annonça :

— On mange ?

Il soupira.

— Tu as tout le temps faim.

— Oui, et j'essaie d'arranger ce problème, mais…

— On y arrive, conclut-il avec aisance.

Il ouvrit la porte du réfrigérateur et hocha la tête.

— J'avais sorti de la nourriture pour ce soir.

— Vraiment ? Je croyais que tu devais venir chez moi ?

— Je l'avais sortie avant ça, donc ce sera des côtes de porc.

— Oh, ça me plaît. Qu'est-ce que tu fais avec des côtes de porc ?

— Je les cuisine, plaisanta-t-il, en agitant ses sourcils vers Doreen.

Elle soupira.

— Que puis-je faire pour aider ?

— Tu peux préparer les légumes.

Il les sortit pour qu'elle puisse s'y atteler.

Le temps qu'ils mettent un repas sur la table, prêt à être consommé, elle était affamée. Ils s'assirent et elle mangea avec un appétit qui la surprit. Elle secoua la tête.

— Je ne sais même pas pourquoi j'ai toujours aussi faim, râla-t-elle.

— Il peut y avoir toutes sortes de raisons. Le stress en est une. Certains experts affirment que si tu ne consommes pas assez de protéines, tu continues à manger et à manger jusqu'à ce que tu obtiennes suffisamment de nutriments dont ton corps a besoin. Si c'est ton cas, ton corps ingère d'autres aliments parce que c'est ce qu'il a à sa disposition, pour essayer d'atteindre le niveau adéquat.

— Alors c'est comme ça que les gens deviennent gros, maugréa-t-elle.

Mack rit.

— C'est loin d'être ton problème.

— Pas encore, mais on peut se poser des questions.

— Non, contra-t-il. Ne commence pas à penser à ton poids. Tu as encore beaucoup de chemin à parcourir avant que ça ne devienne un problème.

— Mais je ne veux pas non plus que ça devienne un problème.

— Bien.

Il lui lança un regard noir et intima :

— Alors, n'en parle plus jamais.

Cependant, Doreen secoua la tête. Mack leva la main et poursuivit.

— J'ai vu trop de cas de femmes qui sont devenues anorexiques et malades parce qu'elles s'inquiétaient de leur apparence. Tu as déjà vécu tout ça avec ton mari. Ne recommence pas.

Elle lui tapota doucement la joue.

— Je n'en avais pas l'intention. Je ne suis pas du tout dans cet état d'esprit, et j'apprécie beaucoup trop mes courses. Alors, si je grossis, ce sera ton problème.

Il éclata de rire.

— Tu seras probablement très mignonne quand tu seras grosse.

La jeune femme lui lança un regard horrifié, et le rire du caporal reprit de plus belle.

— Tu vois ? Regarde-toi. Même cette idée suffit à te faire fuir, déclara-t-il.

Doreen rit à son tour.

— Pas vraiment… mais je ne pense pas que *mignon* et *gros* soient des mots que je veuille voir associés à moi.

— Dommage, je les aime bien.

Après le dîner, ils s'assirent dehors, sur la terrasse à l'arrière. Doreen avait le sourire.

— Tu as une belle propriété, commenta-t-elle.

— C'est agréable, reconnut-il. C'est bien situé. C'est facile de venir et de partir.

Il haussa les épaules et continua.

— C'était bien sur le moment, mais je ne suis pas sûr de vouloir rester ici à long terme.

Elle le dévisagea.

— À long terme ? C'est-à-dire que tu veux quitter Kelowna ?

Il secoua la tête.

— Non. Pas du tout. Je voulais juste dire que je ne pense pas vouloir rester dans cette maison à long terme.

— D'accord. Donc, tu veux rester à Kelowna ?

— Oui, confirma-t-il.

Elle acquiesça, comprenant ce qu'il voulait dire.

— Mais on peut changer une maison.

— Tout à fait, convint-il, avec un sourire.

— Et parfois, il faut changer les choses.

Il opina du chef.

— Pour toi, pour ta maison, il s'agit de liberté. Il s'agit de nouveaux départs. C'est une question de sécurité, et ma maison était une déclaration d'indépendance pour moi à l'époque.

Mack s'esclaffa.

— Aujourd'hui, c'est un endroit où je dors en fin de compte.

— Depuis combien de temps y habites-tu ? demanda-t-elle avec curiosité.

— Pas loin d'une douzaine d'années.

— Et je comprends. Les gens de ton âge n'ont pas tous une maison aujourd'hui. Alors à l'époque, je suis sûre que c'était pareil.

— À l'époque, on essayait tous de nous installer dans notre propre maison, raconta Mack. La plupart de mes amis se sont mariés et se sont installés assez rapidement. Je faisais partie des réfractaires de longue date.

— Toi, et ton frère, précisa-t-elle.

— Exactement, et ça n'a pas rendu ma mère très heureuse.

— Sans oublier qu'elle a elle-même eu des enfants très tard.

— Tout à fait, ce qui a rendu les choses encore plus difficiles parce qu'elle espère toujours avoir des petits-enfants, reconnut-il avec une grimace. Je ne suis pas sûr que ça arrivera un jour.

— J'ai eu le même problème pendant longtemps, mais mon ex ne voulait pas d'enfants, alors…

Elle haussa les épaules.

— S'il ne voulait pas quelque chose, ça n'arrivait pas.

— Et toi ? Tu en voulais ? demanda le policier.

Elle réfléchit et secoua lentement la tête.

— À l'époque, non, à cause de la vie qu'ils auraient eue. C'est différent aujourd'hui. Je ne sais même pas encore qui je suis, ce que je suis et ce que je veux, mais parfois, je me dis que j'aimerais en avoir deux.

— Avec le divorce, qui te prend la tête, ce n'est pas comme si tu avais eu l'occasion d'y songer et de réfléchir à ce que tu veux pour l'avenir.

— C'est ce que je me répète, concéda Doreen en souriant. Parfois, c'est un peu plus difficile à écouter.

— Tu n'as pas besoin de te dire quoi que ce soit. La vie, c'est vivre le moment présent. En ce moment, pour toi, ça signifie rester en sécurité, pendant que tu crées toutes sortes de chaos.

Elle pouffa.

— Comme si tu ne faisais pas la même chose.

— Sauf que je me suis engagé dans cette carrière, souligna-t-il. Toi, non.

— Et c'est l'une des choses qui me tracassent le plus ces derniers temps : le fait que je n'ai effectivement pas de carrière. Je n'ai aucun moyen de gagner ma vie. Je n'ai aucun moyen de garder un toit au-dessus de ma tête, en dehors de ce que je fais. Bien sûr, ça m'a réussi dans une certaine mesure, mais j'essayais de savoir si j'avais besoin d'avoir une carrière. De cette façon, je pourrais – lorsque les gens me demandent ce que je fais – dire que je suis secrétaire, ou bien écrivaine, ou encore assistante dentaire.

— Assistante dentaire ? s'étonna Mack. Tu penses reprendre tes études pour faire ça ?

— Non, répondit-elle avec insistance. J'exècre aller chez le dentiste.

Il éclata de rire à nouveau.

— Tu n'es pas la seule. C'est probablement l'une des plus grandes phobies qui soient.

— Je comprends pourquoi, acquiesça-t-elle avec un frisson feint.

Mugs s'approcha et posa sa tête sur son pied.

— Qu'est-ce qu'il y a, grand gaillard ? lui demanda-t-elle.

À ce moment-là, presque aussitôt, Thaddeus répéta :

— Grand gaillard, grand gaillard.

Doreen gémit.

— Je suis désolée. C'était un mauvais choix de mots, grommela-t-elle.

Cependant, Thaddeus ne voulait rien savoir. Il se mit à faire les cent pas en criant :

— Grand gaillard, grand gaillard.

— Tu ne te demandes jamais s'il ne se prend pas pour l'autre perroquet ? lui demanda Mack.

— Non, je pense qu'à cet instant, c'est littéralement mon choix de mots. Comme lorsque tu as un enfant en bas âge et que tu fais l'erreur de dire *bonbon, dessert* ou *gâteau*, ou lorsque tu as un chien et que tu fais l'erreur de dire *on va se promener ?*.

À ce moment-là, Mugs bondit et aboya à plusieurs reprises. Elle grommela, ferma les yeux et soupira.

— C'est le même genre d'erreur, oui.

Le policier rit.

— Et pourquoi on n'irait pas les promener ? On peut faire le tour du pâté de maisons, histoire qu'ils se détendent.

— Tu as pris des nouvelles de tes collègues ?

— Oui, ils ont terminé. Je pourrai vous ramener après ça.

Elle acquiesça, mais resta silencieuse. Voulait-elle rentrer chez elle ? Telle était la question. Bien sûr que oui, toutefois ce qu'elle ne voulait pas, c'était rentrer chez elle et tomber sur un intrus. Néanmoins, comme cet intrus avait déjà obtenu tout ce qu'il voulait d'elle, il y avait de fortes chances qu'il ne revienne pas.

— Tu penses qu'il va revenir, nota Mack, interprétant son silence avec facilité.

— Je ne sais pas pourquoi. Il a eu le journal, donc je ne peux pas imaginer que quelque chose d'autre compte pour lui.

— À l'exception de ceux qui ont pu les lire ?

— C'est le cas, confirma-t-elle en hochant la tête. Je suppose donc que c'est un problème possible.

— Tu crois ? s'enquit Mack d'un ton ironique.

Doreen fit grise mine.

— Je dois agir comme une grande fille et rentrer chez moi pour affronter ça.

Il la regarda fixement et secoua la tête.

— Non, tu peux rester ici pour la nuit. J'ai une chambre d'amis. Tu es la bienvenue.

Elle réfléchit et fronça les sourcils.

— Non… Même si j'apprécie l'offre, je ne pense pas que ce soit nécessaire.

Il n'aima pas sa réponse, c'était certain. Doreen sourit.

— Ça n'a rien à voir avec toi. C'est tout simplement parce que je ne veux pas devenir trop dépendante de qui que ce soit.

Cela parut l'énerver encore plus.

Doreen grommela.

— Je ne suis pas très douée pour ça, se défendit-elle, alors pourquoi ne pas aller promener les animaux ?

Mack se leva d'un bond sans rien dire et ouvrit la voie vers la porte d'entrée. Mugs le suivit immédiatement, tout excité à l'idée de marcher dans un nouveau quartier.

Pendant ce temps, elle essaya de formuler ce qu'elle avait en tête.

— Je n'essaie pas de m'éloigner de toi, commença-t-elle. J'essaie toujours de me débarrasser des chaînes de mon mari.

Mack continua de garder le silence.

La jeune femme affichait une expression perplexe.

— Et peut-être que ce n'est pas une très bonne explication non plus, ajouta-t-elle. Je ne sais pas. J'ai l'impression qu'il faut que je rentre chez moi.

— Et cette fois-ci, on laissera les choses se faire, dit finalement Mack. Cependant, je ne veux pas que tu penses que tu ne peux pas rester ici ou que tu n'es pas en sécurité ou que ta présence ici va compromettre l'indépendance que tu penses devoir avoir en ce moment.

Doreen était surprise par sa réponse.

Il haussa les épaules.

— Il n'est pas difficile de comprendre où erre ton esprit. Mais pour moi, il est difficile d'accepter qu'il y erre encore.

Elle soupira.

— J'essaie vraiment de ne pas être un problème.

Le caporal rit.

— Et c'est une autre chose dont tu dois te débarrasser.

— Oui, eh bien, quand je me serai débarrassée de tous ces problèmes, fit-elle remarquer, il ne restera plus rien de moi.

Surpris, il la dévisagea.

— Je pense que ce qui resterait, c'est la vraie Doreen. Celle qui est à l'intérieur et qui meurt d'envie de sortir. Le fait que tu penses à tout cela et que tu t'en occupes est énorme. Ne te laisse pas abattre parce que tu fais ce que tu dois faire.

— Est-ce que quelqu'un t'a déjà dit que tu étais très patient et que tu étais quelqu'un de très bien ?

Il haussa de nouveau les épaules.

— Je mérite une médaille pour avoir été aussi patient. Mes collègues de travail m'embêtent constamment.

— Oh, j'en suis désolée. À mon avis, ça ne doit pas être amusant.

Il soupira.

— Ils peuvent dire ce qu'ils veulent. Je m'en moque.

— Et c'est ce qui me plaît chez toi. J'ai parfois l'impression d'être une imbécile. Savoir que d'autres personnes sont d'accord ne m'aide pas. Et ça m'énerve.

Mack éclata de rire.

— Personne ne pense que tu es une imbécile. Ils essaient tous de comprendre comment fonctionne ton esprit, comment tu peux penser à tout ça.

Elle s'étonna de ses paroles.

— Je ne pense pas que mon esprit fonctionne différemment de celui des autres.

— Je ne suis pas d'accord avec ça, marmonna-t-il. Ton esprit a une tournure unique, et ça marche bien pour résoudre ces affaires. Il faut seulement que tu te relâches un peu et que tu continues à faire ce que tu as à faire.

— Même si ce n'est pas ce que tu veux que je fasse ? demanda-t-elle doucement.

Il la regarda, passa un bras autour de ses épaules, la serra contre lui et déclara :

— Je ne suis pas obligé d'aimer ce que tu fais. Je dois l'accepter et faire de mon mieux pour te protéger. C'est ce que j'essaie de faire. Je n'essaie pas de t'enfermer, de te garder prisonnière ou de te forcer à faire quoi que ce soit. Je crains que tu ne franchisses une limite et que tu ne te blesses gravement, ou pire, que tu ne te fasses tuer.

— Ce n'est pas du tout dans mes projets, bougonna-t-elle.

— Non, ce n'est jamais le cas, et pourtant j'ai vu ça se produire à maintes reprises. Ces personnes n'avaient pas prévu de mourir prématurément, mais ça arrive quand même. Les plans changent, la vie suit son cours, le mieux que l'on puisse faire est d'espérer éviter tout ce qui se présente à nous quand ça devient moche comme ça.

— Je n'y avais pas pensé, dit-elle. Le problème, c'est que si je reste chez toi ce soir, j'aurai l'impression de céder à la peur. Si je cède à la peur, quand je rentrerai demain soir, rien n'aura changé. Ce sera toujours aussi moche.

— Et peut-être pas. Peut-être que dans vingt-quatre heures, on aura attrapé ce type.

Elle lui sourit.

— Il a passé des décennies, littéralement des décennies, sans se faire prendre. Même si j'aimerais penser que les prochaines vingt-quatre heures feront une telle différence, je ne suis pas du tout sûre de pouvoir y croire.

Il soupira bruyamment. Elle se tourna vers lui et lui adressa un regard appuyé.

— Et merci.

— Pour quoi ?

— De me comprendre. J'ai parcouru un long chemin. Cependant, j'ai encore un long chemin à parcourir.

— C'est normal. Continue à avancer dans la bonne direction.

Doreen éclata de rire et Mack lui sourit.

— J'y arrive, mais j'aimerais rentrer chez moi.

— Avant de te laisser partir, j'aimerais faire le tour de ta maison et m'assurer que tout va bien.

— Je ne dirai pas non, accepta-t-elle immédiatement. Il se passe suffisamment de choses ici en ce moment pour que j'apprécie que tu fasses une recherche complète.

Il acquiesça et, une fois les animaux chargés, il les ramena chez elle. En entrant dans le salon, elle observa autour d'elle et hocha la tête.

— Même si je sais que des étrangers sont venus ici, même si les flics sont venus, je me sens toujours chez moi.

Il l'avisa un instant.

— La plupart des gens ressentent le contraire.

— Je comprends. J'ai besoin d'être ici. Ça doit être un sanctuaire pour moi.

— Même si quelqu'un a violé ce sanctuaire ?

Elle se tourna vers lui avec un regard ironique.

— As-tu compté les autres personnes qui ont violé mon sanctuaire ?

Mack s'esclaffa.

— Bien vu. Maintenant, je vais faire une recherche complète. Pourquoi ne pas faire chauffer la bouilloire ?

Elle entra dans la cuisine, grimaça en voyant la poudre de prise d'empreintes sur les poignées des placards, mais elle remplit d'abord la bouilloire, puis saisit un chiffon et commença à essuyer les meubles. Elle ne savait pas ce qu'il faudrait faire pour nettoyer de fond en comble, toutefois elle espérait que la poudre s'enlèverait assez facilement. Lorsque Mack redescendit, il alla au sous-sol et dans le garage, vérifiant chaque coin et recoin.

Elle oubliait toujours le sous-sol. Elle y pensait avec joie à chaque fois, car il avait été rempli d'antiquités qui pourraient lui rapporter une tonne d'argent. Pourtant, quelqu'un était peut-être au courant ou l'avait découvert. L'idée d'être cambriolée ou enlevée pendant qu'elle dormait parce qu'ils avaient une cachette pouvait également réjouir l'intrus.

En entrant dans la cuisine, Mack étudia ce qu'elle faisait.

— Ils ont tout sali ?

— Non, je ne crois pas. Ils y sont un peu obligés, alors ce n'est pas grave.

Mack lui sourit.

— Est-ce que ça va ? Si tu te sens bien, je vais passer mon tour pour le thé et rentrer chez moi.

— Ça va.

Elle lui fit signe de partir et l'accompagna à la porte d'entrée.

— N'oublie pas de fermer la porte à clé.

— Promis.

Il se pencha et l'embrassa délicatement avant de partir. Elle ferma la porte à clé et activa l'alarme derrière lui, dès que son pick-up sortit de l'impasse.

Mugs surveillait ses moindres faits et gestes.

— Qu'a fait Mack ? Il t'a demandé de me surveiller ? plaisanta-t-elle.

Il aboya plusieurs fois et elle sourit.

— Tu es le meilleur des chiens, murmura-t-elle.

Et elle s'empressa de lui faire un gros câlin. Lorsqu'il protesta et se dégagea, elle rit.

— D'accord, mais ne crois pas que tu échapperas à mes câlins tout le temps.

Doreen retourna à la cuisine. La bouilloire avait fini de chauffer, néanmoins elle voulait terminer son ménage d'abord.

Cela fait, elle se prépara une tasse de thé et monta lentement à l'étage.

Chapitre 18

Le lendemain matin…

DOREEN SE RÉVEILLA le lendemain matin et sentit le bien-être d'une bonne nuit de sommeil l'envahir. Elle se retourna, s'étira, rapprocha Mugs et le serra très fort dans ses bras. Il aboya, se tortilla, lécha brièvement le visage de sa maîtresse, puis s'étira lui aussi, comme pour dire : *Laisse-moi tranquille. J'ai besoin de dormir.* Elle rit en voyant le chien fatigué, et se dit qu'une douche chaude serait peut-être ce qu'il lui fallait. Elle consulta son téléphone et constata qu'il était déjà 7 h 30.

— Regarde ça, dit-elle. On a passé une bonne nuit.

Elle envoya un message à Mack. **Ai passé une bonne nuit**. Il lui répondit par un pouce en l'air. Elle se demanda s'il avait dormi. Elle lui renvoya un SMS, lui demandant comment s'était passée sa nuit. Et en réponse, elle reçut un pouce tourné vers le bas.

Elle ne savait pas s'il était occupé et ne pouvait pas parler ou s'il était occupé et ne voulait pas en parler. Au moins, il avait répondu, donc c'était une bonne chose. Elle se doucha, s'habilla et descendit au rez-de-chaussée, où elle ouvrit la porte de la cuisine, sortit sur la terrasse et soupira de joie devant cette belle matinée.

Il y avait quelque chose de si réconfortant et de si beau dans le fait d'être dehors dès le matin, surtout lorsqu'elle était près de la rivière comme ça. Les canards, les oiseaux et les animaux se promenaient toujours, comme si elle les avait surpris à l'improviste. Pourtant, ce matin-là, il lui semblait que la faune était déjà réveillée et partie. Néanmoins, elle avait pris son temps pour se doucher, et elle était en train d'essayer de se faire un café. Elle en rit. Si seulement le café n'était pas si indispensable à sa vie, or c'était le cas, et elle n'y changerait rien.

La tasse à la main, elle se dirigea lentement vers le ruisseau, se sentant revivre. Elle avait passé la nuit sans problème, une bonne nuit de sommeil et, aujourd'hui, le monde lui apparaissait sous son meilleur jour. Lorsque son téléphone sonna, elle pensa reconnaître le numéro de Nan et répondit d'une voix enjouée :

— Bonjour.

Il y eut d'abord un silence à l'autre bout du fil, puis un grognement.

— Pourquoi es-tu si heureuse ? lui demanda son ex.

Elle se renfrogna, lut le numéro et se rendit compte qu'elle n'avait pas vérifié d'assez près.

— C'est quoi, ça ? Un nouveau numéro de téléphone ? s'enquit-elle avec méfiance. Tu essaies d'éviter de te faire attraper ?

Mathew ricana.

— La dernière chose dont j'ai besoin, c'est que tu te moques de moi.

— Je ne suis pas censée te parler, alors si tu as quelque chose à dire, dis-le vite parce que je vais raccrocher, bougonna-t-elle.

— Ne me raccroche pas au nez ! aboya-t-il.

— Pourquoi pas ?

— Parce qu'il se passe ici des choses que tu ne comprends pas, et j'ai besoin que tu me fiches la paix.

— Je n'ai rien fait du tout. Tu dois te faire à l'idée qu'un divorce, surtout après tes combines, te coûtera cher. C'est tout.

Et elle raccrocha. Elle ne savait pas si elle aurait dû raccrocher, car elle avait remarqué le désespoir dans le ton de Mathew. Inquiète, elle appela Nick sur-le-champ.

— Wouah, répondit-il. On parle beaucoup ces jours-ci. Tu te souviens de l'époque où je n'arrivais même pas à te joindre ?

— Je te dérange ? demanda-t-elle.

— Non, pas si tu as une raison d'appeler.

— Mathew a encore appelé d'un numéro que je ne connaissais pas, commença-t-elle, avant de dicter le numéro. Il avait aussi l'air désespéré, mais différemment.

Après une courte pause, Nick l'interrogea :

— Et tu penses qu'il est en danger ?

— Je ne sais pas quoi penser, avoua-t-elle. Je ne veux pas être compatissante. Je ne veux pas m'impliquer émotionnellement. Pourtant, je ne sais pas quoi penser, mais c'était très étrange.

— D'accord, merci.

Nick ne dit rien de plus, alors elle mit fin à l'appel.

Elle n'était pas du tout sûre de ce qu'elle aurait pu faire différemment, toutefois il semblait que Mathew avait des ennuis. Bien qu'elle ne voulait rien avoir à faire avec cet homme, elle ne voulait pas non plus qu'il soit tué à cause de ses mauvaises décisions professionnelles. Pourtant, c'étaient ses décisions, pas les siennes. Mais encore, il avait toujours été celui qui expliquait combien il connaissait bien le monde des affaires et combien elle n'y connaissait rien. Elle haussa les épaules, décidée à ne plus y penser.

Lorsque Nan lui téléphona un peu plus tard, Doreen sourit et lui dit :

— Je croyais que tu avais appelé il y a quelques minutes.

— J'aurais bien voulu, mais c'est devenu un peu fou.

— En fait, c'était mon ex.

Nan hoqueta.

— Tu n'es pas censée lui parler.

— Je *sais*, confirma Doreen d'une voix ironique.

— Alors pourquoi lui as-tu parlé ? s'écria Nan. Ça va vraiment nuire à tes chances de t'en sortir.

— J'espère que non, parce que je suis plutôt résolue à voir ce problème réglé.

Sa grand-mère soupira.

— Les hommes comme ton ex, ils sont toujours de plus en plus problématiques. Tu dois couper les ponts avec lui.

— J'essaie. Ce serait sympa qu'on me croie.

— Je suppose que tu dois faire plus d'efforts, répliqua Nan, exaspérée.

Doreen secoua la tête, se demandant comment ce problème était devenu celui des autres.

— Tu avais une raison d'appeler ? demanda-t-elle prudemment.

— Oui. Je voulais t'inviter à prendre le thé.

— Je suis assise au bord de la rivière, en train de prendre un café, déclara Doreen en souriant. Je profite de cette belle matinée.

— Profites-en aussi longtemps que tu le peux, ma chérie, approuva la vieille dame. Alors, c'est oui ou c'est non ?

— Bien sûr, je vais venir prendre le thé, acquiesça Doreen. Tu as besoin de moi tout de suite ou quand je n'aurai plus de café ?

— Oh, mon Dieu, viens quand il n'y aura plus de café. Tu es bien grincheuse sans ça. À dans une petite demi-heure.

Nan raccrocha.

Doreen scruta son téléphone.

— Suis-je vraiment si grincheuse sans café ?

Comme s'il comprenait la question, Mugs lui aboya dessus. La jeune femme le fusilla du regard.

— Tu en as assez dit, grommela-t-elle.

Mais elle se demanda si elle était vraiment aussi dépendante du café.

Elle adorait ça, c'était sa boisson de prédilection, or était-ce un problème pour d'autres personnes ? Elle y réfléchit en remontant vers la maison et en se servant une deuxième tasse de café. Au lieu de redescendre vers la rivière, elle s'assit sur la terrasse, et profita de la vue. Devait-elle manger avant d'aller chez Nan ? Doreen n'avait pas encore pris son petit déjeuner, seulement son café. Comme c'était le milieu de la matinée, Nan devait avoir des collations, voire un panier rempli de douceurs.

Si elle mangeait jusqu'à satiété et trouvait de la bonne nourriture à Rosemoor, elle serait contrariée. Elle ne pourrait pas manger beaucoup après un repas ici. Cependant, si Doreen ne mangeait pas d'abord ici et qu'aucune nourriture n'était proposée chez Nan, alors elle aurait faim. Elle rit. *Quand est-ce que Nan ne m'avait* pas *imposé de manger chez elle ?* Elle décida donc que la meilleure chose à faire était de manger un peu ici. Et, avec un peu de chance, elle pourrait manger un peu plus avec Nan.

Elle en sourit, car la dernière chose qu'elle voulait, c'était devenir dépendante de Nan pour la nourriture, mais il semblait que plus elle y allait, plus il était certain que Nan aurait quelque chose à offrir. Bien sûr, elle craignait qu'il n'y en ait plus la prochaine fois qu'elle s'y rendrait. La vie était ainsi faite.

Elle fit griller un morceau de pain, étala un peu de confiture de groseilles dessus, et sourit de plus belle. La confiture lui rappelait déjà sa grand-mère. Rien que pour cela, elle se dit qu'elle devrait garder quelques pots et ne jamais les utiliser. Un jour, Nan ne serait plus là, et la confiture ferait sourire Doreen qui se souviendrait de sa grand-mère.

Nan était en très bonne santé, à l'exception de quelques troubles de la mémoire, et tant que Doreen pouvait la protéger, elle avait encore de belles années devant elle.

Après avoir nourri ses animaux, puis mangé sa tartine et bu sa dernière tasse de café, Doreen nettoya la cuisine, ferma la porte à clé et sortit avec ses animaux. Cette fois, Thaddeus marcha, en se pavanant sur le chemin, Mugs à la traîne. Doreen secoua la tête en direction de Thaddeus et gloussa.

— Je suis contente de te voir si heureux aujourd'hui, murmura-t-elle.

Il l'appela plusieurs fois, toutefois elle n'était pas sûre de ce qu'il essayait de dire, mais il semblait être très heureux. Et ils étaient toujours heureux lorsqu'ils se rendaient chez Nan. Dès qu'elle atteignit Rosemoor, Doreen trouva sa grand-mère, assise à l'extérieur, qui l'attendait. Doreen la salua, fit traverser la pelouse aux animaux, toujours à la recherche du jardinier qui risquait de rouspéter.

Nan s'esclaffa.

— As-tu toujours peur de ce jardinier ?

Elle haussa les épaules.

— Le premier était effrayant. Le second, je ne voulais pas partir du mauvais pied avec lui, mais il n'aime pas les animaux non plus.

— Tous ceux qui n'aiment pas les animaux ne sont pas dignes de confiance, décréta Nan.

Doreen fronça les sourcils en regardant sa grand-mère.

— Il ne faut pas avoir un avis aussi tranché.

— Je peux avoir l'avis que je veux, riposta Nan, avant de sourire à sa petite-fille. Sois gentille et sors la théière, veux-tu ?

— Bien sûr.

Doreen se rendit dans la cuisine et trouva la théière et les tasses sur un plateau. Elle les prit, les sortit et les posa sur la table de la terrasse.

— Tu es fatiguée aujourd'hui, Nan ?

— Un peu, reconnut la vieille dame. La journée d'hier a été très chargée, à commencer par Ella.

Doreen hocha la tête.

— Qu'as-tu fait d'autre ?

— Que n'avons-nous pas fait ? soupira Nan. Le bowling sur gazon, le bingo, et puis j'ai fait une partie de billard hier soir avec Patsy. Je n'aurais jamais dû m'engager là-dedans. Cette femme me bat toujours.

— Et parfois, nota Doreen en lançant un regard appuyé à Nan, je pense que tu la laisses te battre.

Nan gloussa.

— C'est très intelligent de ta part, ma chérie, mais ne le dis à personne d'autre.

— Promis. Je suis persuadée que ça fait partie intégrante du plaisir, je me trompe ?

— Tu as tout à fait raison.

— Tu as parié ?

— Pas avec elle. Patsy est une méchante joueuse.

— Tu étais censée l'accueillir de nouveau dans tes petits

papiers.

— Non, c'est ce que *tu* voulais, rectifia Nan. J'y réfléchis encore.

Doreen soupira.

— C'est triste… J'espérais que, puisque Patsy m'a tant aidée, tu l'aurais fait.

— J'y réfléchis encore, répéta la vieille dame.

— Réfléchis plus vite, suggéra sa petite-fille.

Nan la fusilla du regard, puis haussa les épaules.

— D'accord. Elle t'a aidée, mais je ne veux pas qu'elle pense qu'elle fait partie de notre club.

— Oh ? Quel est ce club ? demanda Doreen avec curiosité.

— *Le* club. *Le* club, répéta Nan en roulant des yeux. Ma chérie, parfois…

— Je ne sais toujours pas de quel club tu parles, avoua Doreen, mais ce n'est pas grave.

Nan rit.

— Tout est grave quand tu es présidente.

— Je suis quoi ? s'étonna la jeune femme, choquée. Comment puis-je être présidente d'un club dont je ne suis même pas membre ?

— Oh, mais tu es membre, confirma Nan. Un membre honoraire.

— Les membres honoraires ne peuvent pas être présidents, marmonna Doreen.

Nan agita une main.

— Les détails, les détails. D'ailleurs, c'est toi qui résous les affaires, et nous essayons seulement d'aider.

— Oh.

Le cœur serré, Doreen comprit de quoi Nan parlait.

— Tu parles de *ce* club.

— Exactement, nota Nan avec une satisfaction tranquille. Et c'est très agréable d'en être membre.

Doreen secoua la tête.

— Beaucoup de gens le pensent peut-être, mais être membre doit avoir un certain coût.

— Oui, et *tu* continues à payer, déclara Nan en fronçant les sourcils.

— Je vais bien, je vais bien.

Doreen savait que Nan la mettrait immédiatement en garde : *Fais attention.* Pourtant, c'était Nan qui avait reçu un coup sur la tête récemment. En pensant à cela, Doreen lui demanda :

— Comment va la santé ?

Nan tapota la main de Doreen.

— Tout va bien. D'ailleurs, ce coup sur la tête en valait la peine. La nourriture est bien meilleure maintenant.

Doreen gémit.

— C'est toi qui le dis.

Elle s'assit et interrogea :

— Tu penses que le thé est prêt ?

— Oh, absolument.

Nan versa le thé chaud dans les tasses qui l'attendaient. En fronçant les sourcils, elle ajouta :

— J'ai oublié de mettre les douceurs sur le plateau.

Doreen arqua un sourcil.

— Et moi qui pensais qu'il n'y en avait peut-être pas, déclara-t-elle avec humour.

— Comme si c'était possible, grommela Nan.

Elle se leva et se dirigea vers la cuisine. Lorsqu'elle revint, elle tenait un panier à la main.

— Je les ai mises au four pour les garder au chaud.

— Pour garder quoi au chaud ?

Doreen avait déjà soulevé la serviette et reniflait le contenu du panier.

— Encore des pâtisseries, nota-t-elle avec un sourire ravi.

— C'est l'heure du petit déjeuner, murmura-t-elle. Je ne peux pas vraiment aller chercher de quoi déjeuner si c'est encore l'heure du petit déjeuner.

— Bien sûr que non, approuva Doreen. Qu'est-ce que c'est ?

— Un assortiment de mini-quiches, répondit Nan. Mais elles sont délicieuses, alors je ne me soucie pas vraiment du nom qu'on leur donne.

Doreen s'esclaffa aussitôt.

— Je suis tout à fait d'accord avec toi. Tant que c'est de la bonne nourriture, on se moque de leur nom.

Elle en prit une et la plaça dans l'assiette de Nan.

Nan la repoussa d'un revers de la main.

— Non, non, non. J'en ai mangé plusieurs au petit déjeuner. En fait, j'en ai mangé beaucoup trop. C'est sûrement pour ça que je suis fatiguée maintenant. Ça fait beaucoup à digérer à la fois.

Doreen dévisagea d'abord Nan, puis posa la pâtisserie dans son assiette. Elle ne savait pas si c'était un stratagème pour s'assurer que sa petite-fille mangeait plus ou si c'était vraiment parce que Nan avait trop mangé. Elle n'en avait jamais été témoin chez sa grand-mère, mais c'était possible.

— Combien en as-tu mangé ?

Nan rit.

— Au moins quatre.

Face au regard incrédule de Doreen, elle hocha la tête.

— Tu vois ? Comme je te l'ai dit, je n'ai clairement pas besoin d'en prendre plus. Allez, mange.

Doreen secoua la tête et prit celle qui se trouvait dans

son assiette pour en avaler une bouchée. Immédiatement, le goût du fromage, du jambon et de l'œuf lui emplit la bouche, enveloppé dans une pâte succulente.

— Oh, wouah, roucoula-t-elle, une fois qu'elle eut avalé pour pouvoir parler. C'est délicieux.

— N'est-ce pas ? Heureusement que notre précédente cuisinière était un oiseau de mauvais augure, affirma Nan. Crois-moi. Les gens viennent me remercier d'avoir pris un coup.

Doreen ne voulait pas rire, mais c'était difficile. Quand son rire lui échappa enfin, Nan l'observa avec une pointe de satisfaction.

— Tu vois, tu vois ? C'est comme ça que ça devrait être. Tu devrais sourire et rire tout le temps.

Doreen gloussa.

— Personnellement, je pense que ça arrive très souvent.

— Non, pas assez, corrigea Nan, mais on y travaille. Et Mack aussi.

— Oh, tu as demandé l'aide de Mack pour essayer de me faire rire davantage ? s'enquit la jeune femme avec un sourire.

— Si seulement c'était possible, il est toujours tellement occupé. C'est difficile de le coincer.

— C'est vrai, reconnut Doreen, mais il fait quand même des efforts.

Nan hocha la tête.

— Je suis contente d'entendre ça. On lui a donné une sacrée leçon.

Doreen grimaça.

— Ce n'est pas nécessaire, Nan.

— On ne sait jamais.

Il était absolument inutile de dissuader Nan d'essayer

d'impliquer Mack, car elle finirait par y arriver de toute façon. Doreen devait l'accepter, comprendre que Mack était un grand garçon et qu'il pouvait dire non à tout moment. Nan faisait cela parce qu'elle aimait sa petite-fille.

La première quiche terminée, elle avisa la deuxième et se demanda si elle ne devrait pas attendre un peu.

— Mange, lui ordonna Nan. Tu n'as pas besoin de garder ça pour plus tard.

Doreen afficha une expression perplexe.

— Comment sais-tu à quoi je pensais ?

Nan leva les yeux au ciel.

— Tout le monde aurait pu le deviner.

Doreen sourit, s'empara de la deuxième quiche, se cala dans sa chaise et la savoura lentement.

— C'est vraiment bon. Vous avez vraiment de la chance d'avoir ce genre de nourriture ici.

Nan sourit.

— Crois-moi. On le sait et on l'apprécie énormément.

— Et c'est ce qui fait toute la différence, n'est-ce pas ? souligna Doreen. Savoir que l'on aura de la bonne cuisine peut faire une telle différence dans la journée.

— Il en a toujours été ainsi avec les gens. Tout le monde a besoin d'un endroit où l'on peut être bien nourri et soigné. La nourriture est un réconfort pour le corps, mais c'est aussi une nourriture pour l'âme, et c'est très important.

Sa petite-fille était complètement d'accord avec elle. Elle était également d'accord avec sa grand-mère pour dire qu'elle avait la chance d'avoir de tels plats tout prêts.

— Je me demande ce qu'il faudrait faire pour qu'Esther entre dans un endroit comme celui-ci.

Nan la dévisagea.

— Tu crois qu'elle viendrait ?

Doreen réfléchit et avoua :

— Je ne sais pas. À mon avis, elle se sent seule. Je pense qu'elle aimerait beaucoup faire partie de quelque chose, mais je pense aussi que le changement est difficile pour elle.

— Le changement est difficile pour nous tous, concéda Nan. Encore plus pour les gens comme Esther.

— Pourquoi des gens comme Esther ?

— À cause de son âge. Elle a encore beaucoup d'années à vivre seule, il est donc difficile de renoncer à son mode de vie tel qu'elle le connaît, expliqua Nan.

— Je suppose que oui. Pourtant, quand je l'ai vue, elle avait tellement de mal à se déplacer. Mais, elle est là, à chasser les pies et à leur crier dessus. D'une certaine manière, elle semblait s'amuser.

— Elle se bat avec ces pies depuis au moins trente générations de pies, souffla Nan avec une tranquille complaisance. Personnellement, je pense qu'elle les aime beaucoup. Je crois qu'elle les nourrit.

— Alors pourquoi les chasserait-elle, si elle les nourrit ?

— Parce qu'elles reviennent et qu'elle se sent seule.

En entendant cela, le cœur de Doreen se brisa un peu plus.

— Je me demande si on pourrait la contraindre de venir à Rosemoor.

— Je ne pense pas, répondit Nan. Ça a toujours été une option pour elle.

— Je ne suis pas sûre qu'elle ait l'argent nécessaire, murmura Doreen.

— C'est souvent le problème ici, n'est-ce pas ? On veut croire que tout le monde a assez d'argent pour vivre ici, mais ce n'est pas le cas. En plus, ce n'est même pas l'un des endroits les plus chers.

Doreen n'en était pas sûre. Rosemoor semblait être une résidence très chère. Elle avait rencontré beaucoup de gens en ville et, en travaillant sur diverses affaires, le coût avait été trop élevé pour la plupart d'entre eux. Mais Nan avait de l'argent et, tant qu'elle ne donnerait pas tout à Doreen – et c'était toujours un fardeau pour elle – Nan continuerait à avoir de l'argent.

— Je veux que tu aies toujours assez d'argent pour vivre ici, précisa Doreen. Et ça m'inquiète quand tu ne cesses de m'en donner.

— Oh, foutaises, rétorqua la vieille dame. Donner de l'argent est une joie, surtout à toi.

— Et pourtant, je ne veux pas que tu sois prise de court.

— Quand tu auras l'argent des antiquités, tu pourras m'aider, mais je ne serai pas heureuse si ce jour arrive.

— Pourquoi pas ? s'étonna Doreen, confuse.

— Parce que ça voudrait dire que je n'ai pas bien planifié ma vie, déclara Nan. Et mon esprit a été un piège d'acier pendant toutes ces années, alors que je calculais tout ce qui devait être fait et combien d'argent ça coûterait.

Nan sourit à sa petite-fille et conclut :

— Ne t'inquiète pas pour moi. J'ai tout prévu.

Néanmoins, il était tout de même difficile d'accepter que, compte tenu de l'augmentation du taux d'inflation que personne n'aurait pu prévoir, comment Nan pouvait-elle encore s'en sortir ? Doreen espérait que, si jamais elles en arrivaient là, elle le saurait à l'avance et pourrait faire quelque chose. Elle avait déjà réservé mentalement une partie de l'argent des antiquités pour Rosemoor et les soins de sa grand-mère.

— Cesse de t'inquiéter pour moi et dis-moi ce qu'il se passe dans l'affaire d'Ella, lança Nan. Nelly est hors d'elle.

Elle est enfermée dans sa chambre et on lui a donné des médicaments pour la calmer.

Doreen fronça les sourcils en entendant cette nouvelle.

— Vraiment ?

— Oui, vraiment, et il semble que rien ne la calme. Rien ne fonctionne vraiment.

— Tu penses que quelque chose se trame ? demanda Doreen à sa grand-mère.

— Oui, mais elle ne veut pas me parler, répondit Nan en faisant un geste de la main. Elle ne veut parler à personne. Je crois qu'elle se sent coupable de quelque chose.

Doreen savait exactement de quoi il s'agissait, mais elle avait espéré que Nelly se serait déjà calmée. Cependant, c'était difficile à faire quand on pensait que l'on était responsable de la mort de quelqu'un.

Nan se pencha alors en avant et interrogea :

— Penses-tu pouvoir lui parler ?

— Je peux lui parler, mais je ne peux pas garantir qu'elle veuille *me* parler.

— Pourtant, tu sembles avoir réussi à la convaincre la dernière fois.

— Je n'en sais rien, mais je suis prête à essayer.

Elle hésita, puis continua.

— Je devrais peut-être y aller maintenant.

— Absolument, laisse les animaux ici. Frappe à sa porte, dis-lui qui c'est et vois si elle veut bien te parler. C'est très important pour nous de savoir que tu te soucies d'elle.

— Je ne veux certainement pas qu'elle souffre plus qu'elle ne le doit à cause de ça. C'est déjà assez difficile de faire face à la perte de sa sœur, sans que rien d'autre n'entre en jeu.

— Si j'avais une idée de ce qu'il va se passer, je ferais

quelque chose.

Elle dévisagea sa petite-fille avec perspicacité.

— Mais *toi*, tu sais quelque chose.

Doreen haussa les épaules.

— Peut-être… Toutefois, ça ne veut pas dire que j'ai le droit d'en parler.

— Je n'en doute pas. Mais tu peux faire quelque chose pour que Nelly se sente mieux.

Chapitre 19

DOREEN IGNORAIT QUE ce serait si facile, toutefois elle se leva docilement et prit une gorgée de son thé avant que la tasse ne refroidisse, puis se dirigea vers l'appartement de Nelly. Lorsqu'elle s'approcha de la porte, elle y colla son oreille. Elle n'entendit rien, mais donna un coup sec dessus. Elle obtint une réponse feutrée, alors elle s'annonça :

— Nelly, c'est Doreen. Je peux entrer ?

Le silence dura un long moment, et Doreen n'était pas sûre que Nelly répondrait. Puis la porte s'ouvrit et elle vit Nelly. La pauvre femme était désemparée, le visage rouge, larmoyant et gonflé, comme si elle n'avait pas dormi et qu'elle était hors d'elle.

— Je suis vraiment désolée, s'excusa aussitôt Doreen. Vous avez vraiment du mal, n'est-ce pas ?

Les yeux de Nelly se remplirent de larmes et elle acquiesça.

— Vous voulez parler ? proposa Doreen.

Nelly regarda autour d'elle, hésitante, pour voir si quelqu'un les observait.

— Personne ne sait que je suis là, chuchota Doreen.

À ce moment-là, Nelly ouvrit la porte plus grande et

laissa entrer Doreen. La résidente referma la porte derrière elle sur-le-champ.

— Avez-vous parlé à la police ? demanda Doreen.

Nelly opina et murmura :

— Ils n'ont pas été très gentils.

Doreen grimaça.

— Non, de leur point de vue, ne pas leur avoir dit il y a des années signifie que d'autres personnes sont mortes, expliqua-t-elle à Nelly. Mais vous devez aussi oublier une partie de tout ça parce que c'était il y a longtemps.

— Et pourtant, je n'ai pas l'impression que c'était il y a si longtemps, murmura Nelly. C'est comme si c'était hier.

— Bien entendu, notamment avec le décès de votre sœur.

— Une mort dont je ne sais pas si je l'ai causée ou non.

— L'avez-vous revu ? demanda Doreen.

C'était la question qui l'avait préoccupée pendant tout le chemin.

— Non, mais maintenant je le cherche partout. Je reste dans ma chambre. Même les flics m'ont dit de ne pas aller n'importe où et de rester là où c'est sûr. Protégée par la foule et tout ça.

— Tout à fait. Et bien sûr, la protection de la foule est une chose, mais on a toujours l'impression d'être dans une prison, n'est-ce pas ?

Nelly acquiesça lentement.

— Et la culpabilité me paralyse, murmura-t-elle. Comme si je n'avais pas le droit de vivre, surtout maintenant que ma sœur est partie.

Doreen n'avait rien à dire pour que Nelly se sente mieux.

— La seule chose que vous puissiez faire maintenant, c'est d'en tirer le meilleur parti. Essayez de ne pas vous rendre malade. Et de comprendre que la police fait ce qu'elle peut, mais qu'elle doit maintenant faire face au problème du temps et de l'impossibilité d'identifier cette personne.

— Je vous ai montré la photo.

— Oh, et jen 'ai encore quelques autres, mais elles sont toutes anciennes, ajouta Doreen. Le problème, c'est que les gens peuvent changer d'apparence.

— Et il était très doué pour ça, confirma Nelly. Parfois il venait ici avec le crâne chauve. Ce qui faisait rire Ella. Il portait un étrange bonnet de cuir chevelu, et d'autres fois il venait la voir avec une barbe fournie, des lunettes et une casquette de base-ball.

La vieille dame haussa les épaules.

Doreen se figea.

— Intéressant, murmura-t-elle. Il aimait les déguisements, c'est ça ?

— Évidemment. C'est plus logique quand on pense au *hobby* qu'il avait, répondit Nelly avec sarcasme. Je n'arrive pas à croire que je n'ai rien fait pour aider il y a toutes ces années.

Doreen n'y croyait pas non plus, or qu'était-elle censée dire ? Nelly était déjà traumatisée.

— La police vous a-t-elle donné des indications sur ce qu'elle faisait ?

Elle secoua la tête.

— Non, en fait, ils étaient assez énervés et ont pris ma déclaration avec dédain, puis ils sont partis.

Doreen grimaça parce que, eh bien, que pouvait-elle dire ? Les flics étaient contrariés. Beaucoup d'affaires avaient été attribuées à ce seul homme, mais ils comprenaient aussi que la peur était un facteur qui ait pu jouer, et comment quelqu'un comme Bob Small pouvait la manier de façon très habile.

— Ils savent aussi ce que vous avez vécu et combien vous avez eu peur, la rassura Doreen. Il est facile pour eux de porter un jugement. Ils n'étaient pas là à l'époque.

Nelly leva les yeux vers Doreen avec reconnaissance.

— C'est ça le problème. Personne ne comprend ce que c'est.

— Et je suis désolée parce qu'on a l'impression que tout le monde vous juge et vous critique, alors que vous n'auriez rien pu faire à ce moment-là, tenta-t-elle de dire d'une manière apaisante.

— Ou j'aurais pu, argumenta Nelly. J'aurais pu leur parler du journal à l'époque. Et quand j'ai eu le journal, j'aurais dû faire quelque chose aussi, mais je ne l'ai pas fait.

Elle secoua la tête et reprit.

— Je n'ai jamais pensé que j'étais une personne méchante. J'ai toujours pensé que c'était Ella. Mais maintenant ? Eh bien, maintenant je dois regarder mes propres actions sous un angle complètement différent. Et… et c'est dur.

Entendre les mots sortir de la bouche de Nelly fit réfléchir Doreen.

Nelly haussa les épaules.

— C'est vrai, insista-t-elle. Vous voulez laisser derrière vous un héritage de bonté, mais me voilà, au crépuscule de ma vie, et tout ce que je vois, ce sont des erreurs commises et qu'il est bien trop tard pour corriger.

Le ton de Nelly devenait plus dur.

— Si vous avez quelque chose d'autre à donner à la police, suggéra Doreen, ce serait une façon de corriger la situation. Il y a aussi la mort de votre sœur à venger, vous devez obtenir justice pour elle. Alors, si vous avez quelque chose, quelque chose que vous savez ou dont vous vous souvenez, faites-le savoir à la police.

— Je ne veux plus leur parler. Ils ont été méchants.

Doreen se renfrogna.

— Je ne pense pas qu'ils aient voulu être méchants. Je pense qu'ils étaient fatigués d'avoir affaire à des gens qui semblent penser que les flics sont censés résoudre toutes ces choses, or personne n'aide la police, même quand ils ont des informations.

— Peut-être, mais, au final, je ne veux plus jamais leur parler. Jamais.

— Avez-vous quelque chose d'autre à leur donner ? demanda Doreen avec curiosité.

Nelly hésita.

— Peut-être.

Doreen s'assit sur la chaise la plus proche.

— Si c'est le cas, ils en ont besoin.

Nelly grimaça et répéta :

— Mais ils ont été méchants.

Doreen prit la main de Nelly.

— Je sais que c'est difficile. Mais encore une fois, si vous avez des informations sur ce type, donnez-les à la police.

Nelly la regarda, les yeux remplis de larmes, et lui demanda :

— Pouvez-vous leur apporter ?

— Apporter quoi à qui ?

— L'apporter à la police.

— Oui, bien sûr.

— Et cela les empêchera-t-il de revenir me parler ? s'enquit Nelly d'un ton acéré.

— Je n'en suis pas sûre, répondit Doreen. Il faut se mettre à leur place. Ils font tout ce qu'ils peuvent pour élucider le meurtre de votre sœur. Ils vous ont parlé et vous ne leur avez pas donné cette information. Alors maintenant, ils ne savent plus quoi penser.

— Alors il vaut mieux que je ne leur donne pas, s'insurgea Nelly.

— Non, parce que le meurtre de votre sœur pourrait ne jamais être résolu, pas si nous n'obtenons pas les informations dont nous avons besoin.

Nelly renifla.

— Ils n'étaient pas très gentils.

— Je ne pense pas que quiconque dans cette situation soit très gentil. Beaucoup de gens sont morts et, si ça se trouve, il pourrait s'agir de personnes que la police connaissait et aimait. Et s'ils avaient un lien personnel avec cette affaire, il leur sera très difficile d'en entendre parler.

Nelly ferma les yeux et chuchota :

— Ce serait terrible.

— Exactement, alors pourquoi ne pas partir du principe qu'ils ont fait de leur mieux, et je vous suggère de me donner ce que vous n'avez pas remis à la police, et je m'assurerai de le leur apporter.

— J'ignore si c'est utile.

— Oh, je leur dirai que vous l'aviez oublié, et qu'en parlant, vous vous en êtes souvenu.

Nelly étudia Doreen.

— Vous pensez qu'ils vont vous croire ?

— Oui, mentit-elle. Et honnêtement, ils savent que vous êtes bouleversée par la mort de votre sœur, donc il n'y a vraiment aucun moyen que quelqu'un sache la vérité. Ce qui est important, c'est que vous leur remettiez ce que vous avez.

Nelly se leva très lentement, comme si elle vivait ses dernières minutes de vie, et se dirigea vers son lit. Elle y prit un petit bloc-notes, l'apporta et le tendit à Doreen.

Cette dernière l'avisa.

— Qu'est-ce que c'est ? Une série de chiffres ? De quoi s'agit-il ?

— C'est le numéro que ma sœur appelait quand elle était ici, puis elle a juré et a dit quelque chose à propos d'un *mauvais téléphone*.

— Mauvais numéro de téléphone ou mauvais téléphone ?

Nelly regarda Doreen fixement.

— J'ai cru comprendre qu'il s'agissait d'un *mauvais téléphone*, c'est-à-dire qu'Ella ne devait appeler qu'à partir d'un autre téléphone.

— Et vous pensez que c'est le numéro de Bob Small ?

Nelly opina du chef.

— Je l'ai déjà vu auparavant. Elle l'a écrit plusieurs fois et n'a jamais voulu me dire de qui il s'agissait, mais avec les années, c'est difficile de l'oublier.

Notamment parce que les quatre derniers chiffres étaient littéralement zéro, un, un, zéro.

— Intéressant, murmura Doreen en le regardant fixement. Je vais le donner à Mack et voir ce qu'il peut en faire. Peut-être qu'ils peuvent le tracer. Et ça veut aussi dire…

Doreen fit face à Nelly, prenant conscience de quelque chose.

— Nelly, votre sœur avait un deuxième téléphone.

— Elle ne le gardait pas avec elle. Il était toujours dans la maison.

— Dans ce cas, je dois retourner chez elle et voir si je peux le trouver. Votre sœur avait-elle des cachettes dans sa maison ?

Nelly rit.

— Toutes les femmes ont des cachettes. Je pense que la sienne était dans son dressing.

— Bien, je vais voir si je peux m'arranger pour aller jeter un coup d'œil. Sur les étagères du haut, il y avait un tas de boîtes.

— Oui, c'est là qu'elle aurait caché de la paperasse et d'autres choses, confirma Nelly. Cependant, pour le deuxième téléphone, je pense qu'il est ailleurs, un endroit qu'elle pouvait attraper facilement et rapidement.

— Ce qui est logique.

Doreen lui sourit.

— Merci de nous l'avoir donné.

— Ils ne seront pas méchants quand ils reviendront, n'est-ce pas ? demanda Nelly, l'air anxieux.

— Je vous promets qu'ils seront aussi gentils que possible.

Nelly soupira.

— Ce n'est pas tout à fait la même chose.

Doreen rit.

— En effet, mais c'est la police, alors ils essaieront.

— D'accord.

Nelly raccompagna Doreen à la porte.

— Ne dites rien à Nan, lui demanda la vieille dame.

— Promis.

Doreen savait combien Nelly serait jugée si quelqu'un découvrait ce qu'elle avait fait.

— Mais ça pourrait se savoir à un moment ou à un autre.

— J'espère que non, murmura Nelly. J'aime vivre ici, et j'aime les gens, mais je ne pense pas que je pourrais le supporter s'ils me détestent après ça.

— N'en parlons pas, suggéra Doreen avec douceur. Il

reste beaucoup de temps et de vie pour que toutes sortes de bonnes choses se produisent.

Nelly lui adressa un sourire triste.

— Je n'ai pas l'impression qu'il me reste beaucoup de temps, remarqua-t-elle. J'ai l'impression qu'il n'y a plus de temps, qu'il m'échappe.

Doreen avisa Nelly avec inquiétude.

— Vous ne ferez rien de stupide, n'est-ce pas ?

— Non, je ne ferai rien de stupide. Je dois aller jusqu'au bout, même si ça ne me plaît pas.

Doreen acquiesça lentement, tout en scrutant le visage de l'autre femme.

Mais Nelly lui lança un sourire déterminé.

— Ne vous inquiétez pas. Je ne ferai rien de stupide.

Incertaine et peu convaincue par ce que Nelly avait dit, Doreen renchérit :

— S'il vous plaît, ne le faites pas. Ça ferait une victime de plus dont personne n'a besoin en ce moment.

Cela dit, Doreen la salua et retourna auprès de Nan. Elle resta silencieuse pendant tout le trajet. Arrivée chez sa grand-mère, elle constata que Richie l'attendait avec Nan.

— Désolée, j'ignorais que vous aviez des projets, annonça-t-elle en s'approchant.

— Je ne pensais pas que tu partirais aussi longtemps, répondit Nan. Elle va bien ?

— Elle est déprimée et bouleversée, mais j'espère qu'elle s'en sortira.

— Espérons-le.

Nan tendit un petit sac en papier à sa petite-fille.

— Les restes de ton petit déjeuner, précisa-t-elle, avant de lui rendre les laisses et les animaux. On doit y aller.

— Amusez-vous bien.

Doreen s'empressa de prendre ses animaux et de se diriger vers la terrasse de sa grand-mère. Une fois dehors, elle se retourna, mais Nan était déjà en train de fermer la porte de la terrasse et de partir avec Richie. Doreen ignorait ce qu'il se passait aujourd'hui, mais la vie de la vieille dame était plus active et plus excitante que la sienne, et cela en disait long sur sa propre vie.

Chapitre 20

LORSQUE DOREEN ATTEIGNIT le ruisseau, elle téléphona immédiatement à Mack.

— Quoi de neuf ? demanda-t-il.

— Je viens d'avoir une discussion avec Nelly. Elle est vraiment déprimée. Apparemment, vos gars ont été plutôt méchants.

Le policier poussa un soupir exaspéré.

— Je ne cherche pas à te remonter les bretelles, ajouta Doreen, mais elle n'a pas dit toute la vérité. À moi comme à vous.

— Quoi ? Comment ça ?

— Elle a un bloc-notes, je l'ai forcée à me le montrer. Cependant, elle ne voulait pas vous le donner parce que ça signifierait vous parler à nouveau, et elle ne voulait pas avoir à affronter ça encore une fois.

— *Génial*, marmonna-t-il. Maintenant, on est si effrayants que personne ne veut nous parler.

— C'est une vieille dame fragile à ce stade.

— Et qui a pris de très mauvaises décisions. Et qui continue à en prendre, à ce qu'il paraît.

— Oui, et ça, c'en était un autre. Il y avait un numéro

de téléphone sur le bloc-notes. Et sa sœur…

Doreen s'empressa d'expliquer.

— Bon Dieu, s'exclama-t-il. Elle a un deuxième téléphone ?

— Oui, c'est ce que j'ai compris, et elle l'aurait gardé quelque part près de son lit, pour pouvoir le trouver facilement. Je pense que c'était son lien avec Bob Small. Et j'ai ce qui pourrait être son numéro de téléphone sur ce carnet.

— Donne-le-moi, exigea Mack d'un ton ferme.

Doreen obtempéra.

— Je te rappelle, grogna-t-il, avant de raccrocher.

Elle se tourna vers les animaux.

— Au moins, on a fait quelque chose d'utile aujourd'hui.

Mugs aboya et elle détacha sa laisse pour qu'il puisse se défouler. Presque aussitôt, il s'élança dans l'eau.

— Mugs, non !

Mais le chien s'en moqua. Pour une raison ou une autre, l'attendre pendant qu'elle parlait avec Nelly avait déterminé son besoin de s'amuser dans la rivière. Et quel amusement. Même Goliath se joignit à lui. Elle riait, les éclaboussait, se trempait elle-même, puis elle annonça :

— Allez, les gars. C'est l'heure de rentrer.

Elle retourna chez elle, prit des serviettes et frotta en vitesse les animaux, puis elle-même. Alors qu'elle suspendait les serviettes pour les faire sécher, elle entendit son téléphone sonner. Un peu hésitante, compte tenu du fait qu'elle avait déjà parlé à Mathew récemment, elle décrocha et entendit un autre interlocuteur à la respiration lourde à l'autre bout du fil. Doreen grommela.

— Vraiment ? Vous n'avez rien de mieux à faire que de m'embêter ?

Elle s'empressa de raccrocher. Quand le téléphone sonna à nouveau, elle fronça les sourcils, décrocha : même chose. Elle raccrocha, l'appareil sonna de nouveau, et encore la même chose.

— Vous devez tellement vous ennuyer, déclara-t-elle. Il y a sûrement autre chose à faire dans votre vie que d'embêter une femme.

Et elle raccrocha. Cette fois, il n'y eut que le silence.

Soulagée, elle envoya un texto à Mack pour l'informer que son interlocuteur avait appelé trois fois, à chaque fois la même chose – silence et respiration lourde.

Il la rappela.

— Et tu as répondu la troisième fois, pourquoi ?

— Parce que je voulais savoir ce que manigançait ce type, répondit-elle, exaspérée. Comment quelqu'un peut-il avoir du temps à consacrer à ces bêtises ?

Il éclata de rire.

— Ce n'est pas le cas de beaucoup de gens. En général, c'est très ciblé, et ils ont une raison, c'est aussi pour ça qu'on te dit toujours de ne pas t'attirer d'ennuis.

— J'ai *essayé*. Apparemment, ce type m'a un peu énervée.

— Tu crois ? s'enquit Mack, suivi d'un fort soupir. Quand ça sonnera à nouveau, ne réponds pas.

— Et si c'est toi ? demanda-t-elle d'un ton malicieux.

Le caporal poussa un long soupir.

— Très bien, très bien, très bien, concéda Doreen. Je ne décrocherai pas. Tu as appelé le numéro ?

— Non, on y travaille.

— Il sera sur liste rouge, n'est-ce pas ?

— Je ne te dirai rien, refusa Mack. Il y a des chances que tu t'attires encore plus d'ennuis.

— Hé, ce n'est pas juste, marmonna-t-elle. Je ne suis pas

responsable de ça.

— Non, et à vrai dire, tu as eu cette information pour nous, ce qui est une bonne chose. Cependant, ce que Nelly a fait, ça ne nous plaît pas.

— Et je pense que c'est pour ça qu'elle était pétrifiée à l'idée de vous rappeler. Vous l'avez aussi fait se sentir tellement coupable qu'elle ne pouvait pas, en toute conscience, le garder.

— Tant mieux, nota Mack, au moins quelque chose est sorti de cette visite.

— Elle avait l'impression que tout le monde la jugeait.

— Elle a gardé des informations sur un tueur en série pendant des décennies, riposta Mack.

— Je sais, mais à cause de ce que vous lui avez fait ressentir, elle vous a caché ce numéro, et ce n'est pas bien non plus. Vous devez aussi la comprendre. On essaie de résoudre quelque chose, donc on a besoin de la coopération de tout le monde. Ce qui veut dire qu'il faut être gentil aussi.

— Oui, madame.

Doreen se renfrogna, le ton de Mack ne lui plaisait pas.

— J'ai compris. Je dois rester en dehors de ça, maugréa-t-elle. Je me suis dit que j'allais te donner ce que j'avais trouvé.

Elle lui raccrocha au nez.

Chapitre 21

DOREEN PASSA L'APRÈS-MIDI chez Millicent, à changer quelques petites choses dans son jardin. C'était surtout l'occasion pour la jeune femme de sortir de chez elle et de faire quelque chose. Elle se sentait presque mal à l'aise de faire payer les heures à Mack, mais en y réfléchissant, elle ne se sentait pas mal du tout. Le moins qu'il aurait pu faire était de lui donner des informations sur le numéro de téléphone et tout ce qu'il avait pu glaner. Elle était consciente qu'il ne pouvait pas lui dévoiler, toutefois elle ne voulait pas vraiment le reconnaître. C'était une chose d'obtenir les informations dont elle avait besoin, et c'en était une autre de savoir qu'elle ne les obtiendrait pas, qu'elle en ait besoin ou non.

Lorsqu'elle eut terminé le jardinage, elle s'assit avec la mère de Mack. La vieille dame l'observa dans l'expectative. Doreen scruta son visage.

— Ai-je raté quelque chose ? devina-t-elle prudemment.

Millicent rit.

— Non, mais j'ai entendu dire qu'il y avait une nouvelle affaire en cours.

Doreen fit grise mine.

— Votre fils travaille sur une nouvelle affaire, précisa-t-elle. Moi aussi, mais disons qu'elle est liée à la sienne. Par conséquent, selon lui, je n'ai pas d'affaire.

Et même ses meilleurs efforts ne purent empêcher son côté grincheux de ressortir.

Millicent rit de plus belle.

— J'adore voir votre relation s'épanouir.

Doreen se raidit. La dernière chose qu'elle souhaitait, c'était d'avoir une discussion avec la mère de Mack. Doreen la regarda d'un air impassible et ajouta :

— Il y a beaucoup de choses sur lesquelles nous ne nous entendons pas. C'est une question de compromis.

Millicent hocha la tête sagement.

— Absolument, comme dans toute relation.

La jeune femme s'affaissa.

— J'espère qu'il me rappellera pour me donner les informations que je cherche, murmura-t-elle en regardant son téléphone portable.

Si la conversation tournait autour de Mack et elle, Doreen était plus que prête à partir. Et plus que prête à ne pas revenir avant un petit moment. Au moins jusqu'à ce que Millicent change de sujet de conversation.

— Il n'a pas le droit, s'esclaffa la mère du policier.

— Je sais, bougonna Doreen, avec un sourire. Ce serait quand même bien qu'il m'appelle.

— Je comprends, mais comme il est très intègre, dit Millicent, le regard rivé sur Doreen, il n'en fera rien.

— C'est certain, acquiesça Doreen.

Elle vérifia l'heure et annonça :

— Je devrais rentrer à la maison.

— Vous organisez quelque chose pour l'anniversaire de Mack, ma chère ? demanda Millicent à brûle-pourpoint.

Doreen se figea. Elle fit volte-face vers la vieille dame.

— Seulement un dîner chez moi, et nous passerons peut-être la journée ensemble, répondit-elle calmement. Je crois que Nick doit venir et il pourra se joindre à nous.

— Curieusement, ajouta Millicent, mes deux garçons viennent dîner ici vendredi.

Elle hésita avant de continuer :

— Et j'aimerais que vous vous joigniez à nous.

Doreen n'était pas du tout à l'aise avec cela, surtout en voyant le regard de Millicent.

— Je ne sais pas ce que j'ai de prévu ce vendredi, esquiva-t-elle. Son anniversaire est samedi ou vendredi ?

— Techniquement, c'est vendredi.

— D'accord. Dans ce cas, il aura deux dîners d'anniversaire. Je ferai l'autre samedi.

Millicent rit.

— Et Mack a toujours aimé les gâteaux.

— *Génial*, gémit Doreen. Vous savez que je ne sais pas cuisiner ?

Millicent acquiesça.

— Je sais aussi que vous avez pris des leçons avec Mack.

— J'essaie. C'est un bon professeur. J'apprends lentement.

— Il a toujours été doué pour la cuisine, murmura Millicent, et il adore faire les courses.

— Moi aussi, j'adore quand il fait les courses.

Étrangement, Millicent trouva cette remarque hilarante.

— Prévenez-moi si vous venez vendredi, ma chère, ajouta la vieille dame d'un air rayonnant.

— Bien sûr, merci.

Doreen s'empressa de partir. Une fois qu'elle eut repris le chemin vers sa maison, les animaux dans son sillage, elle marcha aussi vite que possible, comme si elle pouvait laisser derrière elle la conversation avec Millicent. Car cette invitation signifiait bien plus que d'assister au dîner d'anniversaire de Mack. Ce n'était pas comme si Doreen était contre l'idée, pas du tout. Mais cela la rendait certainement un peu méfiante quant à l'opinion des autres sur sa relation avec Mack.

Elle ne savait même pas comment elle voyait les choses. Elle avait réussi à l'écarter de son esprit pour le moment, au grand désarroi de Mack. Toutefois, jusqu'à ce que les choses se clarifient, elle ne pouvait pas aller plus loin. Elle ne voulait vraiment pas que son mari fasse partie de l'équation. Elle n'avait besoin que d'un homme à la fois dans sa vie.

La plupart des gens diraient que Mathew ne faisait même pas partie de l'équation actuelle et qu'elle se servait de lui comme d'une excuse, ce qui la fit grimacer. Pourtant, cela semblait avoir quelques mérites et c'était probablement le cas, si elle se donnait la peine de creuser un peu plus la question. Ce qu'elle ne fit pas, bien sûr.

En fait, elle aurait préféré ne pas aborder cette question du tout. Et, pendant un certain temps, elle s'en était tirée, mais ce ne serait pas le cas longtemps. Il fallait qu'elle fasse le tri. Car elle savait qu'elle ne voulait pas tourner le dos à Mack. S'il sortait de sa vie à ce stade, elle serait dévastée. Ça, elle en était sûre. Elle savait que Mack était une bonne chose. Tout le reste était encore en suspens.

Comme s'il avait entendu les pensées qui se bousculaient dans sa tête, il l'appela, juste au moment où elle entrait dans son allée.

— Salut, dit-il.

— Salut, répéta-t-elle, d'une voix légèrement éteinte.

— Il y a un problème ?

— Non, marmonna-t-elle. Pourquoi est-ce que tu penses toujours qu'il y a un problème ?

— Parce que c'est presque toujours le cas, répondit-il d'un ton moqueur.

— Il n'y a aucun problème. Je reviens de chez ta mère.

— Oh, parfait. Comment se porte son jardin ?

— Très bien. Aujourd'hui, ça m'a surtout permis de sortir de la maison et de passer du temps avec elle.

— Alors, dans ce cas, tu ne me fais pas payer, c'est ça ? plaisanta-t-il.

— Je ne devrais pas te faire payer, reconnut-elle. J'ai un peu jardiné, mais pas grand-chose.

— Ça ne me pose aucun souci. Tu le sais, n'est-ce pas ?

— Peut-être, mais ma conscience ne veut pas que je te fasse payer. De plus, ta mère a évoqué quelque chose qui m'a fait déguerpir un peu plus vite que d'habitude. Et non, je ne te le dirai pas.

— Oh, génial, s'exaspéra-t-il. Tu lâches une bombe comme ça, et après tu ne me dis pas de quoi il s'agit ?

— Non. Et c'est bien fait pour toi. Tu ne veux rien me dire non plus, répliqua-t-elle, avant d'hésiter. Ou c'est pour ça que tu m'appelles ?

— Tu crois que je vais te le dire maintenant ? s'étonna-t-il, mais son rire était de nouveau présent.

Doreen grommela.

— Je suis contente d'être une source constante d'amusement pour toi, nota-t-elle, mais il y a des moments où ce n'est pas très facile.

— En effet. Il y a aussi beaucoup de moments où il n'est pas très facile non plus de te voir déverser toutes ces informations sur moi. Puis tu attends de moi que je trouve des réponses pour toi, souligna-t-il. Ce n'est pas facile non plus.

Elle râla.

— *Super*, donc apparemment on n'est pas très faciles ensemble.

Il hésita avant de demander :

— Ma mère t'a dit quelque chose ?

— Beaucoup de choses, cingla Doreen. J'ignore ce qu'elle voulait dire.

Mack resta silencieux pendant un moment, puis déclara :

— Tu sais qu'il ne faut pas prendre au sérieux ce qu'elle dit, n'est-ce pas ?

— C'est là que tu te trompes. Ta mère n'a rien dit et, de fait, elle était très gentille, très amicale…

— Mais quelque chose t'a troublée.

— N'est-ce pas incroyable ? se moqua-t-elle d'elle-même. Je suis capable d'affronter des tueurs en série. Je suis capable de m'attirer des ennuis et d'affronter des criminels à la recherche de bagues volées, et pourtant ta mère me dit une chose, et j'ai l'impression de ne pas savoir quoi faire.

— Et peut-être que tu devrais m'en parler, suggéra le policier. La communication est le seul moyen de régler ce problème.

— *Hmm*, je dois y réfléchir.

— *Doreen*, gronda Mack.

— Oui, as-tu cherché ce numéro de téléphone ?

— Oui.

— Et alors ?

— Et n'oublie pas que j'enquête.

— *Super*… *Tu* enquêtes. J'aimerais enquêter, mais apparemment, nous sommes aussi en désaccord sur cette affaire.

— Non. Il ne faut pas oublier que certaines de ces choses ne peuvent pas se produire comme on le souhaite.

— Si c'était le cas, ça se serait déjà produit.

Mack rit.

— Tu n'es pas vraiment traitée de façon injuste.

— Je n'ai pas besoin d'être *traitée de façon injuste* pour me sentir traitée de cette façon, bougonna-t-elle.

Le caporal partit en éclats de rire.

— On dirait que ma mère t'a vraiment mise en colère. Je vais peut-être l'appeler et lui poser la question.

— Ne fais pas ça.

Mack devint aussitôt silencieux.

— Je suppose que ça a quelque chose à voir avec notre relation ?

— Non, oui, peut-être. Je ne sais pas.

— C'est clair comme de l'eau de roche, ironisa-t-il. Ne la laisse pas te bousculer ou te mettre mal à l'aise de quelque manière que ce soit. Notre relation est notre relation. Personne d'autre que toi et moi n'a sa place là-dedans.

Elle sourit, quelque chose s'installant dans son âme.

— Merci, dit-elle. Et ta mère n'a rien dit pour me contrarier. D'une certaine manière, c'était le contraire.

— D'accord, ça n'a pas l'air trop inquiétant.

— Non, ce n'est pas trop inquiétant, admit Doreen, mais ça me fait prendre conscience du regard que les autres portent sur notre relation.

— Beaucoup de gens voient les choses de différentes façons. Encore une fois, il n'y a que nous deux. Personne d'autre n'a le droit d'appartenir à ce cercle.

Doreen sourit de plus belle.

— À mon avis, c'est *trop tard*.

— Pas nécessairement. Dès que ça devient gênant, tu peux faire machine arrière.

— Ce que j'ai déjà fait à plusieurs reprises.

— Je sais. Tu n'as pas besoin de me le rappeler.

Elle éclata de rire à son tour.

— Je te remercie d'être toi. Ça m'a rendu la tâche un peu plus facile.

— Je suis content d'entendre ça. Je suis désolé qu'elle t'ait tant bouleversée.

— Ça n'aurait pas dû être le cas. Je n'avais pas besoin de m'énerver. C'est plus bête de ma part de ne pas avoir réalisé que ce qu'elle a dit avait un peu plus d'importance que je ne le pensais.

— Tu sais que tu tournes en rond, non ?

— Oui, je travaille sur quelque chose.

— Dans ce cas, je te laisse tranquille.

— Bonne idée. Et quand tu auras trouvé quelque chose à propos de ce numéro, tu pourras me faire passer l'info.

— Et pourquoi est-ce que je ferais ça ? demanda-t-il d'une voix sèche.

— Pour que je puisse téléphoner à ce type et savoir s'il a quelque chose à voir avec cette affaire.

— Tu es sérieuse ? Tu appellerais Bob Small ? s'étonna Mack.

— Pourquoi pas ? La moitié du problème dans tout ça, c'est que les gens ne parlent pas.

— L'autre moitié du problème, c'est que ces types sont des criminels et que, si tu les préviens qu'on les surveille, tu leur donnes le temps de se préparer et de nous échapper.

— Ce type a déjà compris qu'on est à ses trousses. Il ne fera rien sous le coup du choc.

— Alors, pourquoi veux-tu lui parler ?

— Parce qu'il a échappé à la loi pendant si longtemps. Il pourrait vouloir se vanter auprès de quelqu'un.

— Et il pourrait décider que tu en sais trop et que tu devrais être retirée de la planète.

— Je suis persuadée qu'il le pense, rétorqua Doreen, sans inquiétude apparente. Je m'inquiète pour Nelly.

— Et pourquoi ça ?

— Parce que c'est elle qui a gardé la trace de sa sœur, et je redoute que, même maintenant, elle nous cache encore quelque chose.

— Ce serait très mal, cingla Mack.

— Peut-être pas, mais les gens sont ce qu'ils sont, et maintenant elle a remis deux choses. Je ne serais donc pas du tout surprise s'il y en avait une troisième, quelque chose qu'elle sait qu'elle n'aurait pas dû avoir. Je n'ai aucune raison de dire ça, seulement cette certitude intérieure qui me rend un peu nerveuse.

— Je me fie toujours à ton instinct, dit Mack. Peut-être que je passerai la voir et que je lui parlerai.

— Je suis persuadée que ce sera une crise de larmes garantie si tu y vas.

— C'est de ça qu'il s'agit, alors ? On ne peut pas laisser tout le monde prendre ses propres décisions sur ce qu'il faut faire ou ne pas faire en matière de loi.

Il raccrocha.

Doreen fit ensuite un peu de ménage pour s'occuper l'esprit, puis décida d'aller se promener avec les animaux. Elle avait les laisses en main, mais n'attacha pas les animaux, ce qui leur indiquait presque toujours qu'elle se dirigeait vers la rivière. Et, bien sûr, elle s'y rendit, cherchant un endroit pour s'asseoir, se détendre et songer à cette affaire.

Elle ne voulait pas se demander comment les autres voyaient leur relation, car, comme Mack l'avait dit, c'était à eux de décider. Ils s'en accommoderaient ou en feraient ce qu'ils voudraient. Et si les gens n'étaient pas d'accord, tant pis pour eux.

En marchant, elle essayait de faire abstraction de tout le reste et de se laisser aller à penser à la folie entourant l'affaire d'Ella. Parce que Doreen était persuadée que Nelly cachait encore des choses. Toutefois, c'était à Mack de lui rendre visite et de lui parler. Même si Doreen aimerait que ce soit le cas, elle pensait que ce ne serait pas chose aisée.

Chapitre 22

Quand Nelly l'appela une heure plus tard, elle lui demanda :

— Vous l'avez dit à la police ?

— Dit quoi ? interrogea Doreen, confuse.

— Le numéro.

— Bien sûr que je leur ai parlé du numéro de téléphone, et je vous ai dit que j'allais le faire.

Le silence se fit à l'autre bout du fil.

— Oh.

— Ils doivent rechercher ce numéro, expliqua la jeune femme. Je ne peux pas le faire moi-même parce qu'il est sur liste rouge. Je ne sais pas s'ils ont trouvé le deuxième téléphone d'Ella.

À ce moment-là, elle entendit un son brouillé sur la ligne.

— À moins que vous ne sachiez quelque chose à propos du deuxième téléphone d'Ella.

— Pourquoi saurais-je quelque chose à propos de son téléphone ? s'enquit Nelly.

— Je me demandais si elle ne vous l'avait pas laissé.

Nelly hoqueta.

— Êtes-vous médium ?

— Non, je ne suis pas médium, mais je sais reconnaître les gens qui ont des problèmes.

— Je n'ai pas de problèmes, s'écria la vieille dame.

— Vous êtes sûre ? Parce que je ne suis pas vraiment d'accord avec vous.

Après un autre moment d'hésitation, Nelly avoua :

— J'ai son téléphone.

— Et pourquoi ne me l'avez-vous pas dit plus tôt ?

Doreen observa son téléphone avec consternation.

— Je ne pensais pas devoir le faire… parce que ça semblait être la dernière trahison envers ma sœur. Quelque chose dont je me sentais déjà coupable.

— Et ne pas faire tout ce qui est en votre pouvoir pour essayer d'élucider le meurtre d'Ella n'est *pas* une trahison ? questionna Doreen.

— Vous ne comprenez pas. Notre relation était très compliquée.

— Je peux comprendre. Vraiment. Je comprends que ce soit compliqué, mais je ne comprends pas non plus pourquoi vous avez caché des informations sur toute cette affaire. Si elle avait un autre téléphone, pourquoi ne pas l'avoir donné à la police ?

— Parce qu'elle ne veut pas que je le fasse.

— Et pourquoi ça ?

— Je ne sais pas, mais elle me dit qu'elle ne veut pas que je le fasse.

Doreen se figea, grimaça et répéta :

— Elle vous le *dit* ?

— Oui, s'offusqua Nelly, et c'est aussi pour ça que je ne voulais pas en parler.

— Vous pensez donc qu'elle vous parle depuis sa

tombe ? interrogea Doreen prudemment.

Nelly hésita.

— Vous pensez que je suis folle ?

— Compte tenu de votre âge, vous pouvez vous en tirer avec toutes sortes de choses, répliqua Doreen d'un ton sec, mais ça ne servira à rien. Pourquoi Ella ne voudrait-elle *pas* que vous le donniez à la police ?

— Parce qu'elle dit que Bob saura d'où ça vient.

— Vous pensez qu'elle essaie de vous protéger ?

Doreen n'arrivait pas à croire à la conversation qu'elle était en train d'avoir, mais, après tout ce qu'elle avait entendu pendant certaines de ces affaires non résolues, ce n'était pas si exagéré que ça.

— Je pense que oui, répondit Nelly avec impatience, et honnêtement, je vous ai donné le numéro exprès.

— C'est donc le numéro qu'elle utilisait tout le temps ?

— Oui, et je me suis dit que si vous aviez le numéro, vous n'auriez pas besoin du téléphone.

— Mais une fois que vous aurez évoqué le deuxième téléphone, les flics n'en démordront pas. Ils doivent connaître le nombre d'appels, leur durée, toutes sortes de choses. Allez-vous le donner à la police ?

Nelly hésita de nouveau.

— Vous allez leur dire maintenant, n'est-ce pas ?

Cette fois, il y avait presque un ton accusateur dans la voix de la vieille dame.

— La police a besoin de ce téléphone, insista Doreen. Si vous demandez à le garder, alors, quand tout sera terminé, ils vous le rendront peut-être. Mais vous devez comprendre. Votre sœur a été assassinée, et quelqu'un est toujours en liberté à cause de ça.

— C'est lui, affirma Nelly. Ma sœur croit fermement

qu'il va s'en prendre à moi.

— Et a-t-elle aussi dit qu'il ne s'en prendrait pas à vous si vous ne donniez *pas* le téléphone ? devina Doreen, en essayant de garder une voix calme. Parce que ça n'a aucun sens non plus.

— Elle n'en est pas encore là.

Doreen regarda son téléphone, essayant de comprendre ce que cela signifiait.

— Elle n'en est pas encore là ?

— Non, elle ne m'en a pas encore parlé. Ce n'est pas comme si je pouvais lui parler tout le temps.

Doreen voulait dire que c'était une bonne chose, mais en même temps, elle savait qu'elle devait faire attention. Elle ne voulait pas se mettre Nelly à dos. Cela ne serait pas bon pour l'enquête.

— Pourquoi ne me donnez-vous pas le téléphone alors ?

— Ce serait comme le donner à la police, rétorqua Nelly d'un ton acerbe. Il est évident que vous allez le donner à votre petit ami.

Doreen haussa les sourcils.

— Vous pensez que je vais le donner à mon petit ami ? s'étonna-t-elle. Quand je fais ça, je le donne à la police. Vous le savez, n'est-ce pas ?

— Bien sûr, bien sûr, mais je ne sais pas quelle est votre relation avec ce flic, étant donné que j'ai déjà vécu ça avec ma sœur et son petit ami. Vous savez que ces types ne sont pas bons pour nous.

Doreen se renfrogna.

— Je comprends que vous pensiez que beaucoup de relations se ressemblent, mais je peux vous dire que ma relation avec Mack est très différente.

— Mais bien sûr. Ma sœur trouvait aussi toutes sortes

d'excuses, souffla Nelly. Je ne l'ai pas crue à l'époque, et je ne suis pas sûre de vous croire non plus maintenant.

— Je vois, fit Doreen d'une voix douce. Et je comprends que tout ça vous dérange. Mais l'essentiel, c'est que nous avons un problème, et que vous devez soit me parler, soit leur parler.

La vieille dame hésita.

— Et si ma sœur ne voulait plus me parler ?

— Vous voulez dire, après que le téléphone aura été remis ?

— Oui, je pense que c'est mon seul lien avec elle.

— Elle vous aimait et vous l'aimiez, dit Doreen avec douceur. Je ne pense pas qu'avoir le téléphone en votre possession fasse une différence. Au contraire, elle sera peut-être un peu plus en colère parce que vous ne l'avez pas écoutée, et elle reviendra vous parler davantage, pour pouvoir vous tirer les oreilles.

— Oh.

Nelly y réfléchit un instant.

— C'est logique. Ma sœur détestait que je ne fasse pas ce qu'on me disait de faire.

Doreen grimaça.

— J'imagine, mais vous ne pouvez pas m'en vouloir si elle ne revient pas très vite.

— Non, elle reviendra, affirma Nelly. Vous ne savez pas comment elle était.

— Non, je ne l'ai rencontrée qu'une fois, à votre fête d'anniversaire. Il faut que vous restiez en sécurité.

— Oui, mais Ella ne veut pas que je sois impliquée dans cette affaire.

— Bien sûr que non, elle sait combien Bob Small est dangereux. Vous a-t-elle dit qui l'a tuée ? demanda Doreen.

— Non, mais je suppose que c'est Bob. Et je n'ai même pas pensé à lui demander. Je le ferai peut-être.

— Pourquoi pas maintenant ? Je vais venir récupérer le téléphone.

— D'accord… Je persiste à penser que c'est une mauvaise idée.

— Oh, je vous le dis tout de suite, c'est une bonne idée. Dans le cas contraire, ce sera une mauvaise idée.

Nelly se mit à pleurer.

— Ils seront encore méchants, n'est-ce pas ?

Doreen grimaça, car, bien sûr, la police allait devenir très désagréable à ce sujet.

— Je leur demanderai d'être aussi gentils que possible, mais de leur point de vue, vous continuez à leur cacher des choses. Ils auraient pu utiliser tout ça il y a longtemps, toutes ces informations dès le départ. Et peut-être qu'ils auraient alors progressé dans cette affaire.

— Je leur ai donné le numéro, se défendit Nelly.

— Vous *m'avez* donné le numéro, mais vous ne le leur avez pas donné.

Après avoir enfin réussi à convaincre Nelly de faire le nécessaire, elle raccrocha et se dirigea vers Rosemoor.

Elle marmonna, se demandant si elle devait téléphoner à Mack. La réponse était, bien sûr, oui, elle devait le faire. Mack devrait être là pour prendre possession du téléphone en même temps. Cependant, étant donné les circonstances, Doreen craignait que Nelly ne devienne très difficile et ne se mette à mentir en disant qu'elle n'avait pas le téléphone.

Chapitre 23

E N RÉFLÉCHISSANT AUX particularités de l'esprit de
Nelly, ainsi qu'au regard qu'elle portait sur la relation
de Doreen et Mack, la jeune femme se rendit compte que
tout le monde avait une interprétation de leur relation qu'elle
n'avait même pas envisagée. Elle ne s'était pas concentrée sur
ce que les autres pensaient ou disaient. Même maintenant,
c'était la dernière chose à laquelle elle voulait penser. Et
pourtant, c'était difficile de ne pas y penser, surtout quand
on lui en parlait sans cesse.

Les gens l'avaient souvent vue avec Mack, et Doreen
n'avait jamais pensé qu'ils auraient tous eu une opinion sur
leur relation. Elle était du genre à s'en tenir à ses propres
opinions et à ne pas faire de commérages sur les autres, mais,
encore une fois, vu le travail qu'elle exerçait à présent, la
plupart des gens diraient que c'était l'amour des commérages
qui l'avait entraînée là-dedans. Or ce n'était pas le cas. C'était
l'amour des mystères et l'envie d'aider les gens. Elle ne
voulait pas se demander pourquoi les autres l'épiaient en
train de faire ces choses, surtout lorsqu'ils trouvaient de
mauvaises raisons.

Réfléchir à tout cela sans trouver de solution était également dur. Lorsqu'elle arriva à Rosemoor, elle passa devant l'appartement de Nan et s'arrêta : elle devait vraiment laisser les animaux à sa grand-mère pendant sa visite. Elle s'approcha de la porte de Nan et frappa. Cette dernière ouvrit la porte, la vit et poussa un cri de joie. Doreen murmura :

— Je dois aller voir Nelly. Est-ce que je peux te laisser les animaux un moment ?

Surprise, mais tout à fait d'accord, Nan acquiesça.

Doreen lui remit les laisses et Thaddeus – qui était toujours prêt à venir se blottir contre Nan – remonta sur l'épaule de celle-ci. Nan les emmena dans son appartement, tandis que sa petite-fille se rendait chez Nelly. Dès qu'elle arriva, elle toqua à la porte. Comme il n'y eut pas de réponse, elle frappa plus fort. Finalement, la porte s'ouvrit et Nelly lui adressa un regard noir.

— Je n'ai pas envie, cingla-t-elle.

Doreen la dévisagea un long moment.

— Vous n'en avez peut-être pas envie, mais vous devez le faire.

La vieille dame secoua la tête et croisa les bras.

— J'ai menti.

— Vous avez menti à la police, oui. Vous ne m'avez pas menti à moi.

— Et c'est là le problème. Je n'aurais jamais dû vous en parler, souffla Nelly. Ma sœur va se mettre très en colère.

Doreen la regarda fixement.

— Je pense qu'elle serait plus en colère si vous ne faisiez pas ce qui est juste.

— Et comment savez-vous ce qui est juste ? s'insurgea Nelly. Il n'est pas toujours évident de savoir ce qui l'est.

Doreen était tout à fait d'accord, et c'était un problème.

Il n'était pas toujours facile de savoir ce qui était juste ; toutefois le plus souvent, c'était le manque de volonté d'aller jusqu'au bout de ce qui était juste et de reconnaître que c'était là le problème. Ce n'est pas que l'on ne sache pas ce qui est juste, mais que l'on ne veuille pas faire ce qui est juste. Elle entra et referma la porte derrière elle.

— Vous savez très bien que vous devez le faire, dit-elle calmement.

— Non, je ne suis pas obligée, répliqua Nelly en se détournant de la porte. Et vous devez partir.

— Je peux partir, nota Doreen, d'une voix posée, alors qu'elle cherchait à toute vitesse dans son esprit un moyen de retourner la situation. Vous ne voulez pas que l'homme qui a fait ça à votre sœur soit arrêté ?

Nelly hésita, puis haussa les épaules.

— Il ne se fera pas prendre. Il ne s'est pas fait prendre depuis des décennies.

— C'est vous qui le dites, argumenta Doreen. Vous n'en savez rien.

— Si, je le sais, affirma Nelly.

— D'ailleurs, où l'avez-vous vu pour la dernière fois ?

— Pourquoi ? s'enquit la vieille dame en faisant volte-face.

— Je me posais la question.

— J'étais en centre-ville, j'avais commandé chinois.

Doreen la dévisagea.

— Quoi ?

Nelly opina du chef.

— Oui, il allait chercher une commande à emporter au restaurant chinois.

C'était une chose si banale que Doreen en était déconcertée.

— Vous dites que ce Bob Small avait commandé au restaurant chinois ?

— C'est ce que je viens de vous dire, confirma Nelly en regardant Doreen d'une drôle de façon. Vous vous sentez bien ?

Doreen se renfrogna.

— Oui, je me sens bien. Je pensais que vous restiez à Rosemoor, comment avez-vous pu le voir là-bas ?

De toute évidence, Nelly ne restait pas là. Doreen avait vu cet homme récemment, elle l'avait vu plusieurs fois au restaurant chinois, mais il y travaillait. Et ce Bob Small n'avait certainement pas besoin de travailler, si ?

— Vous quittez donc souvent Rosemoor, même après le meurtre de votre sœur ?

— Je me promène beaucoup. Je suis rentrée directement après l'avoir vu.

Confuse et un peu énervée, Doreen déclara :

— Donnez-moi le téléphone, laissez-moi parler aux flics et nous verrons quoi faire à partir de là.

Nelly la foudroya du regard.

— Je n'ai pas envie.

— Je sais que vous n'en avez pas envie, mais vous n'avez plus le temps pour ça.

— C'est faux, siffla Nelly, le regard noir.

Doreen ignorait quoi faire ou quoi dire.

Finalement, Nelly s'affaissa sur le canapé sous le regard dur de Doreen.

— Ils vont me crier dessus.

— J'essaierai de faire en sorte qu'ils ne vous crient pas dessus, répéta Doreen. Et je pense qu'ils peuvent aussi être gentils.

— Bien sûr, mais ils n'en ont pas envie.

La jeune femme avait l'impression que la résidente était prise dans une boucle infinie qui n'avait pas de fin heureuse.

— L'autre solution est que j'appelle la police, et ils pourront venir vous interroger ici, déclara-t-elle.

Nelly écarquilla les yeux.

— Et je dirai que vous avez menti.

— Peut-être, et alors ils obtiendront un mandat, et ils fouilleront votre appartement, riposta Doreen.

Nelly poussa un cri d'horreur.

— Qu'est-ce que vous espérez ? lui demanda Doreen, exaspérée. Votre sœur a été assassinée et vous cachez son téléphone privé. Un portable qu'elle utilisait pour des appels secrets. Qu'est-ce qu'elle a laissé d'autre ?

Doreen avisa au-delà de la petite femme, scrutant la pièce.

— Rien. Il était dans la poche de son manteau et, lorsqu'elle a posé sa veste pour la fête d'anniversaire, il en est tombé.

C'était assez plausible pour être possible, mais après ses mensonges sur tant de sujets, Doreen avait du mal à lui faire confiance.

— Et est-ce qu'autre chose est tombé ?

— Non, s'emporta Nelly. Vous pensez que des choses tombent tout le temps de la poche de ma sœur ?

Doreen ne savait pas quoi penser, mais tout était possible en ce moment. Doreen regarda Nelly dans les yeux.

— Il est important que vous disiez la vérité. *Toute* la vérité.

— Je dis la vérité. Je ne vous apprécie plus.

Nelly conclut sa phrase par un regard foudroyant.

— Ce n'est pas grave, répliqua Doreen avec une pointe d'humour. On me le dit souvent.

Nelly fronça les sourcils.

— Pourquoi est-ce que vous vous en fichez ?

— Parce que j'essaie de résoudre le meurtre de votre sœur. J'essaie de retirer le tueur des rues, et vous ne semblez pas vous en soucier.

— Bien sûr que je m'en soucie, mais ma sœur va être très en colère.

— Vous pensez vraiment que votre sœur peut faire quelque chose contre cette colère maintenant ?

— Elle m'attendra de l'autre côté. Vous le savez, n'est-ce pas ?

Doreen expira lentement, car, de toutes les choses qu'elle pouvait considérer comme poussant Nelly à agir de la sorte, la peur de Nelly était réelle.

— Je suis désolée que votre sœur vous ait tant traumatisée dans cette vie, rétorqua Doreen. Apparemment, votre relation était très dysfonctionnelle.

Nelly pouffa.

— En effet, confirma-t-elle, les larmes aux yeux. Elle était méchante.

— Et pourtant, je pense que vous lui avez sûrement rendu la monnaie de sa pièce, fit remarquer Doreen.

Face au regard noir de Nelly, la jeune femme hocha la tête.

— Le problème avec les relations de ce genre, c'est qu'elles ne sont pas épanouies dès le départ. Elles ont tendance à se développer au fil du temps. Et vous avez gardé le journal de votre sœur pour obtenir ce que vous vouliez, et, une fois que vous commencez à jouer à ce genre de jeux, eh bien, nous savons que ça se dégrade très rapidement.

Nelly se pencha sur le canapé et en sortit un téléphone. Elle le tendit sans un mot.

— Merci, chuchota Doreen.

— Je l'aimais vraiment, vous savez ?

— Je n'en doute pas, nota Doreen avec douceur. Et malheureusement, cet amour ne se manifeste souvent que lorsqu'une calamité comme celle-ci se produit, alors que nous n'avons plus la possibilité de le leur dire.

— Je voulais qu'elle m'aime. Je ne voulais pas qu'elle aime cet homme. C'était un homme mauvais.

— D'après ce que vous dites et ce que je sais de Bob Small, oui, acquiesça Doreen. C'était un homme mauvais. Mais si vous parlez à votre sœur maintenant, dites-lui combien vous l'aimez. Dites-lui qu'elle vous manque et que vous êtes désolée. Peut-être que vous vous sentirez mieux, une fois que vous aurez eu l'occasion de vous expliquer. Et, l'avantage est qu'elle ne sera plus là pour vous réprimander.

Nelly adressa à Doreen un semblant de sourire.

— Vous avez peut-être raison. Vous devez partir maintenant, pour que je ne change pas d'avis à nouveau.

Doreen s'empressa de se diriger vers la porte. Elle se retourna vers Nelly et lui suggéra :

— Essayez de trouver la paix maintenant. C'est encore plus important.

— Peut-être, marmonna la vieille dame. Je suis un peu inquiète pour l'instant.

— Nous le sommes tous, reconnut Doreen. Il y a quelque chose de très toxique dans le monde avec cet homme. Nous devons l'arrêter.

Nelly opina du chef.

— Dommage que nous n'ayons rien fait à temps pour aider ma sœur.

Doreen ne pouvait rien répondre à cela, car Nelly avait raison. De même, beaucoup de gens avaient essayé d'arrêter

Bob Small, or les personnes qui auraient dû aider étaient celles qui avaient caché les informations. Il n'y avait donc pas de salut dans tout cela.

Doreen remonta rapidement le couloir principal de Rosemoor et sortit par la porte du parking. Doreen ignora pour l'instant l'appartement de Nan, sachant que cette dernière ne poserait que des questions. Sur le parking, elle téléphona à Mack.

— Quoi encore ? demanda-t-il avec méfiance.

Elle hésita, puis répondit :

— Tu n'as pas le droit de te mettre en colère.

— Oh, ça commence bien, maugréa-t-il. Pourquoi ne dois-je pas me mettre en colère ?

— Tu vas te mettre en colère, mais j'ai *besoin* que tu ne te mettes pas en colère.

— *Doreen*, souffla-t-il, que se passe-t-il ?

Elle soupira et lui expliqua brièvement.

— Quoi ? rugit le policier ?

— Oui, je sais. La bonne nouvelle, c'est que j'ai le téléphone sur moi. La mauvaise, c'est qu'elle veut vraiment, vraiment, vraiment que tu ne lui cries pas dessus quand tu viendras lui parler.

— Oh, ma parole, râla-t-il, choqué. Elle avait le téléphone depuis tout ce temps ?

— Oui, et elle parle aussi maintenant d'avoir des conversations continues avec sa sœur décédée.

— C'est-à-dire ?

— Elle est persuadée de parler avec sa sœur.

— Et tu la crois ? s'enquit Mack, effaré.

— Mack, je ne dis pas que je la crois. Je ne dis pas que je ne la crois pas non plus. Ce que j'essaie de t'expliquer, c'est qu'elle y croit.

— Je vois. Quelle nuance.

— Tant qu'elle y croit, souligna Doreen, il faut essayer de comprendre son état d'esprit.

Le caporal souffla.

— Où es-tu ?

— Je suis devant Rosemoor, répondit Doreen. J'espérais que tu pourrais passer et prendre ce téléphone. Nan a les animaux avec elle. Dès qu'elle saura pourquoi je suis ici, elle me tirera les vers du nez.

— Je suis dans ma voiture. J'étais en route pour le commissariat. Je vais passer. Reste où tu es.

Et il raccrocha.

Elle sortit le téléphone secret d'Ella et passa en revue les appels récents. Avec son propre portable, Doreen prit plusieurs photos de conversations et de messages, et il semblait bien que ce soit le même homme qui était le destinataire de tous ces échanges. Et ce n'était pas un homme heureux non plus.

Certains propos étaient sombres et percutants. Néanmoins, il était évident qu'il comprenait bien Ella, car il ne donnait aucune explication, comme s'il s'attendait à ce qu'elle soit déjà au courant.

Elle savait que Mack ferait une recherche complète sur le téléphone, et c'était certainement nécessaire. Mais en même temps, si Doreen pouvait obtenir des informations avant qu'elle ne s'attire des ennuis, cela l'aiderait aussi. Bien sûr, quand Mack découvrirait ce qu'elle venait de faire, il ne serait pas content. Or, elle n'avait pas le choix. Lorsqu'il arriva, elle avait pris plusieurs clichés des récentes conversations avec Bob Small. Ella n'avait que deux contacts sur son deuxième téléphone secret, et Doreen avait pris une photo des deux.

Il sortit et l'observa longuement. Il vit le téléphone dans

sa main et jura.

— Je sais, mais le côté positif, c'est qu'au moins je t'ai appelé.

Il hocha la tête lentement.

— C'est vrai.

Il fixa le téléphone et lui demanda :

— Maintenant, la vraie question est de savoir si tu as fouillé dedans.

— Évidemment. Il n'y a que deux numéros.

Il prit le téléphone, fouilla dedans et opina du chef.

— Et pas mal de SMS, ajouta Doreen. Tu peux sans doute analyser tout ça et faire le tri.

— On devrait en tirer quelque chose, quelque chose de très utile, dit-il, sa voix gagnant en excitation.

Il grommela en avisant la maison de retraite.

— Elle a vraiment fait ça, *hein* ?

— Oui, et je lui ai sincèrement promis que je ferais tout mon possible pour que vous ne lui criiez pas dessus.

Mack se pinça l'arête du nez et acquiesça.

— Je prendrai ça en considération, râla-t-il.

Doreen sourit.

— Je sais que je suis un défi, mais je veux seulement te dire que j'apprécie vraiment ta patience.

Elle se hissa sur la pointe des pieds, déposa un doux baiser sur la joue du policier, puis disparut en vitesse à l'intérieur de la résidence, le laissant dans son sillage.

Chapitre 24

NAN OBSERVA DOREEN avec un regard interrogateur.

— Tu veux bien m'expliquer ce qu'il s'est passé ?

— Pas vraiment, reconnut sa petite-fille. Je peux t'en dire un peu, mais tu ne *devras pas* l'ébruiter.

Les épaules de Nan s'affaissèrent, toutefois elle acquiesça.

— Ce n'est pas facile de faire partie de mon monde intérieur, n'est-ce pas ? murmura Doreen. Cependant, la plupart de ces choses doivent rester privées.

Nan soupira.

— OK, très bien. Je ne le dirai à personne.

Doreen chercha sur le visage de Nan cette expression honnête qui révélait que sa grand-mère tiendrait parole, et elle la trouva.

— Nelly avait le téléphone portable de rechange de sa sœur. Celui qu'elle utilisait pour communiquer avec son amant particulièrement célèbre. Nelly n'en a pas parlé à la police et, bien sûr, quand je l'ai finalement récupéré, j'ai dû le donner à Mack, ce qui signifiait que j'ai dû aussi expliquer d'où il provenait.

Nan grimaça.

— Il n'a pas dû être très content.

— Je te le confirme. Mais maintenant, il l'a, et j'espère qu'il en tirera toutes les informations dont il a besoin.

— C'est quand même un peu choquant que Nelly ne leur ait pas donné.

Doreen hésita avant de répondre.

— Elle a l'air de penser que sa sœur serait très en colère contre elle si elle en parlait à quelqu'un.

Nan la regarda fixement.

— Intéressant, nota-t-elle prudemment. À Rosemoor, nous avons beaucoup de gens qui croient qu'ils parlent à leurs proches après leur mort.

La jeune femme sourit.

— Que ce soit vrai ou non, c'est une autre question. J'attendrai que tu sois passée de l'autre côté pour en avoir le cœur net.

Elle ajouta tout de même, avec un sourire :

— Et s'il te plaît, ne le fais pas de sitôt, car je ne suis pas du tout impatiente d'avoir des réponses. En revanche, tu es la seule autre personne qui m'aime assez pour essayer.

À cette annonce, les larmes montèrent aux yeux de Nan. Elle se leva et serra sa petite-fille dans ses bras.

— Et crois-moi, renchérit Nan avec férocité, j'essaierai. Ne serait-ce que pour que tu saches où je serai quand ce sera ton tour.

Doreen pouffa.

— Et je serai ravie de te retrouver de l'autre côté. Je sais que Nelly a beaucoup de mal à accepter ce scénario et je ne lui en veux pas si elle avait besoin, ou a besoin, ou même si elle communique avec sa sœur. Pourtant, Nelly semble penser qu'elle aura des ennuis si elle parle de ce téléphone à la police.

— Et c'est possible, nota Nan. Cet homme, Bob Small

ou qui que ce soit d'autre, aucun d'entre nous n'a la moindre idée de son apparence.

— Penses-tu que Nelly aurait eu une raison de se rendre au restaurant chinois ?

— Elle adore la cuisine chinoise, répondit Nan. Certains jours, on n'est pas obligés de manger ici, et on va toujours au restaurant ou au café. Nelly nous accompagne souvent. Elle aime les journées d'aventure.

— Mais est-elle sortie récemment, depuis la mort de sa sœur ?

— *Hmm*, je ne sais pas. Après tout, je ne suis pas beaucoup allée au restaurant dernièrement.

Doreen opina.

— Et est-ce qu'elle va dans le même restaurant que je fréquente ?

Nan secoua la tête.

— Non, il y en a un autre pas très loin d'ici. C'est celui où nous allons normalement.

— Intéressant, souffla Doreen. J'aurais dû lui demander où elle allait.

— C'est celui dont je te parle, confirma Nan. C'est le seul qu'elle fréquente. Elle connaissait les propriétaires.

— *Hmm*. Elle m'a avoué y avoir vu Bob Small une fois.

Nan la fixa du regard.

— Oh mon Dieu.

La vieille dame s'enfonça dans son visage, choquée.

— Pourquoi, Nan ? Quel est le problème ?

— Hinja m'a dit qu'elle pensait l'avoir vu une fois, et j'ai cru qu'elle était folle. Et elle a parlé d'un restaurant chinois.

— Qu'est-ce que tu veux dire ?

Doreen s'assit et scruta sa grand-mère.

— Tu crois qu'Hinja l'a vu en ville ? Je croyais qu'elle

habitait sur la côte.

— Oui, mais elle venait nous rendre visite tout le temps, précisa Nan. Et honnêtement, je ne serais pas du tout surprise d'apprendre qu'elle le cherchait à chaque fois.

— Compte tenu de ce qu'elle a vécu, je pense que c'est tout à fait possible, marmonna Doreen. Mais l'aurait-elle vu sans rien lui dire ?

— Je ne sais pas, concéda Nan. Elle a dit qu'elle mangeait souvent chinois pour essayer de confirmer ses soupçons.

— Est-ce qu'on pense que ce Bob Small s'est installé à Kelowna maintenant ? interrogea Doreen.

Nan haussa les épaules.

— Les gens du monde entier veulent venir s'installer ici. Pourquoi pas lui ? Ce n'est pas parce que c'est un tueur en série qu'il ne pense pas à sa propre retraite.

Doreen se frotta la joue.

— Je ne pensais pas qu'il résidait ici.

— Je ne suis pas sûre que ce soit le cas, souligna Nan. On ne doit pas pour autant rejeter cette idée, c'est possible.

— Hinja a dit qu'elle pensait l'avoir vu au restaurant chinois du coin ?

— Oui, et puis elle revenait à des heures inhabituelles, pour commander chinois. Le truc, c'est qu'Hinja n'appréciait pas vraiment la cuisine chinoise. Elle m'a dit qu'avec le temps, elle avait appris à l'aimer, mais ce n'était pas ce qu'elle préférait. Elle commandait dans l'espoir de voir son petit ami tueur en série, plus comme une couverture qu'autre chose.

Doreen ignorait quoi dire. Elle expira lentement.

Sa grand-mère lui tapota la main.

— Je vais aller faire chauffer de l'eau. Cette conversation a manifestement été assez instructive.

— Instructive, oui, convint la jeune femme, mais aussi

difficile à bien des égards. Je vais aussi manger chinois, mais ça ne veut pas dire que l'un des hommes qui s'y trouvent est un tueur en série. Ce n'est pas comme si quelqu'un avait une photo de Bob Small récente ou même une photo nette de son visage. Et cet homme-là se déguise sûrement beaucoup.

— En effet. Je suis certaine qu'il ne s'attend pas à être vu ou reconnu ici. Il s'en est bien tiré pendant toutes ces années.

Et c'était quelque chose qui époustouflait également Doreen.

— C'est vrai, murmura-t-elle. Maintenant, ce que nous devons faire, c'est nous assurer que, quoi qu'il arrive, ce type ne s'échappe pas à nouveau. Il aura des refuges partout, et s'il arrive à s'enfuir une fois de plus, il ne reviendra jamais.

Nan l'avisa d'un air sérieux.

— On ne peut pas laisser faire cela, murmura-t-elle. Pas seulement pour le bien d'Hinja et de sa nièce, mais aussi pour celui d'Ella et de Nelly. Leur relation était peut-être tirée par les cheveux, n'empêche qu'elles étaient de la même famille et qu'elles s'aimaient.

Chapitre 25

ENFIN DE RETOUR à la maison avec ses animaux, Doreen se roula en boule sur le fauteuil de son salon, se demandant ce qui était en train de se passer. Elle espérait que la police traiterait Nelly avec plus de douceur. Mais en même temps, Doreen comprenait leur frustration. Nelly avait dissimulé des preuves – des preuves majeures nécessaires à une enquête sur un meurtre. Doreen n'en revenait toujours pas de toutes ces histoires autour du restaurant chinois. Elle repensa au nombre de fois où elle avait apprécié les plats simples de son restaurant chinois préféré, et se demanda si le client à côté d'elle aurait pu être ce Bob Small.

Ou pire encore, était-ce pour cela que Mugs avait été si désemparé alors qu'ils se promenaient en ville l'autre jour ?

Quelle ironie de penser que tout le monde cherchait Bob Small, y compris elle, imaginant qu'il était sur la côte ou en train de rouler quelque part dans la nature, alors qu'il était peut-être juste à côté d'elle.

Elle ne savait même plus quoi penser. Et plus elle essayait de ne penser à *rien*, plus son esprit s'accrochait à toutes ces pensées inutiles. Ce dont elle avait vraiment besoin, c'était d'un moyen de contacter ce type. Or, si Bob Small savait que le second téléphone d'Ella avait été retrouvé et que les flics l'avaient à présent en leur possession, alors Nelly était plus que jamais en danger.

Doreen prit son téléphone et passa rapidement en revue les photos qu'elle avait prises des SMS d'Ella.

Pris isolément, l'un des messages était assez déroutant. Ils étaient destinés à faire partie d'une conversation dont d'autres personnes étaient déjà au courant. Cela surprenait encore Doreen de penser qu'Ella – qui avait semblé si avisée, si douée pour les affaires et avec cette habileté politique nécessaire à sa carrière – ait pu entretenir une relation avec un tueur en série, qui aurait pu faire sombrer tout son monde une fois que quelqu'un l'aurait découvert.

Pourquoi quelqu'un ferait-il cela ? De toute évidence, l'amour était la réponse, mais cette relation semblait davantage relever de la dépendance et de la victimisation. Doreen voulait parler d'un cas de syndrome de Stockholm, toutefois elle ignorait si c'était la même chose.

Elle se leva, mit la bouilloire à chauffer et attendit Mack. Néanmoins, elle n'avait aucun moyen de savoir si ce dernier viendrait. Comme son anniversaire était ce vendredi et qu'elle avait besoin de se changer les idées, elle devrait peut-être essayer de lui préparer des biscuits ou un gâteau d'anniversaire. Elle fronça les sourcils. Préparer un gâteau d'anniversaire serait-il compliqué ?

Elle ne pouvait pas faire quelque chose de sophistiqué, cependant elle pouvait peut-être essayer quelque chose de simple, comme un gâteau classique. Si cela s'avérait *trop* simple, faudrait-il quelque chose de beaucoup plus complexe ? Dans ce cas, elle était trop effrayée pour essayer quoi que ce soit. Elle avait besoin de savoir que le résultat final fonctionnerait ou serait au moins comestible. Réfléchissant à cela, elle se rendit sur Internet et chercha des recettes simples de gâteau.

Ainsi, elle se retrouva plongée dans l'inconnu. Classiques ou d'anniversaire, qu'est-ce qui faisait que l'un était plus approprié à une occasion que l'autre ? Les gâteaux semblaient simples. Ils étaient enfournés dans un moule à savarin. Ensuite, ils pouvaient être garnis d'un nappage, alors que les gâteaux d'anniversaire avaient tendance à être superposés et glacés. Ce ne serait donc certainement pas un gâteau d'anniversaire, mais elle pourrait peut-être se contenter de celui-là.

Déterminée à accomplir au moins cette tâche, elle se leva, vérifia qu'elle avait le moule qui conviendrait, puis trouva la recette simple, parce que la *simplicité* était toujours la préoccupation essentielle dans tout cela. Elle se prépara une petite cafetière de café et se mit au travail. Elle était encore en train d'étudier la recette, se demandant si ce qu'elle avait mélangé était correct, lorsque son téléphone sonna. Distraite, elle fronça les sourcils, ne reconnaissant pas le numéro. Devait-elle répondre ? Elle pensa à son interlocuteur à la respiration lourde, puis finit par décrocher.

— Allô ?

La voix à l'autre bout du fil lança :

— Vous êtes une fouineuse de sorcière, je me trompe ?

Le ton de la réplique était tel qu'elle ne sut même pas quoi répondre. Elle ne connaissait pas cette personne, du moins elle ne pensait pas la connaître, mais lui avait l'air de savoir qui elle était.

— Je ne sais pas qui vous êtes ni ce que vous voulez, répondit Doreen, mais je suis occupée, alors laissez-moi.

Sur ce, elle raccrocha et reprit sa recette.

Elle avisa la pâte avec confusion. Elle ignorait si elle avait fait quelque chose de mal, mais, en vérité, cela lui avait semblé beaucoup trop facile pour être une recette complète. Devait-elle tout mettre dans le moule et l'enfourner ou devait-elle reprendre les étapes ? Elle espérait que cette première tentative serait la bonne, aussi reprit-elle le processus qu'elle avait suivi. Selon elle, c'était la meilleure idée. Elle utilisa donc la spatule pour verser la pâte, qui était assez crémeuse, dans le moule à savarin – celui avec un trou au milieu. Elle ne comprenait pas ce concept. Pourquoi un moule avec un trou ? Cela n'avait aucun sens.

Elle continua de verser la pâte dans le moule troué, en ricanant lorsqu'elle trouva ce nom, et l'enfourna à la température et au temps impartis. Persuadée qu'elle allait l'oublier, ou qu'elle allait s'asseoir par terre dans la cuisine et l'observer pour s'assurer qu'elle ne l'avait pas raté, elle régla une minuterie sur son téléphone pour la moitié du temps et se servit ensuite une tasse de café. Elle regarda les animaux, qui la fixaient tous, comme si elle allait mettre le feu à la maison. Elle leur lança un regard noir.

— Ce n'était pas si mal.

Mugs aboya, toutefois il ne semblait pas avoir autre chose à dire. Elle jeta un coup d'œil à Thaddeus, qui allait et venait, pas affolé, mais certainement pas très sûr de ce qu'il se passait. Elle lui adressa un regard mauvais.

— Je ne suis sûrement pas si mauvaise cuisinière que ça. Je suis capable de faire certaines choses.

Il ne semblait pas du tout convaincu, et elle non plus.

La cafetière allumée, elle ouvrit la porte arrière, sortit et s'assit sur la chaise la plus proche. C'était une belle journée, et pourtant, pour elle, il se passait encore tellement de choses qu'elle avait du mal à se détendre.

Finalement, elle décida d'appeler sa grand-mère.

— Quoi de neuf ? demanda Nan. Au fait, la police est ici pour parler à Nelly.

Doreen se renfrogna.

— Espérons que Nelly réagira bien cette fois-ci.

— Je ne pense pas. Il y a beaucoup de charivari là-bas, précisa Nan d'un ton grave.

— *Super*, maintenant tu vas aussi rejeter la faute sur moi.

— Non, pas du tout. Nelly aurait dû dire la vérité dès le début.

— Je pense qu'elle s'inquiète à propos de sa sœur.

— Bien sûr, elle peut s'inquiéter autant qu'elle veut, mais ça ne change rien au fait qu'il faut parfois prendre les devants et faire ce qui est juste.

— Oui, je sais. Alors, où se trouve le restaurant chinois que Nelly préférait ?

— Sur Gordon Street.

— Intéressant, marmonna la jeune femme. Je ne pense pas connaître celui-là.

— C'est bien, affirma Nan joyeusement. C'est un peu plus loin que d'autres restaurants ou cafés sympas, mais beaucoup d'entre nous l'apprécient vraiment.

— Bien, peut-être que je vais aller y faire un tour.

— Tu pourrais, dit Nan avec hésitation, mais j'aimerais qu'on ait une meilleure photo de ce tueur, afin que tu ne le croises pas.

— Je sais. Je devrais avoir quelque chose de beaucoup plus clair, mais ce n'est pas le cas. J'ai une photo que Nelly m'a donnée, mais elle est très vieille ; et un détenu m'a envoyé une autre photo, mais elle est encore plus vieille. Apparemment, ce Bob Small est très doué pour se déguiser.

— Une fois, j'ai vu Ella en ville avec un homme qui ne savait pas que je le regardais. J'allais la taquiner et en parler à

Nelly, mais Ella m'a demandé en privé de ne rien dire à sa sœur.

— Et ?

— Et je ne l'ai pas fait. Je me suis dit que ça pourrait servir de chantage plus tard.

— Nan ! se récria sa petite-fille.

— Je te taquine. De toute façon, je n'ai rien dit à Nelly.

— À quoi ressemblait cet homme ?

— Il était grand, mince, beau en fait. Il avait un certain charisme, ce à quoi je ne m'attendais pas vraiment. Cependant, comme elle a été une personnalité publique forte pendant longtemps, je suis sûre qu'elle attirait l'attention de nombreux hommes.

— Je n'en doute pas, mais ça ne veut pas dire que c'est l'homme que je cherche.

— Je les ai entendus dire qu'ils allaient chercher des plats au restaurant chinois, déclara Nan avant de pouffer. Je ne peux pas vraiment accoster tous ceux qui vont chercher des plats chinois.

— En effet.

— Je me suis demandé à l'époque qui il était, et j'ai interrogé mon compagnon de l'époque. Avec qui étais-je ce jour-là ?

Nan réfléchit.

— Oh, ma mémoire commence à flancher, ajouta-t-elle.

— C'était il y a combien de temps ? demanda Doreen.

— Il n'y a pas si longtemps que ça. Vraiment pas longtemps.

— J'aurais vraiment besoin d'une description, fit remarquer Doreen.

— Il conduisait un beau pick-up. Ce n'est pas très utile, reconnut Nan. Il lui manquait un doigt. C'est ce qui m'a interpelée.

— Comment ça, il lui manquait un doigt ?

— Une main n'avait que quatre doigts, précisa Nan. Il a essayé de le cacher, mais il tenait son téléphone portable dans sa main droite, alors je l'ai vu clairement. Puis Ella m'a remarquée à proximité. Elle m'a regardée bizarrement pendant un moment. Puis, plus tard, elle m'a dit qu'elle apprécierait vraiment que je ne parle à personne de ce que j'avais vu.

Doreen se raidit.

— Je me demande si Nelly pourrait confirmer ce doigt manquant.

— Je ne pense pas que Nelly puisse confirmer quoi que ce soit pour l'instant. Elle n'est vraiment pas contente.

— *Génial*, râla Doreen. Je t'appelle plus tard, Nan.

Puis elle téléphona aussitôt à Mack, qui ne répondit pas. Alors, à tout hasard, elle appela Nelly.

Lorsque l'autre femme répondit, elle semblait épuisée.

— Est-ce que ça va ? l'interrogea Doreen.

— Oui, souffla Nelly. Je suis vraiment fatiguée maintenant. Ce n'était pas drôle.

— Mais étaient-ils plus gentils ?

— Oui. Pas très gentils, mais plus que la dernière fois.

Doreen leva les yeux au ciel.

— Il y a une limite à leur gentillesse.

— Je sais.

— Pouvez-vous me dire s'il manque un doigt à ce Bob Small ?

— Oh là là ! s'exclama Nelly. Oui, oui, tout à fait. J'avais oublié ça. Comment le savez-vous ?

— On se moque de comment je le sais. Savez-vous comment il l'a perdu ?

— Non, je ne me souviens pas d'en avoir entendu parler, répondit Nelly. Je ne me souviens même pas qu'on me l'ait dit.

— D'accord, ça ira. Et Ella, quand je l'ai vue une fois, avait les cheveux relevés. Est-ce que c'était une habitude chez elle ?

— Oui, elle les attachait souvent. Elle m'a aussi dit qu'il la préférait ainsi.

— Oh, c'est intéressant. Je me demande pourquoi.

— Je ne sais pas, mais elle a de belles boucles… *avait* de belles boucles.

Nelly se mit à sangloter.

— Oh, alors je me demande pourquoi il voulait qu'elle garde ses cheveux relevés, vu qu'il avait un faible pour les cheveux bouclés.

— Oui, mais elle m'a dit qu'il aimait qu'elle continue à le faire rien que pour lui.

Doreen grimaça et acquiesça.

— Merci.

Elle raccrocha, appela les animaux, les chargea immédiatement dans sa voiture et se dirigea vers le restaurant chinois de Gordon Street. Une fois sur place, Doreen se gara sur le parking et vérifia son portefeuille. Quinze dollars. Pas sûr que cela suffise pour acheter quoi que ce soit. Elle fronça les sourcils, réfléchit, entra et étudia le menu. Elle pouvait acheter quelques petites choses, mais pas plus. Elle se décida sur un plat simple à emporter. Son ventre se mit à gargouiller.

Le serveur lui sourit.

— On dirait qu'il est vraiment temps pour vous de manger.

Doreen opina du chef.

— La journée a été très chargée.

— Et les gens ont tendance à oublier de manger lorsqu'ils sont occupés.

— C'est vrai.

Elle lui sourit, tout en regardant autour d'elle.

— Je devais rencontrer quelqu'un dans le coin, mais je ne sais pas vraiment à quoi il ressemble. C'était un ami d'Ella.

Il se souvenait du nom, et une expression triste se dessina sur son visage.

— C'est dommage ce qui lui est arrivé.

— Vous la connaissiez ? s'enquit Doreen.

— Oui. Elle venait souvent ici. Elle va nous manquer.

Doreen ignorait si Ella leur manquerait à cause de son travail ici ou parce qu'ils étaient amis. Elle hésita, essayant de trouver comment faire avancer la conversation, puis annonça :

— J'essaie de rencontrer un de ses amis. J'aurais dû lui demander une photo avant. Mais…

Le serveur fronça les sourcils.

— Vous le rencontrez ici ?

— Oui, ils venaient ici tout le temps.

— Elle venait ici souvent, mais je ne connais pas ses amis.

— Si, il lui manque un doigt à la main droite, précisa Doreen. L'index.

— Oh, lui, s'étonna l'employé. C'est aussi un client régulier. Il s'appelle Troy.

— Troy ?

— Oui, je crois qu'il s'appelle Troy, peut-être. C'est quelque chose du genre, mais je ne suis pas sûr.

Il haussa les épaules.

— Je ne prends que les noms de famille, ajouta-t-il.

— Je suppose que vous connaissez son nom de famille, alors ? demanda la jeune femme en riant.

— Oui, Little… du moins, je crois.

— Ça ira. Vous l'avez vu dernièrement ?

— Il était là ce matin, mais je n'étais pas encore ouvert. Je lui ai dit de revenir un peu plus tard. Il sait qu'on n'ouvre pas trop tôt, mais j'étais un peu en retard ce matin, alors je me suis excusé auprès de lui. C'était un jour inhabituel.

— C'est vrai, je suis sûre qu'il n'était pas ravi.

Il haussa les épaules.

— Il n'était pas fâché pour autant. Je pense qu'il a été dérangé.

Elle acquiesça, comme si c'était logique, puis commanda son plat et demanda :

— A-t-il dit s'il reviendrait ?

Il secoua la tête.

— Non, mais il sera bientôt de retour. Je vais aller préparer votre commande, grommela le serveur, avant de la quitter en vitesse.

Elle s'assit, se demandant comment elle pourrait trouver ce Troy Little, s'il s'agissait d'un alias de Bob Small. Mais ce n'était pas comme s'il avait besoin d'une carte d'identité pour acheter chinois. Alors qu'elle était en train de réfléchir, elle se souvint soudain du gâteau dans son four.

Elle se redressa d'un coup, regarda sa montre et se rendit compte que l'alarme qu'elle avait programmée s'était déclenchée plus tôt, mais qu'elle avait coupé le volume de son téléphone. Elle fit grise mine. Il fallait qu'elle rentre chez elle dès qu'elle en aurait fini avec ça. Enfin, l'employé revint avec son plat, l'encaissa et lui sourit.

— Merci, dit-elle, prête à partir.

— Si je le vois, voulez-vous que je lui transmette un message ?

Doreen fronça les sourcils.

— Je suppose qu'il est inutile de laisser un message. Je m'arrangerai pour le rencontrer une autre fois.

Elle haussa les épaules.

— J'ai oublié que j'avais laissé un gâteau dans le four, se justifia-t-elle en levant les yeux au ciel. Il faut que j'y aille.

— Je lui dirai que vous êtes passée ! lança-t-il dans son dos.

La jeune femme grimaça, toutefois elle ne pouvait pas lui dire de ne pas prendre cette peine, car lui aussi deviendrait méfiant.

Chapitre 26

Doreen s'empressa de rentrer chez elle en grommelant. Elle se rua dans la cuisine et sortit le gâteau, qu'elle scruta. Une belle masse dorée bien gonflée, avec une petite fissure sur le dessus, mais elle était petite. Suivant la recette, elle enfonça un cure-dents et vérifia la cuisson au centre. Il semblait presque parfait, toutefois il était encore un peu mou. Elle le remit dans le four, relança le minuteur et soupira de joie. Elle posa son plat chinois, puis se dirigea vers la porte d'entrée, qu'elle avait laissée ouverte dans la panique. Ce faisant, elle entendit une voix. Elle fit volte-face et vit que quelqu'un était dans son salon, un sourire oisif sur le visage.

Elle le dévisagea.

— Bonjour ? lança-t-elle, avant de regarder autour d'elle. Où sont mes animaux ?

— Ils ont couru vers l'arrière de la maison quand vous avez couru vers le four, répondit-il, avec un sourire sincère. Alors je les ai laissés passer.

Elle ne le croyait pas. Les animaux étaient dans la voiture avec elle, et elle était rentrée dans la maison avec eux.

Ils ne seraient sûrement pas partis sans elle, mais s'il était resté près de la maison à l'attendre, et s'il avait même agi comme s'il y avait sa place, peut-être ? Elle n'en était pas sûre. C'est alors qu'elle entendit Mugs à la porte de la cuisine. Doreen marcha vers celle-ci, et l'inconnu l'interpela :

— Je ne ferais pas ça si j'étais vous.

Elle hésita, sachant exactement de qui il s'agissait maintenant.

— Pourquoi pas ? demanda-t-elle, tout en tendant la main vers la porte.

Un pistolet apparut comme par magie dans la main de l'intrus, toutefois elle avait ouvert la porte d'un coup sec. Mugs entra en trombe et fixa l'homme. Le chien émit un grognement du fond de sa gorge, mais ne s'approcha pas. Il était plus perplexe qu'autre chose.

— Oui, moi aussi je suis déboussolée, mon grand.

Doreen pivota vers l'homme au pistolet.

— Que faites-vous ici, et qui êtes-vous ?

— C'est marrant que vous n'ayez pas demandé d'abord *qui* je suis, mais vous devenez pénible.

La jeune femme se raidit et le foudroya du regard.

— Vous pensez être le premier à me dire ça ?

— Oh non, je suis persuadé que beaucoup de gens vous l'ont déjà dit. Je me suis renseigné, et en général, on pense du bien de vous, mais vous êtes une *fouineuse*. Et je ne veux pas d'une fouineuse dans mon monde.

Elle hocha lentement la tête.

— Pourtant, vous avez dû tuer Ella ?

Il haussa les sourcils, dévisageant Doreen.

— Vous en savez juste assez pour être dangereuse.

— Oh, j'en sais bien plus qu'il n'en faut pour être dangereuse, déclara-t-elle calmement, tout en l'étudiant, essayant de comprendre ce qu'elle était censée faire de lui.

En même temps, elle s'inquiétait du gâteau dans le four.

C'était vraiment stupide. Ce dont elle avait besoin, c'était Mack, mais elle ne lui avait pas dit ce qu'elle avait fait. Quelle surprise !

Une fois de plus, elle cherchait Mack pour la tirer d'affaire. Elle regarda les animaux, dont Thaddeus qui entrait, observant le nouvel arrivant.

— Thaddeus est là. Thaddeus est là.

L'étranger le regarda fixement.

— Un perroquet qui parle ? s'étonna-t-il.

— Oui, voici Thaddeus.

— Salut, Thaddeus. Tu es un sacré personnage, non ?

Thaddeus l'avisa, inclina la tête, puis répéta :

— Thaddeus est là.

Bob, Troy ou n'importe qui d'autre se demandait probablement pourquoi son langage semblait de plus en plus simple, alors qu'elle savait que Thaddeus pouvait s'exprimer de façon plus complexe. Néanmoins, il se passait quelque chose entre tous les animaux parce qu'ils regardaient ce type, comme s'ils comprenaient que quelque chose était différent chez lui. Ils avaient certainement vu beaucoup de méchants ces derniers temps, mais, même aux yeux de Doreen, quelque chose chez celui-là lui donnait des frissons dans le dos.

Son téléphone se trouvait dans la cuisine, or elle ne pouvait pas l'atteindre facilement. C'est alors que le minuteur de son téléphone se déclencha. Elle se dirigea vers le four, attrapant son téléphone au passage pour éteindre la minuterie, avant de lancer le dictaphone, ignorant les cris de Bob qui lui demandait de faire taire son téléphone. Il la suivit dans la cuisine, tandis que Mugs tournait autour de sa maîtresse, toujours incertain de la situation.

— Mettez-le en silencieux, insista-t-il.

Elle souffla, mais obtempéra. Puis elle retourna au four.

— Qu'est-ce que vous faites, bon sang ? lui demanda l'homme armé.

Doreen le fusilla du regard.

— J'ai fait mon premier gâteau aujourd'hui, répondit-elle en désignant une manique. Et même vous, vous ne le gâcherez pas.

Il était bouche bée.

— Vous voyez mon flingue, non ?

Elle haussa les épaules.

— Oui, et alors ?

Elle se pencha, ouvrit le four et en sortit lentement le gâteau. Elle l'observa, avant de se tourner vers l'intrus d'un air enjoué.

— Regardez. C'est le premier que j'ai fait de ma vie.

Il la regarda avec confusion.

— Comment se fait-il que vous n'en ayez jamais fait avant ?

— Eh bien, disons que je n'avais pas de vie avant.

Elle lui adressa un regard noir.

— Et quelqu'un comme vous ne m'enlèvera pas ce que j'ai.

Elle éteignit le four, en ferma la porte et posa le moule sur la grille qu'elle avait sortie.

— Qu'est-ce que vous faites maintenant ? demanda-t-il.

Sa voix était à la fois exaspérée et confuse.

— J'essaie de savoir si je dois le sortir du moule tout de suite ou le laisser refroidir d'abord, reconnut la jeune femme.

— Laissez-le refroidir, conseilla-t-il.

— Vous croyez ? Je ne veux pas qu'il s'effrite.

— Vous devez le laisser reposer un moment, afin que tout tienne.

— Et si j'attends et qu'il colle au moule ?

— Vous avez chemisé le fond, avec de l'huile par exemple ?

— Oui, acquiesça Doreen.

— Retournez-le, mouillez un torchon avec de l'eau froide, posez-le sur le fond exposé du moule, et ça vous aidera à la démouler.

— Vous pensez vraiment que ça va aider ? marmonna-t-elle.

Elle regardait le moule avec surprise, se demandant ce qu'elle devait faire. Elle en conclut qu'il en savait peut-être plus qu'elle, même si ce n'était pas la bonne information. Elle passa un torchon sous l'eau froide et s'en servit pour frotter délicatement le dessous du moule. Un sifflement étrange la fit grimacer.

— Vous avez intérêt à avoir raison. Je ne serai pas contente si vous gâchez tout, gronda-t-elle.

Il pouffa.

— Vous êtes incroyable.

— Pas moi, *vous*. Vous tuez et restez impuni pendant des décennies, puis vous revenez en ville, que vous ayez vécu ici ou non. On vous a sûrement vu. Ensuite, vous recommencez à assassiner des gens. C'est quoi votre problème ?

Il la fusilla du regard.

— Vous ne savez rien de rien.

— Hinja est morte. Que vous l'ayez tuée ou non, je n'en sais rien. Ella est morte, et, selon moi, vous êtes sûrement coupable d'une demi-douzaine d'autres meurtres.

Il la dévisagea, avant de secouer la tête.

— Vous ne comprenez pas.

— Non, je ne comprends pas, admit Doreen. Je continue à espérer que vous m'expliquiez, mais il y a de fortes chances que vous n'en fassiez rien.

— Et pourquoi ? l'interrogea-t-il, encore plus dérouté.

— Beaucoup de gens aiment expliquer ce qu'ils ont fait lorsqu'ils se font prendre, mais je pense que vous êtes plutôt du genre à vous taire.

Il haussa les épaules.

— Je n'ai jamais vraiment vu l'intérêt de m'épancher.

— C'est ce que je pensais. Que vous resteriez silencieux, que vous n'expliqueriez rien. C'est vraiment frustrant.

— Et je me soucie de votre frustration, pourquoi ? demanda-t-il avec un rire amer.

Ce fut cette amertume qui la poussa à se tourner vers lui.

— Admettez-vous avoir tué toutes ces jeunes filles ?

Il opina lentement du chef.

— Ce n'est pas comme si vous alliez vous en sortir vivante, alors oui. Je reconnais avoir tué toutes ces jeunes filles il y a des années. Je n'ai tué personne récemment.

Elle lui adressa un regard perçant, puis éclata de rire.

— Vraiment ? Et Ella, alors ?

Il répondit par un regard noir.

— Vous ignorez tout.

— En effet, mais c'était une femme charmante.

— Et vous pensez que je l'ai tuée, s'esclaffa-t-il.

— Et Hinja ?

— Je l'aimais aussi, avoua-t-il, même si les choses n'ont jamais été tout à fait les mêmes après qu'elle fut devenue si méfiante.

— C'est parce que vous avez tué sa nièce, riposta Doreen.

Il la fusilla du regard.

— La nièce n'aurait pas dû avoir les cheveux frisés.

Doreen se frotta les tempes.

— *D'accord,* donc tous ceux qui ont des cheveux frisés

sont à blâmer, c'est ça ? Et toutes les femmes qui ont bouclé leurs cheveux avec un fer à friser ?

Il haussa les épaules.

— J'ai longtemps eu un problème avec les cheveux frisés, mais j'ai arrêté de tuer. J'ai décidé que je devais arrêter, et peut-être que je pourrais avoir une vie différente.

— Et vous voulez me faire croire que vous avez changé ? s'étonna la jeune femme.

L'intrus la foudroya de nouveau du regard.

— Je me moque que vous me croyez ou non. J'ai changé.

Elle ne s'attendait pas à entendre cela.

— Wouah.

Elle se dirigea vers une chaise de la cuisine, son téléphone à la main, appuyant distraitement sur la fonction rappel, avant de le jeter sur la table, écran vers le sol.

— Alors, si vous avez l'intention de changer vos habitudes, je suppose qu'une femme est impliquée.

— En effet. Du moins, il y en avait une.

Doreen se renfrogna.

— Vous parlez d'Ella ?

— Je l'aimais vraiment, vous savez ?

— Si vous l'aimiez… pourquoi est-elle morte ?

— Parce que ça n'a pas plu à quelqu'un que je l'aime.

Doreen siffla.

— *OK*, mais je ne comprends toujours pas.

Il haussa les épaules.

— Vous n'avez pas besoin de me comprendre. Je dois vous mettre hors d'état de nuire parce que je ne veux pas gâcher cette nouvelle vie que je me suis créée.

— Et l'amour de votre vie, Ella ?

— J'ai eu la chance de tomber amoureux plusieurs fois

dans ma vie, nota-t-il. Toutes ont vécu ici.

— Et Hinja ?

— Je l'ai connue il y a longtemps. Et vous avez raison. Elle ne vivait pas ici, mais elle y a vécu pendant un certain temps. J'ai essayé de me remettre avec elle, mais elle n'était pas très intéressée. Et, bien sûr, je n'ai pas pu la rassurer au sujet de sa nièce parce que, eh bien, je l'ai tuée.

Il haussa de nouveau les épaules.

— Mais j'ai changé, insista-t-il.

— Et personne ne vous croira, déclara Doreen. Surtout suite à votre récente folie meurtrière.

— Pas maintenant.

— Vous pensez que je vais vous croire ?

— Je me fiche que vous me croyiez ou non, cingla-t-il. Ce n'est pas grave si vous ne me croyez pas. Je ne suis pas là pour m'expliquer avec vous.

— Non, mais ce serait bien si je comprenais ce qu'il se passe.

Il la fusilla du regard.

— Et c'est exactement pour ça que je suis là. Vous êtes trop curieuse. Il faut vous arrêter.

— C'est ce que vous faites de toute façon, n'est-ce pas ? Arrêter les gens ? Vous causez naturellement des problèmes.

— C'est faux !

Elle haussa les épaules.

— On dirait bien pourtant.

— Non. Je suis clean depuis de nombreuses années. Pourquoi pensez-vous qu'il n'y a pas eu une autre vague de meurtres ?

— Je me suis posé la question. Je me suis demandé si vous étiez en prison. Je me suis posé toutes sortes de questions.

— Aujourd'hui, je veux être pacifique.

— Je vois. Cependant, Hinja est morte.

— Je ne l'ai pas tuée. Je me suis rendu sur sa tombe et j'y ai passé du temps, j'ai essayé de lui parler, de lui faire savoir que j'étais désolé. Je suis sûr qu'elle est là-bas en ce moment, en train de parler à sa nièce, dit-il en faisant un geste dédaigneux de la main. Elles m'attendront probablement toutes quand ce sera mon tour. Cette théorie a tendance à m'empêcher de dormir la nuit.

— Vous vous attendez à ce qu'elles pensent différemment ?

Il ricana.

— Honnêtement, je n'y ai pas pensé.

Doreen ne savait que faire de cette révélation.

— Et maintenant que vous savez qu'elles pourraient vous attendre là-bas, c'est ce qui vous a fait tourner la page ?

— Je ne sais pas si quelqu'un m'a forcé à le faire. J'ai certainement essayé de tout changer à cause de quelqu'un à qui je tenais.

— Vous l'avez déjà dit, et c'est aussi un peu déconcertant.

— Ça ne devrait pas. D'ailleurs, je n'ai pas tué Ella, avoua-t-il avec beaucoup de difficulté. Même si je suis persuadé que tout le monde rejettera la faute sur moi.

— C'est sûr, confirma Doreen. Je veux savoir ce qu'il s'est passé.

Il soupira.

— Je suis tombé amoureux. Après toutes ces années, je crois que j'étais plus pris par la haine que par l'amour, et puis, quand je suis tombé amoureux, tout a changé pour moi. J'ai été amoureux d'Ella pendant des années, mais, au lieu de s'estomper, mon amour s'est approfondi avec le temps.

— Pourquoi êtes-vous encore là ?

— Je ne veux pas que vous gâchiez ce que j'ai.

— Et qu'avez-vous ?

— Je vous l'ai dit, s'exaspéra-t-il. J'ai enfin trouvé la paix, et je ne veux pas que vous gâchiez tout.

— J'ai compris. Et tous les gens que vous avez tués ?

— Je n'ai tué personne récemment, répéta-t-il.

Doreen le regarda fixement. Il sourit et haussa les épaules.

— Vous ne comprenez vraiment pas, je me trompe ? s'enquit-il.

— Non, je ne comprends pas du tout.

— Ce n'est pas moi qui tue à présent.

Elle l'avisa avec horreur.

— Vous voulez dire qu'il y a un autre meurtrier ? s'écria-t-elle en secouant la tête. Pitié, non.

Il acquiesça lentement et se mit à rire.

— Tout le monde était tellement concentré sur moi en tant que principal suspect que personne n'a pensé à chercher quelqu'un d'autre, expliqua-t-il. Et c'est drôle. Je ne m'en souciais pas vraiment jusqu'à ce que ça devienne un problème. Et maintenant, c'est un problème.

L'hilarité quitta son visage.

— Je ne suis toujours pas sûre de comprendre.

— Bien sûr que non, s'emporta-t-il, lui crachant pratiquement au visage, parce que vous voyez ce que vous vous attendez à voir.

La jeune femme resta plantée là, à le dévisager, puis hoqueta.

— Mon Dieu. C'est elle, c'est ça ?

— C'est elle, se réjouit-il, les sourcils relevés. Je vois que vous comprenez peu à peu. Même si vous n'êtes pas vraiment la plus brillante.

— Je ne cherchais pas à l'être, concéda-t-elle d'un air hébété.

— Vous auriez dû, gronda-t-il. C'est un tour de passe-passe typique.

— Oh mon Dieu, souffla Doreen en le regardant fixement, tandis qu'elle comprenait lentement. Et personne ne le sait, n'est-ce pas ?

— Non, à moins que vous ne l'ayez découvert, fit-il, et il vous a fallu du temps pour y parvenir. Par conséquent, je ne pense pas que quelqu'un d'autre le sache non plus.

Elle secoua le menton, encore sous le choc. Elle se frotta la tête.

— Nelly a tué Ella, c'est ça ?

Bob opina lentement.

— Et pourquoi ? l'interrogea-t-il, comme s'il s'adressait à un de ses élèves préférés.

Elle le scruta, détestant que cette autre femme l'ait dupée. Puis elle comprit.

— Parce que vous aimiez Ella ?

Il hocha de nouveau la tête lentement.

— Ella a toujours été la seule. Ella était la bouée de sauvetage de mon monde. Bien sûr, je suis d'abord sorti avec Nelly, mais une fois que j'ai vu Ella, eh bien, c'était fini. Seulement, Nelly n'a pas bien accepté le changement.

Il haussa les épaules et continua.

— Que voulez-vous ? Ella était comme une âme sœur, même si je dois admettre qu'à bien des égards, Nelly me ressemblait davantage. Il m'a fallu beaucoup de temps pour m'en rendre compte. Je suis resté avec Ella jusqu'à ce que j'aie besoin de passer à autre chose, puis je suis revenu. Elle a eu d'autres amants. Certains que je pouvais accepter, d'autres pas. Finalement, avec l'âge, j'ai pris conscience que je devais laisser tomber ce hobby, cette obsession, ce besoin, surtout si je voulais un avenir avec Ella. Elle m'avait clairement fait comprendre qu'elle ne resterait pas avec moi tant que je m'occuperais de mon hobby. Elle n'a jamais su les détails, mais je pense qu'elle s'en doutait. Ce moment n'arrivera pas maintenant. Nelly était une épine constante dans mon pied. Pour Ella aussi.

— Nelly savait pour vous et votre *hobby*, n'est-ce pas ?

— Oui, et elle a passé toutes ces années à terrifier Ella en lui disant qu'elle serait la prochaine sur la liste, avant de la rendre jalouse en lui disant qu'elle m'arracherait à nouveau à sa sœur.

— Et vous pensez que Nelly a tiré sur sa sœur ?

— C'est elle, croyez-moi. Pour moi, elle sera ma dernière victime.

Doreen l'observa, choquée.

— Pourquoi voulez-vous la tuer ?

— Parce que c'est elle qui a tué l'amour de ma vie, vociféra-t-il, le regard noir. C'est si difficile à comprendre ?

— Pas du tout, convint-elle. Pourtant, si vous y réfléchissez, vous avez tué autant de femmes dans votre vie, et elles avaient toutes quelqu'un qui les aimait.

— Oui, mais elles ne faisaient pas partie de *ma* vie, donc ça n'a pas d'importance.

Elle essayait encore de se faire à cette logique et à l'idée que Nelly avait tué sa propre sœur. Elle demanda :

— Avez-vous quelque chose à voir avec la mort d'Hinja ?

— Non. Mais Nelly oui, selon moi. Elles étaient amies depuis un moment. Ella m'a raconté que Nelly et Hinja s'étaient disputées, mais que Nelly avait envoyé à Hinja une collection de thés en vrac pour s'excuser, car elles vieillissaient toutes les deux et Nelly ne voulait pas avoir ça sur la conscience. Je ne serais pas du tout surpris qu'elle ait empoisonné l'un des thés. Ce n'est pas comme si quelqu'un avait fait une autopsie ou soupçonné un acte criminel. Le fait qu'elle soit morte dans un endroit différent a permis à Nelly d'avoir un alibi irréfutable, même si quelqu'un avait eu des soupçons sur sa mort.

Il haussa les épaules.

— J'ai aimé Hinja aussi, il y a de nombreuses années, mais ce n'était pas comparable à ce que je ressentais pour Ella, maugréa-t-il. Et je sais que les gens n'auraient pas compris. Ella ne comprenait même pas. Elle n'arrivait pas à comprendre pourquoi elle ne m'avait pas dénoncé plusieurs fois, et ça la tourmentait, mais elle n'est jamais passée à l'acte. Elle était également au courant de ma relation avec Nelly, et ça la dérangeait aussi. C'est pourquoi elle l'a gardée à Rosemoor, où elle pouvait la surveiller. Elles se faisaient constamment chanter l'une l'autre. Tu parles d'une famille dysfonctionnelle !

C'était un humour grossier.

— Donc Ella faisait chanter Nelly ? s'enquit Doreen.

— Oui, et puis Nelly a fait chanter Ella, et quand Nelly a découvert qu'Ella avait laissé son téléphone chez elle, les choses se sont envenimées. On allait à Vancouver pour le week-end, mais elle avait oublié son téléphone. Sauf que je ne le savais pas. Quand elle a atterri, on a passé le week-end ensemble. Quand elle est revenue chez elle, je l'ai appelée, mais je n'ai eu personne, jusqu'à ce que Nelly réponde et qu'elle comprenne ce qu'il se passait.

— Elle a ensuite retrouvé sa sœur à l'aéroport et l'a abattue, ajouta Doreen. La question est de savoir comment elle a pu trouver une arme ?

Bob hésita.

— C'était un pistolet que j'avais donné à Ella pour sa propre protection. Et croyez-moi. Je me sens encore plus mal.

— Laissez-moi résumer. Vous avez eu une relation avec Nelly. Vous avez eu une relation avec Hinja. Vous avez eu une relation avec Ella, et pourtant vous avez tué toutes ces autres femmes.

— Je ne peux pas considérer l'unique rendez-vous avec Nelly comme une relation, protesta-t-il. C'était dans sa tête.

— Vous pensez vraiment que ça fait une grande différence, compte tenu du nombre de personnes que vous avez abattues ?

— J'ai pensé que ça pourrait.

— Je ne suis pas sûre que ce soit le cas. La police aimerait beaucoup clore tous les dossiers de personnes disparues et obtenir beaucoup de détails de votre part, mais le fait que toutes ces femmes aient été impliquées avec vous pendant que vous tuiez d'autres femmes…

— Hinja a commencé à se méfier quand j'ai tué sa nièce, déclara Bob, les sourcils froncés. Je n'aurais pas dû faire ça. Ce meurtre m'a toujours dérangé. Je n'ai jamais tué quelqu'un de proche d'une des femmes que je côtoyais.

Elle le regarda fixement, alors qu'il avait l'air si contrit, si calme.

— J'ai du mal à le croire, dit-elle. Vous avez eu la chance d'avoir une bonne vie et d'être libre, alors pourquoi êtes-vous ici, à Kelowna ?

— J'étais ici parce qu'Ella et moi passions beaucoup de temps ensemble, mais on devait rester discrets. C'est pourquoi je suis allé à Vancouver pour essayer de trouver un logement où on pourrait vivre. Ella essayait de faire la paix avec sa sœur, pour qu'elle puisse venir me rejoindre, et vous savez ce qu'il s'est passé ensuite.

— Et Nelly était-elle seulement jalouse ? demanda-t-elle. Est-ce qu'elle vous voulait pour elle toute seule ?

Doreen avait du mal à le croire.

— Je ne pense pas. Je pense que c'était plus une question de contrôle et de sabotage du bonheur d'Ella. Et du mien. Ella est morte, et je ne peux rien y faire, mais je n'ai pas l'intention de passer le reste de ma vie en prison, et je n'ai pas non plus l'intention de voir cette femme qui a tué Ella s'en tirer à bon compte.

— Et vous dites qu'elle a peut-être aussi tué Hinja parce qu'elle a compris qu'elle était aussi votre petite amie ?

— C'est ce que je pense, oui. Vous devriez donc consacrer votre énergie à prouver ce qu'elle a fait, et non ce que j'ai fait.

— Honnêtement, je devrais consacrer mon énergie à vous deux. Comment pouvez-vous penser que ces meurtres sont acceptables ? Ou pourquoi pensez-vous que Nelly devrait payer et pas vous ? Je ne comprends pas.

Il haussa les épaules et esquissa un petit sourire.

— Tout me paraissait acceptable, jusqu'à ce que je tombe amoureux. Ella savait qui j'étais, à l'intérieur comme à l'extérieur, mais elle est quand même tombée amoureuse de moi, et c'est finalement ce qui m'a changé.

— Pourtant, vous êtes resté avec elle pendant des années et vous n'avez jamais changé. Pourquoi maintenant ?

Doreen avait vécu un mauvais mariage, et beaucoup de gens la regardaient avec dégoût pour ce qu'elle avait toléré trop longtemps, même si elle avait fini par s'éloigner de Mathew. Pourtant, en voyant ces deux sœurs qui avaient été si étroitement liées l'une à l'autre et à Bob, il était évident que leur relation ne ressemblait pas à celle de Doreen et Mathew.

— Vous n'obtiendrez plus rien de Nelly. Du moins, je ne le pense pas.

Il consulta sa montre, haussa les épaules et nota :

— Ça devrait être fini à présent.

Doreen le dévisagea, éberluée.

— Vous l'avez tuée ?

— Non, je n'ai pas eu à le faire. Nous avons eu une longue discussion et il a été décidé qu'elle ferait quelque chose elle-même.

— Comment avez-vous pu avoir une longueur conversation ?

— Au téléphone, répondit-il. J'avais dissimulé le poison plus tôt. Donc, si elle a décidé de le prendre, il ne reste plus qu'un petit fil à couper. *Vous.*

— Votre parole contre la sienne, souligna Doreen.

— Tout à fait, convint-il, avec un sourire. J'ai écrit tout ce que j'ai fait dans ma vie et j'avais l'intention de m'occuper de cette affaire après m'être occupé de vous.

Il jeta un coup d'œil à la petite cuisine.

— Mais, en y réfléchissant, je me dis qu'il vaut peut-être mieux que je n'en fasse rien.

Son regard dégageait une expression étrange.

Doreen afficha une mine perplexe.

— Oui, vous avez raison. Ce serait mieux si vous ne faisiez rien.

Il lui lança un regard mauvais.

— Comme ça, vous pourrez dire la vérité.

— En effet, surtout si vous me donnez une copie de ce que vous avez écrit.

Elle s'interrogeait encore sur la tournure soudaine des événements, ignorant si elle pouvait lui faire confiance ou non.

— Qu'avez-vous l'intention de faire ? le questionna-t-elle.

— Ma vie ne sera plus amusante sans Ella. Au début, je pensais partir et essayer d'être heureux à nouveau, sans elle, mais…

Il se tourna vers Doreen et haussa les épaules.

— Je ne pense pas que je puisse être heureux sans elle.

— S'il vous plaît, ne vous suicidez pas, l'implora-t-elle.

— Comment savez-vous que j'y pensais ?

— Votre façon de parler, mais ce n'est pas nécessaire.

Il lui lança un regard.

— Après tout ce que j'ai fait, vous pensez que la prison sera agréable ?

— Mais vous serez vivant.

— Je serai en isolement pour le reste de ma vie. Ce n'est pas ce que je veux non plus.

Elle essayait de penser vite, toutefois c'était si difficile. Tout bougeait autour d'elle, comme une bulle sur le point d'éclater.

— Vous voulez une part de gâteau ? proposa-t-elle aussitôt.

Il pouffa, regarda le gâteau et se mit à rire.

— Non, mais j'ai un cadeau pour vous. Je viens de le décider.

Il sortit de sa poche arrière un petit carnet noir, qu'elle avait toujours considéré en plaisantant comme le petit calepin noir d'un homme contenant les numéros de téléphone d'un grand nombre de femmes. Il le lui tendit avec précaution.

— Ça vous servira.

— Vraiment ? s'enquit-elle, d'un air hésitant, en prenant le carnet.

Il lui adressa un regard mauvais.

— Même si ça ne vous sert pas, ça servira aux flics. Vous n'aurez aucune compassion pour moi ou pour les femmes de ma vie. Je ne sais pas comment j'en suis arrivé là, mais il ne me reste plus beaucoup d'années à vivre. J'espérais les passer avec Ella. Mais comme ça m'a été enlevé, je ne sais pas ce que je ferai d'autre.

Doreen secoua la tête.

— S'il vous plaît, ne faites rien de stupide.

Il lui lança un dernier regard et poussa la porte de la cuisine. Les animaux s'agitèrent de nouveau. Mugs commença à aboyer. Bob les avisa et dit à l'attention de Doreen.

— Retenez-les, sinon je leur tirerai dessus.

Elle appela immédiatement ses animaux. Et quand elle releva la tête, il n'y avait plus aucune trace de lui. Elle se précipita sur la terrasse, mais il n'était plus là. Alors qu'elle courait vers la rivière, elle entendit quelqu'un lui crier dessus. Elle fit volte-face et c'était Mack qui se ruait sur elle, un air de terreur sur le visage.

Alors qu'il courait vers elle, les policiers se déployèrent derrière lui. Mugs courut pour l'accueillir et le fit trébucher, envoyant Mack à terre. Jurant abondamment, il se releva et avisa Mugs, qui se roulait joyeusement sur le sol à l'endroit où se trouvait Mack. Doreen courut vers le caporal, l'entoura de ses bras et déclara :

— Il était là. Bob Small était là.

Elle fit un signe de la main en direction de la rivière.

— Il est parti par là-bas.

Les hommes se dispersèrent sur-le-champ.

— Ils ne le trouveront pas, marmonna-t-elle.

— Pourquoi pas ? s'enquit Mack. Et pourquoi t'a-t-il laissé la vie sauve ?

— Tu ne vas pas y croire. Tu ne vas *vraiment* pas y croire.

Il s'affaissa sur place, ses bras se resserrant autour d'elle.

— Dis toujours.

— Tu dois aller voir Nelly, parce qu'elle a tué Ella.

Mack l'observa d'un air choqué.

— Selon Bob Small, il a laissé du poison à Nelly pour qu'elle s'en occupe elle-même.

— Oh, mon Dieu, je ne veux même pas te laisser seule ici.

Il retourna dans la cuisine, s'arrêta devant le gâteau, puis se tourna de nouveau vers Doreen.

Elle arbora un large sourire.

— Toute première fois, et je l'ai fait toute seule.

Il rit.

— Je reviens, lança-t-il avant de partir.

Elle sortit sur sa terrasse, écoutant les flics courir autour de la zone, à la recherche du fugitif. Mugs, Thaddeus et Goliath s'assirent à côté d'elle, tandis qu'elle observait la scène. Elle pencha la tête vers eux et déclara :

— Au moins, cette fois, personne n'a été blessé.

Presque immédiatement, elle entendit un coup de feu.

Elle grimaça lorsqu'elle vit Arnold s'approcher d'elle, le visage sombre. Elle comprit.

— Je suppose que vous l'avez trouvé, *hein* ?

Il opina du chef.

— Il a pointé l'arme sur son cou et a pressé la détente, quand il nous a vus nous rapprocher. Bon sang, ce n'est pas comme ça que notre journée était censée se dérouler.

Le policier darda un regard accusateur sur elle.

Elle se renfrogna.

— Je suis désolée. Mais ne me regardez pas avec ces yeux accusateurs. La seule consolation, c'est que le mort s'appelait Bob Small.

Arnold s'arrêta dans son élan et demanda :

— Le tueur en série ?

Elle hocha lentement la tête.

— Oui, *ce* tueur en série.

— Mon Dieu, et vous allez bien ?

— Je vais bien.

Il la fusilla du regard.

— Quoi ? Pourquoi ? Comment ?

Elle leva les deux mains.

— Est-ce trop de penser que quelqu'un n'a peut-être pas voulu me tuer ?

— Oui, c'est trop. Tout le monde veut vous tuer.

Et sur ce, il secoua la tête.

— Je dois retrouver le médecin légiste et une autre équipe. On a beaucoup de travail médico-légal à entamer.

Comme si c'était de sa faute, il lui lança un nouveau regard noir, avant de s'élancer à l'angle de la maison.

Le téléphone de Doreen sonna dix minutes plus tard, et elle sut qui c'était.

— Qu'est-ce qu'il s'est passé ? demanda-t-elle à Mack. Est-ce que Nelly est déjà morte ?

— En effet, confirma-t-il, la voix lourde. Je suis désolé.

— Oui, moi aussi. Tu dois savoir qu'elle a probablement tué Hinja avec du thé empoisonné, et qu'elle a tué Ella avec l'arme que Bob Small avait donnée à cette dernière pour se protéger, et, oui, je dois faire une nouvelle déposition.

— Parfois, je me dis qu'il faut mettre toute ta maison sur

écoute, bougonna-t-il.

— Mon téléphone enregistrait pendant que j'essayais de t'appeler, donc je ne suis pas sûre de savoir comment ça a fonctionné.

— Je pense que ça a marché. Ça enregistre toujours, mais je ne sais pas ce qu'il adviendra du reste du message.

— C'est à toi de le découvrir. Au fait, le gâteau est pour ton anniversaire.

— Tu es en train de me dire que je ne peux pas en manger un morceau maintenant ? s'indigna-t-il.

— Tu n'es pas là, répliqua-t-elle, ce n'est donc pas un problème. Au fait, je crois que Bob Small s'est suicidé.

Sur ce, elle raccrocha. Riant encore, mais surtout soulagée, elle se leva et lança une cafetière. Le temps qu'il finisse de couler, elle savait que Mack serait là.

Enfin, peut-être pas, sachant qu'il devait s'occuper de Nelly à présent.

Doreen resta silencieuse un long moment, s'interrogeant sur la folie d'une telle rivalité entre sœurs.

Quand Nan appela, cette dernière s'écria :

— Mon Dieu, Doreen, que s'est-il passé ? Ça grouille de policiers ici.

— Nelly est morte, annonça sa petite-fille.

Nan éclata en sanglots. Doreen lui laissa un moment, puis ajouta :

— Je déteste dire ça, mais Nelly a probablement tué Hinja et Ella.

— Quoi ? se récria Nan. C'est impossible.

— Je ne pensais pas que la mort d'Hinja était suspecte, mais selon Bob Small…

— Oh mon Dieu… tu as parlé à Bob Small ? Maintenant, tu dois tout me dire.

— Je te dirais bien de venir prendre le thé, mais tu ne peux pas parce que la rivière est bloquée. Des équipes médico-légales arrivent ici.

Doreen se tint au bord du ruisseau, regardant vers la maison de Nan.

— Et les flics seront bientôt chez moi aussi. Alors, patience.

— J'attends un rapport complet plus tard, décréta Nan.

— Promis. Je dois d'abord faire une déposition à la police, donc pas avant demain.

Elle raccrocha.

Doreen se dirigea lentement vers sa maison. Lorsqu'elle entra, Mack était en train de servir du café.

Il la regarda et souffla :

— On a beaucoup de choses à se dire.

Elle grimaça et acquiesça. Puis elle vit l'énorme part de gâteau qu'il tenait dans sa main.

— Tu ne peux pas le manger ! s'écria-t-elle. C'est ton gâteau d'anniversaire. Et ce n'est pas encore ton anniversaire.

— Bon, un gâteau d'anniversaire en avance alors, dit-il en lui adressant un large sourire.

Il se pencha vers elle, l'embrassa tendrement et ajouta :

— Joyeux anniversaire à moi.

Mack mordit voracement dans le morceau de gâteau.

Épilogue

Début octobre…

DOREEN AVAIT PASSÉ des jours à faire des dépositions, tandis que la police essayait de mettre les choses au clair, en alignant les vols où Ella avait rencontré Bob Small à Vancouver, en recherchant les hôtels où il avait séjourné, en confirmant l'histoire de Bob, en déterminant où il séjournait en ville et en trouvant l'appartement qu'il avait loué sous son nom d'emprunt de Troy Little. Des jours à éplucher son petit calepin noir avec les noms et les dates de toutes ses victimes. Puis Doreen eut besoin de quelques jours de repos.

Lorsque Mack passa le vendredi suivant, il s'assit sur la terrasse à côté d'elle.

— Le capitaine veut savoir si tu as fini de faire des ravages.

Elle grimaça.

— Il sait que je ne le fais pas exprès, n'est-ce pas ?

— Il le sait, reconnut le policier avec un sourire. On jouit d'une certaine notoriété après avoir résolu toutes ces affaires. Cependant, l'arriéré et le nombre de juridictions et de provinces impliquées sont insensés. De nombreux dossiers sont en cours d'examen de part et d'autre de la frontière, principalement dans les États de Washington et de l'Oregon.

— Oh, aïe. Alors, on se retrouve aussi avec toutes ces belles subtilités transfrontalières, *hein* ?

— Le gouvernement provincial est en train de former un groupe de travail pour examiner chacun des meurtres de Bob Small afin de s'assurer que tous ceux qu'il a tués obtiennent justice et que toutes les familles obtiennent des réponses à ce qu'il s'est passé. Donc, même si ce ne sera pas un travail facile, ce sera un travail approfondi.

Mack secoua la tête et ajouta :

— Que Bob Small avait un carnet et qu'il t'ait laissé cette preuve ? C'est ce qui surprend tout le monde. Je ne comprends toujours pas pourquoi il ne t'a pas tuée.

— Moi non plus, admit-elle calmement. Il en avait l'intention. Il avait une arme sur lui et la pointait sur moi. Je pense que c'est pour ça qu'il était là, qu'il avait l'intention de le faire, mais ensuite… je ne sais pas. Quelque chose à propos de la préparation de ton gâteau d'anniversaire, peut-être…

Mack la regarda avec surprise.

Elle haussa les épaules.

— Je sais. Ça n'a aucun sens.

— Non, mais il peut s'agir de quelque chose d'aussi simple qu'une glace qui fond dans le véhicule et qui empêche une femme déprimée de sauter d'un pont et de se suicider. Les petites choses de la vie peuvent déclencher un interrupteur et provoquer quelque chose, de bien ou de mal.

— Quelque chose à propos de ce gâteau. Je ne me souviens pas de tout. Je lui ai dit que c'était le premier que je faisais et que j'en étais très fière, et c'est lui qui m'a dit comment le sortir du moule.

Il la dévisagea et se frotta lentement le visage.

— Bon Dieu, murmura-t-il.

Doreen lui tapota la main.

— Maintenant que tu as déjà mangé ton gâteau d'anniversaire…

Il éclata de rire.

— Je n'ai pas non plus profité de ma journée d'anniversaire cette année, grâce à toi, fit-il remarquer. Ensuite, tu me dis que le gâteau que tu as fait pour moi, pour la première fois, c'est un tueur en série qui t'a aidée à le faire…

— Il m'a aidée à le démouler, corrigea-t-elle. Pour qu'il ne se casse pas et ne colle pas au moule.

— OK, donc suite à toute cette folie, on a repoussé ma célébration tardive à ce soir – au cas où tu ne l'aurais pas réalisé.

Doreen fronça les sourcils.

— Mais je t'ai déjà fait un gâteau.

— Tu veux dire que tu ne m'en as pas préparé un autre ? s'étonna-t-il en simulant l'horreur, avant de sourire. Il était vraiment très bon. Tu as fait du bon travail.

— C'était mon premier gâteau, marmonna-t-elle, et il se pourrait bien que ce soit le dernier. Alors, n'espère pas en avoir d'autres.

— Je n'en serais pas si sûr, répliqua-t-il en riant. Peut-être que c'était un coup de chance et que tu devrais réessayer.

— *Hmm.* Tu dirais ça, juste pour m'inciter à te faire un autre gâteau, devina-t-elle, le sourire aux lèvres. En outre, j'ai appris qu'il n'y a rien de tel que la joie de voir d'autres personnes manger les plats que l'on prépare.

— Exactement, acquiesça Mack. C'est ce que je ressens quand je cuisine pour toi.

— Dommage que tu aies cessé de faire ça aussi, répondit-elle avec tristesse.

Il éclata de rire.

— Ça va de pair avec le fait qu'il y a *trop de travail.*

— Je suis désolée, mais j'espère que rien d'autre ne se passera mal durant ton dîner d'anniversaire tardif, et que tout ira bien.

— Nick est arrivé hier soir. On a dîné en famille et il vient chez toi aujourd'hui.

— Oh, *super*, ironisa-t-elle en levant les yeux au ciel. Il ne va pas être très content.

— Pourquoi ? Tu l'évites de nouveau ?

— Non, mais mon ex essaie encore de me joindre.

— Et tu n'as pas répondu, j'espère ?

— Non, à part cette fois où j'ai cru que c'était le numéro de Nan, je n'ai pas répondu, confirma-t-elle avec un grand sourire. Et ça rend Mathew de plus en plus furieux.

— Et ça, nota Mack, une expression sombre sur le visage, ce n'est pas une bonne chose.

— Non, je comprends, dit Doreen, une note d'inquiétude dans le ton. C'est quelque chose dont je veux parler à Nick.

— Nick m'a dit qu'il avait des nouvelles, alors avec un peu de chance…

— Avec un peu de chance, mon ex a signé les papiers, et je suis libre.

— Ce serait le rêve, affirma Mack en souriant.

— Alors, d'autres affaires ? demanda la jeune femme.

Le policier la fusilla du regard.

— Non… pas d'affaires, pas d'affaires non résolues, rien. L'affaire Bob Small, indirectement liée à la mort d'Ella, était la plus importante. Et on va devoir gérer les prises de tête qui l'entourent pendant des mois, voire des années.

— C'était une grosse affaire, convint Doreen, et je suis

désolée qu'elle se soit avérée aussi pourrie que ça.

— Crois-moi. Tout le monde est choqué par l'implication personnelle d'Ella et de Nelly avec Bob Small, sans parler du fait que Nelly a tué Ella. Et il faudra un certain temps pour tirer tout ça au clair.

MACK DÉSIRANT SORTIR avant son dîner d'anniversaire repoussé, Doreen et lui se rendirent au City Park. Alors qu'elle se dirigeait vers la magnifique pergola entourée de fleurs, elle sourit de plaisir en les désignant.

— Les fleurs de glycine sont magnifiques.

Le caporal les avisa et sourit.

— Je ne pense pas les avoir déjà remarquées auparavant.

Elle rit en passant sous l'imposante structure carrée recouverte de fleurs.

— C'est parce que tu t'inquiètes toujours pour les affaires. Tu dois avoir une vie en dehors des crimes, tu sais ?

Il leva les yeux au ciel.

— C'est toi qui me dis ça ?

La jeune femme lui adressa un large sourire.

— Bien sûr. Asseyons-nous ici, sur la colline.

Ils s'installèrent au coin de la glycine et sirotèrent le café qu'ils avaient pris quelques minutes plus tôt en traversant le centre-ville.

— C'est un quartier très agréable, nota Doreen avec un soupir de satisfaction.

Mack opina.

— Tu t'inquiètes de ce que mon frère va te dire ce soir ?

— Non, objecta-t-elle avec un revers de la main. Tant que le divorce progresse, tout va bien.

Il acquiesça. Elle entendit quelque chose derrière elle. Lorsqu'elle se retourna pour regarder, Mack demanda :

— Quelque chose ne va pas ?

Elle haussa les épaules.

— Non, j'entends juste des gens discuter.

— C'est logique, si les gens *parlent*. Regarde où nous sommes. C'est un parc municipal. On est sur une colline où il y a des glycines, et tu surplombes l'une des plus belles parties de la ville. Il y a des gens partout.

Elle gloussa.

— Je sais.

— D'ailleurs… tu es censée te détendre et ne plus avoir d'ennuis.

Elle le regarda en battant des cils.

— Je me suis bien débrouillée la dernière fois, fit-elle remarquer. On n'a pas eu d'ennuis. Je n'ai pas été attaquée et personne n'a été blessé.

Mack lui lança un regard entendu.

— Certes, Nelly s'est suicidée, et ce type aussi, mais honnêtement, c'est…

Elle hésita puis revint sur ses pas.

— Ça a l'air terrible dit comme ça, mais ce n'est pas une mauvaise fin.

— Non, ce n'est pas une mauvaise fin, reconnut le caporal. Il est évident qu'on avait beaucoup de questions, et il aurait été appréciable d'obtenir toutes les réponses.

— Je ne pense pas que vous auriez réussi à le faire parler.

— Moi non plus. Il n'est pas du genre à donner des réponses sans raison.

Mack se tourna vers elle et fronça les sourcils.

— Sauf dans ton cas, où apparemment il était tout à fait heureux de te parler.

Doreen haussa les épaules.

— Je l'ignore, mais il m'a donné assez d'informations pour qu'on puisse résoudre un certain nombre de ses affaires, reconnut-elle.

— Et on est toujours perplexes à ce sujet.

— Je ne sais pas non plus. Je suppose que j'ai dit ce qu'il fallait.

— C'est le problème. C'est comme si tu connaissais de belles paroles, et que les gens te racontent tout ce qu'ils ont sur le cœur.

En arrière-plan, elle crut entendre quelque chose à propos de *la mort* ou d'*un mort*. Elle inclina la tête sur le côté, écoutant attentivement, tout en sirotant son café. Quand elle n'entendit plus rien, elle se détendit. Mack l'observa, lui serra la main et elle sourit.

— Désolée, je n'arrête pas d'entendre des choses.

— Tu entends ou tu imagines des choses ?

— L'un ou l'autre. Les deux. Au moins, j'ai raison la plupart du temps.

— *Oui*, malheureusement trop souvent. Notre charge de travail le prouve. C'est presque comme si tu avais ta propre police privée maintenant.

Doreen éclata de rire.

— Si c'était le cas, on pourrait résoudre un tas d'autres cas.

— Je n'ai pas envie d'en résoudre un tas d'autres, grommela-t-il. On doit rattraper le temps perdu.

— D'accord. Je vais vous laisser un peu plus de temps.

Elle rit de plus belle lorsque Mack lui adressa un regard noir.

— Je te taquine. Ne le prends pas personnellement.

— Tout ce qui a trait à toi est quelque chose qu'on doit

prendre personnellement, admit-il. Je n'ai jamais rencontré quelqu'un qui réussit à avoir autant d'ennuis que toi.

Elle entendit de nouveaux chuchotements. Elle tourna légèrement la tête afin d'entendre mieux, et c'est à cet instant qu'elle l'entendit.

— Je m'en moque. Elle est morte. On doit faire quelque chose.

Elle se tourna vers Mack, plaça ses doigts contre ses lèvres, se leva et se dirigea vers l'endroit où elle avait entendu les voix.

— Elle est morte, j'ai dit. Je ne sais pas quoi faire.

Elle aperçut un homme grand et mince qui parlait au téléphone.

— Tu ne comprends pas ? Quand j'ai dit *morte*, je veux dire *morte*. Genre, on a un corps dont on doit se débarrasser.

Puis il se figea, pivota très légèrement, avisa Doreen et se mit à courir dans la direction opposée.

Mack fut aussitôt à ses côtés.

— C'était quoi, ça ? demanda-t-il, les sourcils froncés. J'ai cru entendre quelque chose à propos d'un *mort* et d'un *corps dont il faut se débarrasser*.

— Exactement.

Elle répéta ce qu'elle avait entendu.

— Mais, bien sûr, on ne l'a pas bien vu, on n'a pas eu l'occasion de lui parler, et on ignore qui est mort.

Il la fixa du regard, scruta le parc tout autour de lui.

— Il est loin maintenant. Tu ne sais pas non plus s'ils parlaient d'un corps humain, fit-il remarquer.

— C'est vrai, reconnut-elle. Il m'a tout de même semblé un peu familier.

Mack gémit, ferma les yeux et ajouta :

— Ça n'annonce rien de bon.

Le parfum lourd de la glycine lui parvenant, elle leva les yeux et gloussa.

Le policier la foudroya du regard.

— Qu'y a-t-il de si drôle ?

— Des *murmures*, commença-t-elle. *Des murmures dans la glycine.*

Elle se jeta à son cou et le serra fort dans ses bras.

— Mon nouveau mystère à résoudre !

— Il n'y a pas de mystère, cingla-t-il, alors qu'il l'entourait fermement de ses bras. On n'a pas de corps. On n'a rien.

Elle lui lança un sourire éclatant.

— Pas encore. Mais ça ne saurait tarder.

C'est la fin du tome 22 de *Jolis Jardins Maudits, Une victime dans les violettes.*

Découvrez *Murmures dans la glycine : Jolis Jardins Maudits, tome 23*

Jolis Jardins Maudits : Murmures dans la glycine, tome 23

Une nouvelle saga cosy mystery de l'auteure best-seller de *USA Today*, Dale Mayer. Suivez la jardinière et détective amatrice Doreen Montgomery et ses amusants (et vraiment adorables) chat, chien et perroquet, tandis qu'ils attrapent les meurtriers et résolvent des crimes dans la merveilleuse ville de Kelowna, en Colombie-Britannique.

De la richesse aux haillons… Certaines choses restent enfouies… D'autres non… et c'est à nouveau le chaos !

Passer du temps avec Mack est toujours amusant, mais lorsque Doreen surprend une conversation qui ressemble à une confession de meurtre, il n'est pas d'accord… jusqu'à ce qu'un corps apparaisse. Il est alors beaucoup plus intéressé. Le jeune homme décédé avait prévu de s'inscrire à l'université locale et espérait renouer avec une ancienne petite amie.

Le caporal Mack Moreau sait qu'il peut tenir Doreen à l'écart de cette affaire, mais lorsque la grand-mère du jeune homme appelle et dit qu'il pourrait y avoir un lien avec la disparition inexpliquée des parents du jeune homme… les jeux sont faits. Doreen et son équipe se retrouvent à nouveau au cœur de l'affaire.

Lorsque l'affaire est soudainement liée à son voisin, Richard, de nombreuses choses deviennent claires.

Le tome 23 est disponible !

Pour en savoir plus, visitez le site web de Dale Mayer.

https://geni.us/DMSFRWhispers

Note de l'auteure

Merci d'avoir lu *Une victime dans les violettes : Jolis Jardins Maudits, tome 22* ! Si vous avez apprécié le livre, merci de prendre un moment pour laisser votre avis.

Chers lecteurs,

J'aime avoir de vos nouvelles, alors n'hésitez pas à me contacter sur mon site web : www.dalemayer.com ou sur ma page d'auteure Facebook. Pour être informés des nouvelles parutions et des offres spéciales, inscrivez-vous à ma newsletter ou suivez-moi sur BookBub. Si vous souhaitez rejoindre mon groupe de lecteurs, voici la page d'inscription sur Facebook.
http://geni.us/DaleMayerFBGroup

À bientôt,
Dale Mayer

À propos de l'auteure

Dale Mayer est une auteure de best-sellers au classement de *USA Today*, connue pour ses romances militaires sur les forces spéciales, sa série *Psychic Visions* et sa série *Jolis Jardins Maudits*, dans le genre cozy mystery. Ses romances contemporaines sont vibrantes d'émotion et de passion (série *Broken But… Mending, Hathaway House*). Ses thrillers vous laisseront à bout de souffle (séries *By Death* et *Kate Morgan*) et ses comédies romantiques vous feront rire aux éclats (*It's a Dog's Life*, une novella hors-série, et la série *Broken Protocols* avec Charming Marvin, le chat).

Elle laisse libre cours aux séries qui lui viennent… dont certaines sont carrément folles, enfreignant toutes les règles et croisant différents genres !

En plus de ses romans de fiction, elle écrit également des textes documentaires dans de nombreux domaines, dont la rédaction de CV, le jardinage de loisir et le système de crédit immobilier américain. Elle a récemment publié la série professionnelle *Career Essentials*. Tous ses livres sont disponibles aux formats papier et ebook.

Contactez Dale Mayer en ligne

Site web de Dale – www.dalemayer.com
Twitter – @DaleMayer
Facebook Page – geni.us/DaleMayerFBFanPage
Facebook Group – geni.us/DaleMayerFBGroup
BookBub – geni.us/DaleMayerBookbub
Instagram – geni.us/DaleMayerInstagram
Goodreads – geni.us/DaleMayerGoodreads
Newsletter – geni.us/DaleNews